고전문학사의 라이벌

고전문학사의 라이벌

시대와 불화한 천재들을 통해 본 고전문학사의 지평

정출헌 · 고미숙 · 조현설 · 김풍기 지음

한겨레출판

책머리에

한동안 유행처럼 떠돌던 '인문학의 위기' 라는 말이 요즘은 좀체 들리지 않는다. 국제통화기금의 지원으로 극복한 외환 위기처럼 인문학도 위기의 국면을 넘어선 것인가, 아니면 아예 말라비틀어져 비명조차 지를 수 없는 것인가? 하긴 전성기라 일컬을 만한 때도 딱히 없다고 보면 인문학은 언제나 위기의 칼날 위에 위태롭게 서 있었다고 말해야 옳은 것이 아닌가 싶다. 그렇지만 한편으로 새로 출간되는 책들을 살펴보면, 요즘이야말로 인문학이 최고의 전성기를 구가하고 있는 듯 보인다. 실제로 판매 부수를 얼마만큼 올리고 있는지 또 우리 국민의 인문학적 교양이 얼마나 높아졌는지 확인하기 어렵지만, 이런 것도 팔릴까 싶은 인문학 관련 서적들이 하루가 다르게 서점에 쏟아져 나오고 있으니 말이다.

몇 년 전까지만 해도 고전, 그것도 고리타분하기 짝이 없다고 생각되던 우리 고전문학이 상품으로 바뀌어 팔려나갈 줄은 감히 상상하기 어려웠다. 그러나 지금은 고전문학을 전공하는 연구자 가운데서도 완독한 사람이 그다지 많지 않을 『열하일기』조차 일약 베스트셀러가 되어 중고등학생들의 교양서로 자리 잡고 있을 정도다. 어디 그뿐이랴? 우리 고전을 국민적 교양서로 부활시킨 최근의 사례들은 일일이 거론하지 않아도 될 만큼 많다.

이런 현상을 지난 학창시절과 비교해보면 더욱 절실하게 느낄 수 있으리라. 짧은 시조는 말할 것도 없고 「국민교육헌장」보다 훨씬 긴 정극인의 「상춘곡」이나 정철의 「관동별곡」 등을 줄줄 외워야 했으니, 고전시가란 참으로 사람을 괴롭히는 노래였다. 고전소설이라 해서 뭐 달랐겠는가? 「홍길동전」 하면 '서얼 차별', 「구운몽」 하면 '일장춘몽', 「춘향전」 하면 '신분 해방'을 부동의 정답으로 모셔둔 채 낯선 한자어의 뜻풀이를 새까맣게 받아 적는 것으로 감상을 마쳤으니, 고전소설 또한 지루하기 짝이 없었음은 말할 나위도 없다. 지금도 고전문학 시간에 배운 것은 거의 생각나지 않건만, '고전(古典)'을 '고전(苦戰)'으로 바꿔 부르던 기억만큼은 생생하다.

그러하던 고전이 이젠 달라진 세상을 만났다. 고전을 다시 보아야 한다는 말이 사방에서 들려온다. 대학입시에서 논술시험을 잘 보려면, 고전에 대한 기본 소양이 있어야 한다는 것은 이제 상식이 되어버렸다. 배부르고 등 따뜻하면, 죽을 고생하던 보릿고개도 아름답게 추억된다고 했던가? 그래서 요즘, 우리의 그 지겹던 고전을 다시금 되돌아보는 것일 수 있다. 하지만 고전문학을 되살리고 다시 읽는 까닭이, 딱히 지난날을 그리워하는 여유로움만으로 해석될 수는 없다. 다시금 돌이켜보면, 어느 날 갑자기 밀어닥친 서구의 근대는 우리의 유구한 동양적 사유를 참혹할 정도로 깨끗하게 지워버렸고, 우리의 우랑한 문학적 전통마저 너무나 완벽하게 단절시키고 말았다. 그런 점에서 요즘 일고 있는 우리 고전문학에 대한 관심은 서구의 근대적 문학관에만 경도되던, 그리하여 우리의 풍성한 문학 유산을 너무나 손쉽게 방치하거나 폐기하던 지난날의 태도를 반성하는 것과 무관할 수 없다.

지난날의 고전문학을 새롭게 읽고 해석하려는 우리의 작업이, 근대가 직면한 한계를 직시하고 이를 넘어서서 새로운 시대를 설계하려는 힘겨운 분투와 연대하지 않으면 안 되는 이유도 여기 있다. 부족하나마 우리는 그런 가능성을 여기서 확인할 수 있기를 기대한다. 물론 고전문학을 새롭게 되살리려는 작업은 여러 방식을 생각해볼 수 있다. 시대별로, 아니면 작품별로 우리의 고전을 되새김질하는 게 가장 쉽고도 친숙한 방법이겠다. 하지만 우리는 그런 방식의 장점을 아우르면서 고전문학 작가가 걸어온 여정을 되짚어보는 방식을 택하기로 했다. 인간에 대한 충실한 이해야말로 그의 시대, 그의 작품을 읽어내는 가장 긴요한 통로라고 믿기 때문이다. 고전문학 작가 열여덟 명을 통해, 그들이 살던 시대와 그들이 남긴 문학적 분투에 기꺼이 동참해보고자 한다.

사실 여기서 다루고 있는 작가들은 우리 고전문학사에서 가장 우뚝한 봉우리에 해당한다. 그리하여 이들의 문학적 삶을 뒤따라가다 보면, 우리 고전문학사의 지형을 대략적으로나마 파악할 수 있다. 그뿐만 아니라 이들을 연대기적으로 배치하는 데 머물지 않고 책의 제목처럼 두 명씩 서로 맞세움으로써, 그들이 발 딛고 있던 시대의 문학사적 지평과 거기서 벌어지던 긴장 관계를 생생하게 이해할 수 있게 했다. 아마도 이런 점이 이 책의 가장 큰 미덕일 터다.

그렇지만 가장 경계해야 할 지점도 바로 여기다. 세상사 모두 그러하듯, 산맥은 우뚝한 봉우리로만 이루어지는 것이 아니다. 정상에 가린 작은 봉우리들은 말할 것도 없고, 정상을 좀더 우뚝하게 만들어 주는 깊은 계곡이야말로 잊을 수 없는 풍경이다. 그러기에 우리의 앞을 가로막고 선 아득한 정상에만 시야를 빼앗겨서는 안 된다. 그뿐만 아니다. 우리가 기억하는 한 인간의 삶이란, 따지고 보면 그의 다채로운 일생 가운데 아주 특징적인 한 국면에 지나지 않는 경우가 대부분이다. 한 인간의 삶을 기술하는 작업도 이런 한계로부터 자유로울 수 없을진대, 라이벌 관계에 있는 인물들을 대비시켜 그들의 삶을 다루려는 이 글에서야 말할 필요도 없다. 한 인간의 삶에 대해 객관적으로 이해하려 노력하기보다 라이벌로 맞세운 상대와의 관계 속에서 두드러지게 나타나는 특정 국면만을 부각시키고 싶은 유혹에 시달릴 수밖에 없기 때문이다.

지은이들은 그런 위험성을 깊이 인식하고, 균형 잡힌 시각을 통해 두 작가의 삶과 그 문학적 실천을 다루고자 했다. 그러나 그러한 노력이 얼마나 충실하게 글에 반영되었는지 장담하기 어렵다. 독자들에게 비판적 안목으로 기우뚱한 불균형을 바로잡아달라고 부탁드리는 것이 염치없지만 정직한 태도일 듯하다. 어디 그뿐인가? 이번 작업을 함께 한 네 사람은 오랫동안 비슷한 학문적 길을 걸어오면서 비교적 비슷한 방식으로 우리 고전문학을 읽어온 연구자들이지만, 그렇다고 네 사람 모두가 작품을 보는 세세한 시각과 생각을 풀어가는 글쓰기 방식까지 같을 수는 없을 것이다. 그러다 보니 어떤 독자들은 여기에 실린 아홉 편의 글에 일관성이 결여되어 있다고 나무랄 수도 있겠다. 굳이 변명을 하자면, 다양함을 다양하게 열어두는 것이 우리가 사는 세상을 좀더 온전하게 읽는 방법일 수 있다는 생각에서 의도적으로 통일성을 도모하려는 시도는 하지 않았다. 그 점도 양해를 구할 일이다.

이 책은 몇 년 전, 수유연구실에서 개최한 공개강좌의 강의 노트를 다듬어 만든 것이다. 강좌에 참여한 수강생들만이 아니라 더 많은 독자들과 만나 우리 고전문학에 대해 공감하기 위해 너른 세상으로 나선 셈이다. 하지만 지은이들의 이러저러한 사정으로 강의한 내용 가운데 몇몇 꼭지들이 빠졌다. 그러기에 이를 보완하는 작업이 뒤따라야 마땅하겠지만, 그러기 위해서는 또다시 한겨레출판의 호된 독촉을 받아야 할 터다. 이런 미완의 모습으로, 이렇게 늦게나마 독자들과 만나게 된 것도 모두 그 덕분이었으니 말이다. 마침표이자 쉼표로 이 책을 세상에 내놓는다.

2006년 2월

지은이들이 함께

차례

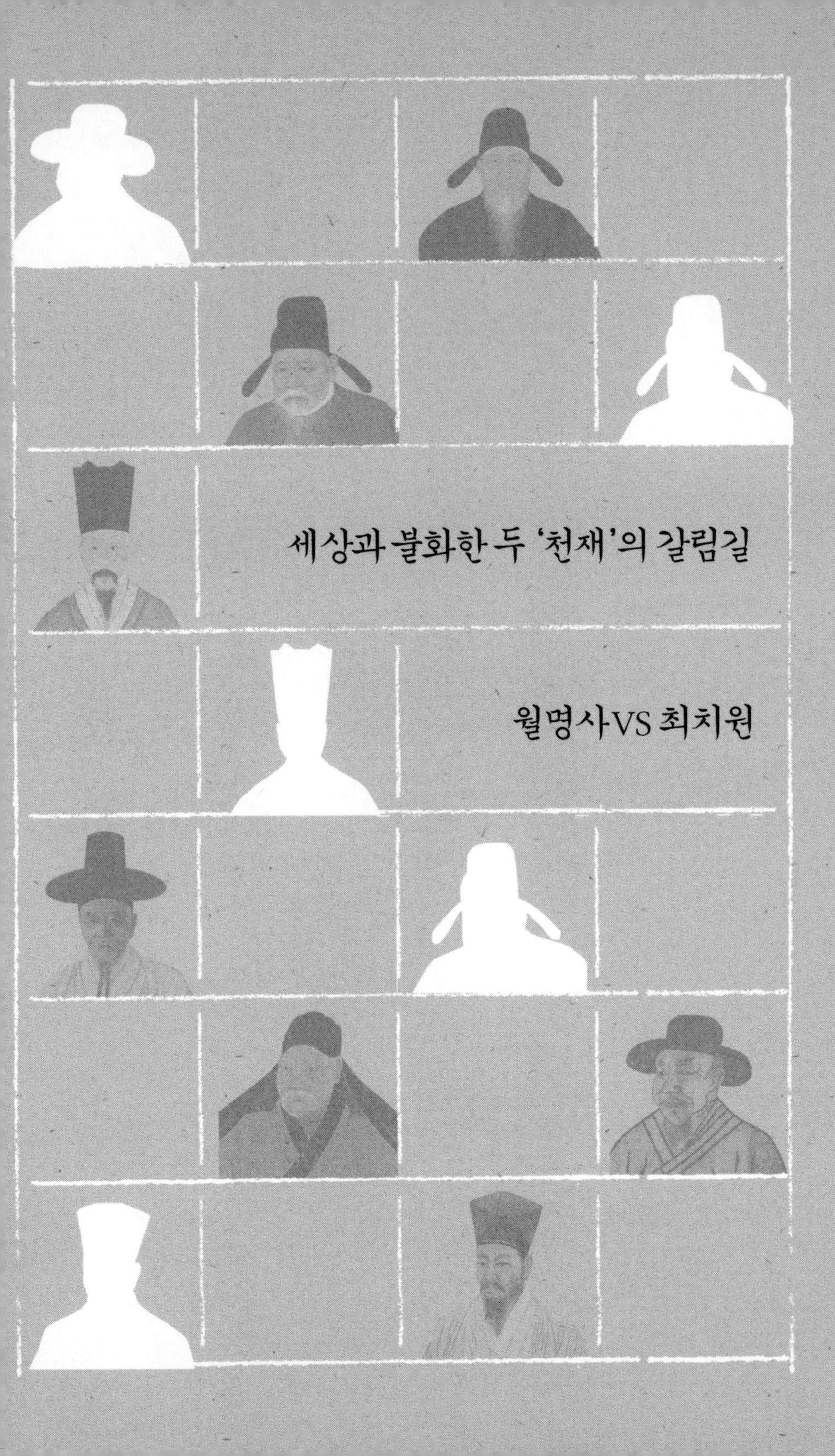
세상과 불화한 두 '천재'의 갈림길
월명사VS 최치원

향가의 최고수와 한시의 뛰어난 작가

월명사(月明師)의 지극한 덕과 지극한 정성이 미륵보살을 감동시킬 수 있었다. 조정과 민간에서 이 일을 모르는 이가 없었다. 왕이 더욱 그를 공경하여 다시 명주 100필을 주어 큰 정성을 나타내었다.

— 일연, 『삼국유사』(감통편) 「월명사 도솔가(兜率歌)」

『신당서(新唐書)』의 「예문지(藝文志)」에 이렇게 쓰여 있다. "최치원(崔致遠)에게는 『사륙집(四六集)』 1권과 『계원필경(桂苑筆耕)』 20권이 있다." 그리고 그 주에는 이렇게 쓰여 있다. "최치원은 고려 사람이다. 빈공과(賓貢科)에 급제해 고병(高騈)의 종사관(從事官)이 되었다." 그 이름이 중국에까지 알려진 것이 이와 같았다. 또 문집 30권이 세상에 유통되고 있다.

— 김부식, 『삼국사기』(열전) 「최치원」

신라 경덕왕(742~764) 대에 향가(鄕歌) 「도솔가」를 불러 두 개의 해가 떠오른 천재지변을 사라지게 한 월명사와 진성여왕(887~897) 대에 중국에서 문명을 떨치다가 고국으로 돌아온 최치원(857~?)은 거의 150여 년의 시간적 거리를 두고 있으니, 당연히 일면식도 없었다. 게다가 월명사의 경우, 『삼국유사』 한 조목에 겨우 이름을 올리고 있는 터라 최치원과 서로 견줄 만한 문헌의 근거도 빈약하다. 그러니 '고전문학사의 라이벌'로 맞세우는 것은 무리일 법하다. 그런데도 우리는 이들을 라이벌이라 부르고자 한다.

무엇 때문인가? 월명사가 우리 고전문학사에서 더할 나위 없이 중요하게 꼽히는 향가의 최고수라면, 최치원은 우리 한문학사의 서막을 화려하게 장식한 한시의 뛰어난 작가다. 월명사가 향가 한 곡조를 불러 그 누구도 어찌할 수 없는 괴변을 거뜬히 처리해 온 국민의 입에 회자될 정도였다면, 신라라는 변방에서 태어난 최치원의 명성은 세계제국을 자처하던 당나라에까지 두루 퍼질 정도였다. 그뿐만 아니었다. 월명사는 천지귀신을 자주 감동시켰고, 최치원은 죽은 두 처녀 원귀를 불러낸 인물이라 전해진다. 이쯤이면 라이벌로 맞세우려는 우리의 태도가 크게 잘못되지는 않았으리라. 하지만 이들의 대비적 면모가 향가와 한시의 탁월한 작가라는 데서만 찾아지는 것은 아니다. 그들에게는 좀더 깊은 시대의 곡절이 감추어져 있다. 우리는 그걸 찾아 떠나려 한다. 많은 것을 안고 되돌아오기 위하여.

비정한 현실과 불화한 천재들의 삶

상징(象徵) 또는 실사(實事)로 그려진 시대

월명사가 활동하던 경덕왕 대는 신라가 최전성기를 한껏 구가하던 시대였다. 반면, 최치원이 활동하던 진성여왕 대는 신라가 파국으로 치닫던 시대였다. 아니, 정점에 도달한 경덕왕 대가 내리막길의 출발점이라 해야 옳다. "달도 차면 기우나니"라는 진부한 노랫말을 인용할 필요도 없이, 경덕왕은 강력한 중앙집권적 기반을 확고하게 다지고자 했지만, 그건 오히려 강력한 반발과 도전을 불러일으키는 서막에 다름 아니었다. 역사가들이 경덕왕 대를 중앙에서는 왕당파와 반왕당파, 지방에서는 귀족과 호족의 대립이 격화되던 시기로 규정하는 것은 이런 이유 때문이다.

김부식은 『삼국사기』(신라본기) 「경덕왕」에서 이런 시대적 분위기를 빈번하게 발생하는 초자연적 현상으로 암시하기도 했다. 닷 말들이 그릇만한 요사스런 별이 중천에 떴다, 흰 꿩과 흰 여우가 잡혔다, 여름에 계란만한 우박이 내렸다, 절 열여섯 곳에 벼락이 내리쳤다, 거센 바람이 불어 서울의 기와들이 모두 날아가 버렸다, 혜성(彗星)이 나타나 몇 개월 동안 사라지지 않았다, 무지개가 해를 꿰뚫었다, 용이 나타났다 사라졌다, 수많은 유성이 비처럼 쏟아졌다 등등. 경덕왕 대에 일어난 천재지변은 이루 헤아리기 어려울 정도다. 전에도 그런 일이 없던 것은 아니지만, 경덕왕 대의 빈번한 괴변들은 심상찮은 조짐을 예고하는 것임에 틀림없었다.

그런 점에서 경덕왕 14년 봄에 흉년이 들어 백성들이 굶주렸고, 웅천주(熊川州)의 향덕(向德)이 가난하여 부모를 봉양할 도리가 없자 자신의 허벅지 살을 베어 아버지에게 드린 끔찍한 사건이 일어났고, 그런데도 경덕왕이 재물을 후하게 내려 포상하고 마을 어귀에 정문(旌門)을 세워 표창

했다는 사건들은 예사롭지 않다. 하긴, 최치원이 중국에서 돌아온 진성여왕 대는 그 정도가 극에 달했다. 다음과 같은 두 사연을 이런 시대적 맥락에서 읽는다면, 자연스럽게 연계되리라.

> 경덕왕 19년 경자(760) 4월 2일에 두 해가 나란히 나타나서 열흘 동안이나 사라지지 않았다. 일관(日官)이 아뢰었다. "인연 있는 중을 청해서 꽃 뿌리는 공덕(功德)을 지으면 재앙을 물리칠 수 있을 것입니다."
>
> — 일연, 『삼국유사』(감통편) 「월명사 도솔가」

> 당나라 소종(昭宗) 경복 원년은 신라 진성여왕 재위 6년(892)인데, 이때 폐신(嬖臣)이 임금 측근에 있어 국권을 마음대로 농단하여 강기(綱紀)가 문란해졌다. 게다가 흉년까지 겹치니, 백성들이 이리저리 떠돌아다니고 많은 도적이 벌 떼처럼 일어났다. 진성여왕 8년 봄 2월에 최치원이 '시급히 해야 할 일 10여 조목[時務十餘條]'을 올리므로, 왕이 이를 기꺼이 받아들이고 최치원을 임명하여 아찬(阿飡)으로 삼았다.
>
> — 김부식, 『삼국사기』(신라분기) 「진성왕」

하늘에 해가 둘이 나타난 천재지변이나 측근의 발호로 인해 야기된 국정 문란은 결코 무관한 사건일 수 없다. 지상의 질서와 천상의 현상을 연계하여 사고한 당대인들의 세계관을 감안한다면 말이다. 모두 심각한 국가적 위기의 표현인 것이다. 그러나 여기서 우리는 그것을 드러내는, 아니 그것을 해결하려는 방식의 차이에 유념해야 한다. 정치적 갈등을 두 개의 해로 암시한 '상징적 표현'과 국정의 혼란 및 극심한 흉년으로 비롯된 결과를 백성들의 유리걸식으로 드러낸 '사실적 진술', 그것을 치유하기 위해 '부처의 영험함'을 빌리고자 한 경덕왕과 '유가적 통치이념'에 입각해 정치를 개혁하고자 한 진성여왕, 그리고 문제를 해결할 주역으로 모습을 드러낸 월명사와 최치원! 상징과 사실로 그려진 국가적 위기를 서로 다른 방식으로 대처했으니, 그들 두 사람은 참으로 비슷하면서도 참으로 다른 시대를 살았다고 하겠다.

은둔하거나 배회하는 삶

어찌 보면, 월명사와 최치원은 자신이 감당해야 할 시대적 책무를 성공적으로 감당한 듯하다. 한 사람은 「도솔가」 한 곡조로 하늘의 변괴를 퇴치하여 큰 보상과 명망을 얻었고, 다른 한 사람은 「시무십여조」를 올려 육두품이 오를 수 있는 최고 관직인 아찬 벼슬을 제수받았으니 말이다. 이 정도면 행복했으리라고 추측할 수 있겠지만, 그들이 밟아간 삶의 행로를 따라가 보면 결코 그렇지 못했다. 문헌에 전하는, 그들의 삶을 직접 읽어보기로 하자.

> 월명사는 늘 사천왕사(四天王寺)에 거주하고 있었는데 피리를 잘 불었다. 한번은 달밤에 피리를 불면서 문 앞의 큰길을 지나가니 달이 그 소리를 듣기 위해 가는 것을 멈추었다. 이로 말미암아 그 길을 월명리(月明里)라 했다. 월명사도 또한 이로써 이름이 났다.
>
> — 일연, 『삼국유사』(감통편) 「월명사 도솔가」

> 최치원이 서쪽으로 유학을 떠나 당나라에서 벼슬살이를 하다가 동쪽 고국으로 돌아왔다. 하지만 어지러운 세상을 만나 운수가 막혀 움직이면 문득 허물을 얻게 되므로, 스스로 때를 만나지 못함을 슬퍼하며 다시 벼슬할 뜻을 가지지 않았다. 그는 유유히 마음대로 생활하며, 산림 아래와 강과 바닷

가에 누각과 정자를 짓고 소나무와 대나무를 심고, 책 속에 파묻혀 풍월을 읊었다. …… 최후에 가족을 거느리고 가야산 해인사에 숨어 살았는데, 동복(同腹) 형인 중 현준(賢俊) 및 정현(定玄) 스님과 도우(道友)를 맺어 한가히 지내면서 여생을 마쳤다.

—김부식, 『삼국사기』(열전) 「최치원」

최치원과 관련된 자료는 다소 남아 있어 그의 삶을 어느 정도 가늠해볼 수 있다. 잘 알려져 있듯, 최치원은 큰 꿈을 안고 당나라 유학길을 떠났지만 이방인이라는 외로움에 늘 시달렸다. 다시 돌아온 고국도 그를 흔쾌히 반겨주지 않았다. 그리하여 벼슬길을 단념한 채 전국을 떠돌아다니던 그가 종국에는 가야산 해인사를 찾았으니, 시대와 불화한 고독한 천재의 쓸쓸한 은둔이겠다. 하지만 월명사의 삶은 도통 확인할 길이 없다. 한때 경덕왕에게 품차(品茶) 한 봉지와 수정 염주 108개, 그리고 명주 100필을 하사받는 영예를 누리긴 했지만, 그 밖에 어디에도 자신의 흔적을 남겨놓지 않았기 때문이다. 하지만 그가 머물렀다는 사천왕사의 내력을 통해 그의 삶을 짐작해볼 수는 있다. 사천왕사에서 이런 일이 일어난 적이 있다고 한다.

제54대 경명왕(景明王) 때인 정명(貞明) 4년 무인(918)에 사천왕사 벽화의 개가 울므로 사흘 동안 불경을 강설하여 이것을 물리쳤더니 한나절이 채 안 되어 또 울었다. 정명 6년 경진(920) 2월에는 황룡사(皇龍寺) 탑 그림자가 금모사지(今毛舍知)의 집 뜰 안에 한 달이나 거꾸로 서 있었다. 또 10월에는 사천왕사 오방신(五方神)의 활줄이 모두 끊어졌고, 벽화의 개가 뜰로 좇아 나왔다가 다시 벽 속으로 들어갔다.

—일연, 『삼국유사』(기이편) 「경명왕」

국가의 안위를 수호해야 할 오방신의 활줄이 끊어져버리고 벽화에 그려진 개가 안절부절 들고 났다는 이런 기이한 현상은 모두 불길한 조짐들이었고, 신라는 이런 일이 있은 지 채 20년도 안 돼 멸망하고 말았다. 사천왕사는 이처럼 신라의 운명과 밀접한 관련을 맺고 있는 절이었다. 실제로 문무왕 때 당나라가 침공해올 것을 대비해 명랑법사(明朗法師)가 세운 이 절은, 신라로 쳐들어오는 당나라 배 모두를 두 차례나 침몰시키는 법력을 발휘한 적도 있었다. 여몽연합군(麗蒙聯合軍)을 몰살시킨 신풍(神風)이 일본에만 분 것이 아니었던 것이다.

이런 사천왕사에 늘 거주하고 있었다는 걸 보면, 월명사는 국가의 안녕을 기원하는 승려였으리라 짐작된다. 그를 화랑집단에 소속된 낭도승(郎徒僧)이라 보는 근거는 물론, 「도솔가」의 기적도 이런 내력에서 기인했으리라. 하지만 그런 막중한 임무를 떠맡고 있던 그가 피리를 불며 달밤에 홀로 거닐곤 했다는 대목은, 왠지 세상에서 크게 쓰이지 못하여 하루하루를 적막하게 살아야 했던 것으로 읽힌다. 누이동생의 죽음 앞에서 지었기 때문이기도 하겠지만, 그가 남긴 향가의 명편 「제망매가」에도 삶에 대한 비감(悲感)이 짙게 드리워져 있다. 무슨 까닭으로 그리 쓸쓸히 살았는지 우리는 알지 못한다. 다만 세상에 쓰이지 못한 한 천재의 배회만을 짐작할 수 있을 뿐.

종교적 초월과 현세적 고독이 담긴 작품

월명사는 그 삶의 여정을 파악하기 힘든 것처럼, 작품세계 역시 제대로 설명하기 힘들다. 남아 있는 작품이 겨우 두 작품에 지나지 않으니 말이다. 게다가 「도솔가」는 국가적 제의에서 불린 의식요인 까닭에 문학성을 발견하기가 쉽지 않다. 그러고 나면, 「제망매가」 한 편만이 월명사의 작품세계를 전해줄 따름이다. 하지만 그 한 작품이야말로 월명사의 작품세계를 대변하기에 충분하다, 일연의 문학적 감식안을 존중한다면 말이다. 일연이 월명사의 대표작으로 꼽은 「제망매가」 전문은 이러하다.

> 생사(生死)의 길은
> 여기 있으매 두려워지고,
> 나는 간다는 말도
> 못다 이르고 갔느냐.
> 어느 가을 이른 바람에
> 여기저기 떨어지는 잎처럼,
> 한 가지에 나서
> 가는 곳을 모르는구나.
> 아, 미타찰(彌陀刹)에서 너를 만나볼 나는
> 도를 닦아 기다리련다.

너무나 잘 알려진 작품에 구구한 설명을 덧붙일 필요는 없다. 명징한 비유와 진한 감동이 향가가 이룩한 서정성의 높이를 더할 나위 없이 잘 보여주고 있기 때문이다. 오죽했으면 이 노래에 힘입어 죽은 누이동생이 서방 극락세계로 갈 수 있었겠는가? 비록 현세를 중시하는 미륵불을 섬기는 화랑에 속해 있었지만 죽음이라는 실존적 고뇌 앞에서는 아미타불을 외우며 내세를 희구한 까닭이 연구자들 사이에서 시빗거리로 부각되기도 한다. 하지만 생사의 고뇌를 극복하고 누이동생의 왕생을 기원하는 심경을 절절하게 토로하고 있는 데서라면, 월명사의 인간적 내면과 작품세계를 음미하는 것이 더 의미 있는 일일 터다.

월명사는 생사에 초탈해야 하는 승려이기 전에 죽음 앞에서 두려움을 느끼는 인간이었고, 국가적 의식에 복무해야 하는 낭도승이기 이전에 자기 내면의 정감을 탁월하게 형상화한 음유시인이었다. 하지만 한 가지 기억해두어야 할 점이 있다. 높은 서정성을 갖추고 있지만, 「제망매가」는 여전히 인간과 인간 너머의 감응에 목말라 하는 간절한 소망을 주술적인 목소리로 노래하고 있음을.

이런 월명사에 비한다면, 최치원의 작품세계는 비교적 소상하게 알려져 있는 편이다. 비록 김부식의 시대까지 전해지던 문집 30권이 종적을 감추어버려 작품세계의 전모를 온전하게 파악할 수는 없지만, 『동문선(東文選)』에 거두어진 적지 않은 시문을 비롯하여 그가 쓴 각종 금석문이 현존하기 때문이다. 또한 '붓으로 일궈 벌어먹었다'는 뜻으로 제목을 삼은 『계원필경집』의 서문에, 자신의 문학활동에 대한 소회를 비교적 소상하게 피력하고 있어 그의 작품세계를 이해하는 길잡이로 삼을 만하다.

> 느낀바 심경을 읊고, 사물에 부쳐서 지은 부(賦)라든가 시(詩)가 거의 상자에 가득하였으나, 어린애 장난 같아서 장부의 부끄러움이 되었습니다. 더욱이 어대(魚袋)를 하사받게 되면서부터는 모두 버려두었습니다. 그러다가 동도(東都)에 유랑하여 붓으로 밥을 벌기에 이르자 부 5수, 시 100수, 잡시 30수를 모아 3편을 만들었습니다. 그 다음 선주(宣州) 율수현위(溧水尉)에 제수되면서부터는 봉급이 많고 벼슬이 한가로워 편안히 보낼 수 있었는데, 촌음을 아껴 공사간에 지은 글이 모두 5권이었습니다.
>
> — 최치원, 『계원필경집』「서」

그 뒤에 고병의 막하에서 문서를 도맡아보면서 무려 1만여 수의 작품을 지었다고 했으니, 그의 정력적인 창작활동을 짐작할 수 있다. 그러기에 이규보(李奎報)는 "파천황(破天荒)의 큰 공이 있어 우리나라 학자들이 모두 조종(祖宗)으로 여기고 있다"(「백운소설(白雲小說)」)라고 했고, 홍만종(洪萬宗)은 "문체가 두루 갖추어져 우리나라 문학의 시조이다"(「소화시평(小華詩評)」)라고 칭송한 것이다. 하지만 앞서 살핀 바 있듯, 최치원의 삶이 영화로운 것만은 아니었다. 육두품의 한계를 극복하기 위해 열두 살 어린 나이에 당나라로 유학을 가고, 그곳에서 문명(文名)을 떨쳤지만 이방인이라는 한계로 깊은 외로움에 빠져들기 일쑤였다. 그리하여 다시 고국을 찾았건만 여기서도 결국 좌절하고 만 최치원의 삶은 시대와 불화한 자의 한 전형이었다. 그리고 그런 과정에서 산출된 까닭에 고뇌에 가득 찬 작품세계는, 너무나 잘 알려져 있어 새삼 거론할 필요가 없을 정도다. 그래도 짚고 넘어가야 한다면, 다음의 시 한 수를 기억해도 좋으리라.

장안에서 고생하던 일 생각하면	每憶長安舊苦辛
어찌 고향의 봄을 헛되이 보내랴?	那堪虛擲故園春
오늘 아침 또 산놀이 약속 저버리니	今朝又負遊山約
뉘우치노라, 속세의 명리인 알게 된 것을.	悔識塵中名利人

—최치원, 「봄날, 벗을 초대했으나 오지 않아 짓다(春日邀知友不至因寄絶句)」

최치원의 젊은 시절을 대변하는 작품으로 가장 널리 알려진 것은 "가을바람에 홀로 쓰라린 시 읊조리니 / 세상엔 알아주는 이 드물구나"로 시작하는 「가을밤, 비는 내리는데(秋夜雨中)」와 만년의 삶을 대변하는 작품으로 널리 알려진 "혹시나 세상의 시비 소리 귀에 들릴까 / 짐짓 흐르는 물로 산을 감싸게 했네"로 끝나는 「가야산 독서당에서 짓다(題伽倻山讀書堂)」가 있다.

하지만 자신의 심경을 직설적이고 자조적으로 토로하고 있는 위의 '시답지 않은' 시에서, 우리는 그의 고독한 처지와 내면의 풍경을 더욱 실감나게 읽어낼 수 있다. 중국에서 겪은 떠돌이 생활의 비참함, 고국 신라에서는 그렇지 않으리라는 들뜬 희망, 그러나 자신을 보아주기는커녕 모두 외면해버리고 마는 비정한 현실! 그래서 뉘우쳐보기도 하지만, 꿈은 그렇게 계속 부서져간 것이다.

한 가지 기억해두어야 할 점이 있다. 월명사에게서 보이는 저 유구한 주술성의 흔적이란 찾을 수 없고, 오직 인간과 인간의 그 지긋지긋한 관계를 애상적인 어조로 읊조리고 있음을.

고대에서 중세로 가는 갈림길

향가, 민족문학적 성취의 경로

민족문학은 중세 봉건주의의 모순을 극복하며 근대국가로 나아가는 과정에서 그 의미가 새롭게 부각된다. 하지만 고대와 중세에 중앙집권적 절대왕권과 민족의 형성을 경험해보지 못한 서구와 달리, 오랜 통일국가를 경험한 동아시아에서는 민족 또는 민족의식이 근대 이전에 어느 정도 그 씨앗을 잉태하고 있던 것으로 보인다.

우리가 근대이행기 민족문학의 의의를 중세의 봉건적 규범과 서구의 제국주의 침탈에 맞서고자 한 점에 둘 수 있다면, 중세이행기의 그것은 낯선 보편주의가 확장되는 데 맞서 대내적으로 공동의식을 강화하는 한편 이를 고대적 자기중심주의와 조화시키려 한 점에서 찾을 수 있다. 이렇듯 둘 사이에는 적지 않은 차이가 있다. 하지만 자기중심주의를 지키려 한 중세이행기의 소박한 민족 주체성이 근대이행기에 발흥한 민족문학에 새로운 의미를 부여한 우리의 역사적 경험에 유념할 때, 진정한 민족문학이란 시대적 맥락에 따라 긴요한 역할을 수행하며 역사적 생명력을 지니던 가치 개념이라는 점이 분명해진다.

이런 전제를 통해 삼국시대 문학에서 민족문학을 논할 때는 먼저 두 가지 측면을 고려해야 한다. 다른 집단과의 '변별성'을 확인하는 동시에 자기 집단 내부의 '동질성'을 확장시켜나간 실상을 추적하는 작업이 그것이다. 이렇게 나누어 살펴야 하는 이유는 당시에 삼국이 대내적으로 서로 분열되어 있는 동시에 대외적으로는 중국을 포함한 여러 이민족과 대립하는 특수한 상황에 있었기 때문이다.

잘 알려진 것처럼, 삼국은 중국으로부터 선진문화를 받아들이면서 중세 봉건국가의 기틀을 마련해갔다. 그렇다고 그 과정에서 중국과의 변별성을 인식하지 못한 것은 아니다. 향언(鄕言)·향악(鄕樂)·향가 같은 용어가 당언(唐言)·당악(唐樂)·당십(唐什)과 구별되어 쓰인 것이 좋은 예로서, 이는 우리의 고유문화를 외래문화인 중국문화와 명확하게 구별하는 차별적 인식을 언어로 표현한 것이다. 그리고 그런 과정에서 삼국은 서로 다른 정치체제, 지역, 역사를 가지고 있으면서도 갈수록 민족적 동질성을 확인해가고 있었다. 특히 신라가 삼국을 통일한 것은 민족적 동질성을 만들어나가는 데 결정적 계기가 되었다. 신라인들이, 고구려와 백제를 멸망시킨 것에 대해 '일통삼한(一統三韓)'이라 자부한 것이 그 유력한 증거이겠다.

중국에 대한 변별성과 한층 강화된 대내적 동질성, 곧 민족의식의 맹아라 이름 붙일 수 있는 이런 인식이 중국의 노래가 아닌 우리 노래인 향가를 창작하는 데 이념적 기반으로 작용했을 개연성은 충분하다. 그 가운데 표현언어의 문제는 매우 중요한 요소이다. 고유문자가 없던 당시, 우리의 문학행위는 구비전승에 의존하거나 한문의 표기체계를 빌려야만 했다.

하지만 우리말과 한문의 언어적 차이를 극복하기 위해 자국어 표기법을 개발하고자 부단히 노력했음도 익히 알려진 사실이다. 아래 인용문은 그 같은 모색이 7세기 무렵에 최종적으로 완결되었음을 말해준다.

> 설총은 우리나라 말로 중국과 우리나라의 풍속 · 사물 이름을 서로 통하게 하고 육경(六經)의 문학을 뜻으로 풀이하였으니, 오늘에 이르도록 이 땅의 경서(經書)를 배우는 자들이 끊이지 않고 전수하고 있다.
>
> — 일연, 『삼국유사』(의해편) 「원효불기」

설총이 이두식(吏讀式) 표기로 경서를 풀이했다는 것으로 미루어볼 때, 이를 이용한 문학행위도 가능해졌을 것이다. 민족어의 표현에 대한 깊은 관심과 그 결실인 향찰식 표기, 그것은 민족의식 나아가 민족문학의 귀중한 발현임에 분명하다. 우리 민족의 사상과 감정을 불완전하나마 우리의 글로 표현할 수 있게 되었기 때문이다.

하지만 이두식 표기를 완성함으로써 향가가 우리 민족의 정서를 더욱 핍진하게 표현할 수 있게 되고, 그에 힘입어 민족 구성원들의 더 큰 공감을 이루어냈다 해도, 향가가 음악과 뗄 수 없는 관계에 있었다는 점 또한 간과할 수 없다. 여기서 잠시 당대인들이 우리의 민족적 정서를 우리의 고유한 음률에 담아 노래하고자 기울인 노력의 일단을 살펴보기로 하자.

> 『신라고기(新羅古記)』에 이르기를 '가야국 가실왕(嘉實王)이 당나라 악기를 보고 가야금을 만들었는데, 왕이 "여러 나라의 말이 각기 다르니 성음(聲音)을 어찌 똑같이 할 수 있겠느냐?"라고 하며 성열현(省熱縣) 사람인 우륵(于勒)에게 명하여 12곡을 짓게 하였다' 고 한다.
>
> — 김부식, 『삼국사기』(잡지) 「가여금」

가야금의 유래를 설명하는 『삼국사기』의 기록이다. 나라마다 언어가 다르니 악기의 소리도 자기 나라 언어에 맞도록 만들어야 한다는 가실왕의 지시는, 이 시기의 민족어와 그를 통한 문학행위가 단순히 언어적 문제에만 국한되지 않았음을 보여준다. 우리의 노랫말에 어울리는 우리의 악기와 가락을 만들어내야 한다는 데까지 이른 것이다. 향가 또한 '우리의 사유와 정서'를 '우리의 노랫말'과 '우리의 가락'에 실으려는 진지한 탐구를 통해 비로소 그 높은 서정성과 대중성을 획득한 것으로 보아야 한다. 앞서 읽어본, 월명사와 관련된 다음 기록을 다른 각도에서 음미해보기로 하자.

> 월명사는 늘 사천왕사(四天王寺)에 거주하고 있었는데 피리를 잘 불었다. 한번은 달밤에 피리를 불면서 문 앞의 큰길을 지나가니 달이 그 소리를 듣기 위해 가는 것을 멈추었다. 이로 말미암아 그 길을 월명리(月明里)라 했다. 월명사도 또한 이로써 이름이 났다.
>
> — 일연, 『삼국유사』(감통편) 「월명사 도솔가」

위의 기록을 단순히 월명리의 지명 유래로 보아 넘길 수 없는 것은, 월명사의 피리 소리가 달의 운행까지 멈추게 할 만큼 큰 감동의 울림을 지니고 있었다는 사실 때문이다. 그런데 천지신명을 감동시킨 그 비밀이 월명사의 피리 부는 '솜씨'만이 아니라 피리 그 '자체'에 갈무리되어 있던 것은 혹 아닐까? 그가 분 피리는 중국에서 건너온 당적(唐笛)이 아니라 신라 때 만들어졌다는 우리의 향적(鄕笛)이었음에 분명하다. 그리고 피리를 불어 달을 멈추게 하고 모든 사람으로 하여금 월명사 자신을 기억하게 한 그 감동도, 우리의 정감에 맞는 그것의 독특한 소리에 힘입은 바 컸으리라.

그런데 향적이란 무엇인가? 김부식은 『삼국사기』 「향삼죽조(鄕三竹

條)」에서 『신라고기』를 인용해 신문왕(神文王) 때 향적이 만들어진 유래 및 그것이 지닌 마력을 설명하고 있다. 신라인들은 자신들이 만든 피리가 적군도 물러가게 하고 병도 낫게 하고 비도 그치게 하고 가뭄도 이겨내게 했을 뿐 아니라 바람도 가라앉히고 파도도 잠재울 수 있다고 믿었다 한다. 그래서 이를 '만파식적(萬波息笛)'이라 이름 붙이고, 국보로 삼았다는 것이다. 더욱이 피리로 연주한 곡이 867개나 되는 것을 보면, 신라인들이 얼마나 피리를 좋아했는지 짐작하고도 남음이 있다. 그런데 피리는 향가와 매우 밀접한 관련이 있었다. 함께 음미한 월명사의 기록만이 아니라 『화랑세기(花郎世紀)』의 다음 기록을 볼 때도 그러하다.

> 설원(薛原)은 피리〔옥적(玉笛)〕를 잘 불었다. …… 문노(文弩)의 낭도들은 무예를 좋아하고 협기(俠氣)가 많은 반면, 설원의 낭도들은 향가에 능하고 청유(淸遊)를 좋아했다. 이로 인해 나라 사람들이 문노의 무리를 가리켜 '호국선(護國仙)'이라 이르고, 설원의 무리를 가리켜 '운상인(雲上人)'이라 일컬었다.
>
> — 김대문, 『화랑세기』 「설화랑전」

위서(僞書)냐 아니냐를 둘러싸고 뜨거운 논란이 진행되고 있지만, 김대문은 『화랑세기』에서 피리를 잘 불던 설원과 그의 낭도들이 속세를 벗어난 유람을 좋아하며 향가를 잘 불렀다고 증언한다. 여기에서 우리는 향가를 잘 불렀다는 운상인 계열의 화랑에게 피리가 긴요한 악기였음과 더불어, 향가의 깊은 감동력에는 노랫말만이 아니라 피리 소리에 얹어 부르는 우리의 가락이 큰 몫을 차지하고 있었음을 유추할 수 있다.

그런데 월명사와 같은 부류들이 불러 전국민에게 사랑받았다는 향가의 민족문학적 성격을 논할 때, 노랫말이나 음악과 더불어 고려해야 할 사항이 하나 더 있다. 바로 최치원과 같은 부류들이 지어 경쟁관계를 이루고 있던 한시와 대비함으로써 그 문학사적 위상을 점검하는 일이다. 잘 알려져 있듯이 향가는 한시에 비해 훨씬 두터운 향유층을 갖고 있었다. 남아 있는 자료만 보더라도 위로는 왕이나 귀족 · 화랑 · 승려로부터 아래로는 일반 민중과 아이들에 이르기까지 각계각층을 망라하고 있다. 그런 애호 속에서 민족 구성원의 절절한 정서 · 감정 · 소망이 폭넓고도 다채롭게 수렴될 수 있었을 것인데, 이 점은 육두품을 중심으로 창작되고 향유됨으로써 다른 계층과 단절되어 있던 한시와 뚜렷이 구별된다. 물론 한시가 개인의 내면세계를 섬세하게 다루면서 우리 시가의 서정성을 드높인 점은 소중하게 평가해야 한다.

하지만 민족문학의 목표가 민족 구성원의 다수를 차지하는 민중의 삶과 인식을 질적으로 고양시키는 것이라고 할 때 기층민들이 광범위하게 참여함으로써 상층과 하층 간의 공감대와 동질성을 확보한 향가의 시적 성취는 더욱 중요해진다. 이런 점이야말로 향가를 민족시가로 규정지을 수 있는 기본적인 전제이기 때문이다.

월명사가 쓸쓸히 서성대던 까닭

향가의 성격 및 담당층과 관련한 논의를 간추리면 대략 다음 세 가지 견해가 있다. 첫째, 향가란 임금으로부터 하층민까지 두루 창작하고 불렀기에 국민문학으로 다루어야 한다. 둘째, 향가란 주로 임금 · 화랑 · 승려와 같은 귀족층에 의해 지어졌으며, 그렇지 않은 경우라 해도 고도한 문화인 불교와 관련되어 있기 때문에 귀족문학으로 다루어야 한다. 셋째, 향가 전체를 하나의 갈래로 보아 그 속성이나 작자층을 전칭적(全稱的)으로 규정해서는 안 되며, 하층민이 포함된 광범한 향유층을 가진 4구체와 화랑 · 승려 등 상층 신분에 속하는 이들에 의하여 창작된 10구체로 나누어 살펴야 한다.

그런데 이러한 논의들은 향가의 전개를 문학사적 맥락 위에서 조망하고 있지 않거나, 향가의 담당층을 당대의 사회상과 관련지어 설명하지 않고 있다는 약점을 가지고 있다. 오랜 시간에 걸쳐 전개된 향가는, 숱한 변모와 굴곡을 경험하면서 존속했고 또 그런 과정을 거쳐 오늘날 그 일부가 전해진 역사적 장르이다. 그렇기 때문에 이 같은 실상을 추적하는 작업이 향가의 장르적 생명력을 이해하는 요체일 것이다. 우리는 그 모색을 다음의 기록에서 시작하기로 한다.

> 골품(骨品)이 있는 사람은 설원의 무리를 많이 따랐고, 초야에 있는 사람은 문노의 무리를 많이 따르면서 서로 도의(道義)를 연마하는 것으로 주를 삼았다.
>
> —김대문, 『화랑세기』「설화랑전」

이는 김대문이 화랑을 호국선 계열과 운상인 계열로 나누어 설명한 앞의 인용문 바로 뒤 내용이다. 여기서 우리는 화랑 집단 모두를 상층 귀족의 자제라고 일반화하기 어렵다는 사실을 알 수 있다. 이 점은 같은 책 「비보랑조(秘寶郎條)」에서도 확인된다. 비보랑은 설원에게 향가와 피리를 배우려 했으나, 그에 미치지 못하자 문노의 휘하에 들어가 아홉 살에 화랑주(花郎主)가 된 인물이다. 그런데 그는 "문노가 만든 법도에 힘써, 한미하고 미약한 사람을 발탁하는 데 힘쓰고 낭도들을 파견하여 변방의 수자리하는 병졸들을 위로하였다"고 한다. 김대문이 화랑의 부류를 호국선과 운상인으로 구분한 뒤, 문노를 따르던 호국선을 '초야에 있는 부류' 또는 '한미하고 미약한 부류'라 지목하고 있음에 유의하자. 반면, 우리가 향가와 관련하여 주목하는 낭도 및 낭도승은 이와 구분되는 설원 휘하의 운상인, 곧 골품이 있는 상층 부류인 것이다.

물론 『화랑세기』는 15세의 화랑주인 김유신(金庾信)의 활동기 어름까지 기록하고 있어 삼국이 통일된 뒤 화랑의 동향을 가늠하는 데는 많은 어려움이 따른다. 하지만 효소왕(孝昭王; 692~702) 대에 득오(得烏)가 지은 「모죽지랑가(慕竹旨郎歌)」에 얽힌 사연을 통해 그 당시 화랑의 향방을 추측할 수 있다. 당시 6등급에 불과한 익선(益宣)이란 자는 죽지랑(竹旨郎)의 낭도 득오를 사사로이 차출하여 자신의 밭에서 노역시킬 수 있었다. 죽지랑은 삼국을 통일하는 데 지대한 공을 세워 김유신과 함께 '삼한을 통일한 두 성인〔統韓二聖〕'으로 추앙받았고, 진덕 · 태종 · 문무 · 신문왕 4대에 걸쳐 조정의 대신을 지낸 인물이다. 그런데도 익선은 득오를 돌려보내 달라는 죽지랑의 요청을 단호하게 거절하고 있다.

어떻게 이런 일이 있을 수 있었을까? 우리는 이를 삼국이 통일된 뒤 급격히 추락한 화랑의 위상 변화를 통해서 밝힐 수 있다. 삼국을 통일하고 나자 화랑은 점차 무용한 단체로 전락해갔고, 더욱이 통일 이후 신라 왕실은 전제군주의 체제를 구축하기 위하여 화랑을 견제하고 박대하기 시작했다. '토사구팽(兎死狗烹)'이란 이럴 때 쓰는 말이겠다. 다음의 두 일화에서도 삼국의 통일을 전후하여 화랑의 사회적 지위가 어떻게 변화했는지를 유추할 수 있다.

> 세 화랑이 거느린 낭도들이 풍악산으로 놀러가려 했다. 그 즈음 혜성이 나타나 심대성(心大星)을 범했다. 세 화랑과 낭도들은 풍악산으로 유람 가는 것을 중지하려 했다. 그때 융천사(融天師)가 노래를 지어 불렀다. …… 혜성의 변괴는 즉시 사라졌고 왜구들도 돌아가 도리어 경복(慶福)을 이루었다.
>
> — 일연, 『삼국유사』(감통편) 「융천사 혜성가」

두 개의 해가 나란히 나타나 열흘 동안 없어지지 않았다. 일관이 진언하기를 인연이 있는 승려가 산화공덕(散花功德)을 하면 재앙이 물러나리라 했다. 왕이 단을 설치하고 인연이 있는 중을 기다렸다. 그때 월명사라는 이가 들 남쪽 길을 가고 있었다. 왕이 사람을 시켜 불러와 기도문을 짓도록 명했다. 월명사가 사양하여 말했다. "승은 단지 국선의 무리에 속해 있으므로 향가나 알 뿐 범성(梵聲)에는 익숙하지 못하나이다." 이에 왕이 "그대가 이미 인연이 있는 승려로 지목되었으니 비록 향가를 쓰더라도 좋소"라고 하자, 월명사가 마침내 「도솔가」를 지어 바쳤다.

—일연, 『삼국유사』(감통편) 「월명사 도솔가」

「혜성가」와 「도솔가」가 지어진 내력을 설명하고 있는 설화이다. 모두 천상에 나타난 변괴를 해소하기 위해 지은 작품으로, 동일한 창작배경과 문학적 기능을 보여준다 할 만하다. 그런데 변괴가 일어나 향가를 짓기까지의 과정을 자세히 살펴보면 미묘한 차이를 발견할 수 있다. 융천사는 혜성이 심대성을 범하자 주저 없이 「혜성가」를 불러 그 변괴를 사라지게 했다. 하지만 월명사는 해가 둘이 나타나 열흘 동안 사라지지 않는데도 무관심하던 것처럼 서술되어 있다. 그런 변괴는 화랑의 무리에 속한 자신과 같은 낭도승이 나서서 어찌해야 할 문제가 아니라고 여겼기 때문인 듯하다. 실제로 일관은 인연이 있는 승려를 불러 부처에게 산화공덕의 의식을 거행하면 될 것이라 진언했고, 경덕왕은 그 말을 받아들인다. 월명사가 자신은 범패(梵唄)에 익숙하지 않으니 적임자가 아니라고 사양한 것도 그런 자신의 처지를 잘 알고 있었기 때문이 아니었을까? 경덕왕 시대에 이르게 되면 국가적 재난이라든가 천재지변 앞에서 믿고 의지할 수 있는 것이 화랑과 낭도승 그리고 그들의 풍월도(風月道)가 아니라 정통 승려와 불교적 영험이었음을 암시한다.

우리는 여기서 진평왕(579~632) 대로부터 경덕왕 대까지 약 160년에 걸친 기간 동안 화랑의 역할과 그들이 즐겨 부르던 향가가 국가적 · 공식적 영역에서 얼마나 급속히 배제되어갔는가를 짐작할 수 있다. 실제로 삼국을 통일한 이후 역대의 왕들은 불교의 화엄사상(華嚴思想)을 통해 전제군주정치의 이념을 마련하고자 했고, 경덕왕은 화엄사상에 의한 질서관을 숭상한 무열왕계의 막바지 임금으로 평가된다. 그뿐만 아니라 기존의 제도와 관직을 중국식으로 개편하는 한편, 전래의 고유 지명들도 중국식으로 고쳐 지방통치제도를 정비하기도 했다. 삼국을 통일한 뒤 전개한 이와 같은 일련의 개편작업 속에서 화랑과 그들의 이념이 퇴조되고 약화될 수밖에 없던 사정을 추측하기란 어렵지 않다.

또한 그들이 즐겨 창작하고 향유하던 향가의 성격이나 사회적 기능이 변모할 수밖에 없었을 것이라는 사실도 또한 충분히 짐작되는 바다. 우리는 앞서 월명사의 삶을 쓸쓸하게 배회하는 인물로 읽은바 있는데, 거기에 이런 시대와의 불화가 감추어져 있던 것이리라.

최치원의 선택, 월명사의 운명

앞서 지적한 바 있듯, 경덕왕이 구축하려던 강력한 왕권강화의 정책은 내물왕계를 중심으로 하는 진골세력의 반발에 부딪쳤다. 그리하여 중앙의 정치무대는 왕당파와 반왕당파의 싸움판이 되어버렸고, 지방호족도 갈수록 성장하여 사태는 걷잡을 수 없는 혼란으로 빠져들었다. 그 같은 격변 속에서 구산선문(九山禪門)과 육두품 지식인이 역사의 전면에 등장하게 된다. 이런 신라 말기의 정국은 통일 이후 시작된 낭도승의 사회적 지위 변동과 향가의 향방에 적지 않은 영향을 주었다. 이를 알아보기 위해 육두품 지식인의 전형으로 꼽히는 최치원의 다음과 같은 말을 살펴보자.

문화가 중국과 서로 섞여 같게 된 것은 기쁘게 여기고자 하나, 말과 글은 중국과 차이가 있어 부끄럽습니다. 무엇 때문이겠습니까? 글자의 꼴은 비록 새의 발자국과 짝하게 되었지만 말소리는 새소리와 구별하기 어려우며, 글자는 겨우 새끼줄 매듭으로 의사를 전달하던 단계를 면했으나 아름다운 말을 이루기 어려우므로 모두 번역에 의지해야 비로소 통할 수 있기 때문입니다. 따라서 중국 조정에 주달하고 사신을 맞아들임에는 모름지기 중국에서 배운 이의 통역에 의지해야 바야흐로 동이(東夷)의 정을 통할 수 있습니다.

여기서 주목해야 할 점은, 민족어와 그 표기법에 대해 최치원이 가지고 있는 인식이다. '문체가 새 발자국과 짝하게 되고 글자가 새끼줄 매듭을 면했다'는 것은 이두식 표기로 우리말을 적던 당시 상황을 지목하는 것이겠는데, 최치원의 이런 생각은 설총의 언어인식과 판이하다. 아마도 최치원이 어린 나이에 당나라로 건너가서 경험한 가장 큰 문화적 충격은 언어문제였을 것이다. 당나라의 선진 문물을 '천한 오랑캐 출신'으로서 따라잡을 수 없다는 좌절감은, 무엇보다 중국과 신라의 언어가 서로 다르다는 점에서 비롯된 것이었다. 그리하여 최치원은 그러한 한계를 가장 빨리 극복하는 방법이 중세 보편문어로서 권위를 누리고 있는 한문이라는 문자체계를 능동적이고 적극적으로 받아들이는 것이라 생각했다. 대신 그는 우리 고유의 향찰식 표기를 참으로 부끄러워했다. 그런 생각을 읽을 수 있는 단서가 남아 있다.

신라 왕으로 거서간(居西干)이라 한 이가 하나, 차차웅(次次雄)이라 한 이가 하나, 이사금(尼師今)이라 한 이가 열여섯, 마립간(麻立干)이라 한 이가 넷이다. 하지만 신라 말에 명유(名儒) 최치원은 『제왕연대력(帝王年代曆)』을 지을 때 모두 모왕(某王)이라 칭하고 거서간 등의 칭호를 쓰지 않았으니, 아마도 그 말이 야비(野鄙)하여 족히 부를 만한 것이 못 된다고 여긴 까닭이리라.

—김부식, 『삼국사기』(신라본기) 「지증마립간(智證麻立干)」

민족 고유의 표기체계에 대한 이런 의식은 최치원 개인에 국한된 것이 아니라, 중국을 중심으로 한 거대한 세계를 접한 육두품 지식인들의 공통된 생각이었다고 보아도 좋을 것이다. 그리고 이러한 인식의 전환은 향찰식 표기를 포기하는 대신 한문을 보편문어로 채택하는 방향으로 나아가게 했고, 결국 그에 따라 민족어 시가 양식인 향가도 위축되기에 이르렀다. 이전에는 중세 보편문화의 도도한 유입에 맞서 우리 민족의 정서를 온전하게 담을 수 있는 민족시가 형식을 어떻게 창출하고 발전시킬 수 있을 것인가가 향가에 주어진 과제였다면, 이제는 그 존립 기반과 의의를 부정하려는 안팎의 도전에 맞서 자신을 어떻게 유지하고 존속시킬 수 있을 것인가가 과제가 된 것이다.

하지만 그렇다고 해서 민족어와 민족시가의 퇴행을 가속화시킨 최치원을 비롯한 신라 말 육두품 지식인의 태도를 사대주의의 발로라고 몰아붙이는 것은 옳지 않다. 왜냐하면 이런 인식의 전환이야말로 그동안 우리가 고대사회를 벗어나 중세사회로 진입할 수 있을 만큼 정상적으로 자기 발전의 과정을 걸어왔음을 확인시켜주는 증거이기 때문이다.

향가가 견뎌내야 할 시련으로 신라 말 불교계의 새로운 동향, 곧 선종의 발흥 또한 눈여겨보아야 할 사항이다. 선승(禪僧)은 대개 육두품 출신으로서 당나라에 유학을 다녀온 자들이다. 이들과 육두품 지식인의 친연성은 여러 군데서 발견되는데, 숙위학생(宿衛學生)들이 한결같이 자신을 선종 승려의 문인이라고 밝히고 있다거나 선승의 비문이 대체로 이들에 의해 쓰였다는 것이 그를 방증한다. 육두품이 골품제의 한계를 뛰어넘기 위한 방법으로 한 부류는 중국에 유학을 가서 문인으로 입신하는 길을 택했고, 또 한 부류는 종교적 초탈을 위한 선승으로 입문하는 길을 택한 것이다. 그리하여 이들은 자연스럽게 공통의 정치적·사회적 견해를 가질 수 있었고, 그 점이 민족시가인 향가를 대하는 태도에도 적용된 듯하다. 신라 말 선승들이 향가가 존립할 수 있는 기반을 또 다른 차원, 곧 사상적 기반에서 뒤흔든 것으로 보이기 때문이다. 진감선사(眞鑑禪師; 774~850)의 비문에 남겨진 다음 기록은 그런 점에서 예사롭지 않다.

> 평소부터 범패를 잘 불렀으니 …… 배우는 자가 당(堂)에 가득 찼는데 가르치기를 게을리하지 않았다. 그리하여 지금껏 동국(東國)에서 어산(魚山)의 묘한 곡조를 익히려는 자들이 다투어 손으로 코를 가리고 옥천(玉泉)이 남긴 음향을 본뜨려 하니, 어찌 성문(聲聞)으로 중생을 제도하는 교화가 아니리오.
>
> — 최치원, 「진감선사 대공탑 비문」

진감선사는 애장왕(哀莊王) 5년에 당나라에 유학을 갔다 온 육두품 출신의 선승이었는데, 불교적 의식에서 사용되는 범패를 아주 잘 부른 모양이다. 범패를 배우기 위해 마루에 가득 몰려든 사람들, 그리고 그가 죽은 뒤에도 그 소리를 흉내 내기 위해 코를 잡고 코맹맹이 소리를 내던 정경이 눈에 선하다. 범패, 이는 월명사가 자신은 국선의 무리에 속해 있어 잘 부르지 못한다고 한 바로 그것이 아니던가? 그렇다면 범패를 배우기 위해 그토록 열을 올리던 뭇사람들의 세태를 바라보며, 우리 고유의 향가를 즐겨 부르던 월명사 같은 부류는 그때 어디에 있었을까?

후예들의 어울림과 엇갈림

신라 말기의 이런 분위기를 염두에 두고, 중세 보편주의를 추구한 최치원 후예들의 행로를 더듬어보기로 하자. 흔히 고려 전기 문학사를 암흑기 또는 과도기라 규정한다. 민족시가인 향가가 쇠퇴하는 반면 외래시가인 한시가 부상했다는 것이다. 이런 문학사적 전환을 전래의 신비적이고 주술적인 고대시가의 시대가 막을 내리고, 이때부터 합리적이고 서정적인 중세시가의 시대가 열린 것이라고 평가할 수도 있다. 하지만 새롭게 성장하는 문학사적 현상만을 주목하느라 사라져가는 것의 마지막 향방과 그 실체를 소홀히 여길 수는 없다. 더욱이 고려 전기 한문학의 수준이 자기 민족적 전통의 완강한 견제에 의해 미숙함과 불완전함을 노정할 수밖에 없었다는 해석도 가능하다면, 민족시가인 향가의 행보가 그리 만만치 않았다는 전제 아래 이 시기 문학사의 실상을 되짚어보아야 마땅하다. 다음 작품을 찬찬히 읽어보자.

달 밝은 한송정의 밤,	月白寒松夜
물결 잔잔한 경포대의 가을,	波安境浦秋
슬프게 울며 왔다가는 또 가버리는,	哀鳴來又去
소식 지닌 한 마리의 갈매기.	有信一沙鷗

「한송정(寒松亭)」이라는 제목으로 『고려사(高麗史)』 악지(樂志)에 전하는 작품이다. 본래 이 노래는 비파 밑바닥에 쓰여 중국 강남(江南)에까지 흘러들어 갔으나, 그곳 사람들은 가사의 뜻을 알지 못했다. 그러다가 고려 광종(光宗) 때 장연우(張延祐)가 사신으로 강남에 갔을 때, 강남 사람들이 그에게 가사의 뜻을 물었다. 이에 장연우가 노래의 뜻을 위와 같이

오언절구의 한시로 풀이했다는 것이다. 중국 사람들이 노래의 뜻을 알지 못한 까닭은, 그것이 한문이 아닌 향찰로 적혀 있었기 때문이다. 「한송정」의 본래 노래는 향가 또는 향찰식 가요였던 것이다.

신라의 노래가 중국에까지 표류해 들어갔다는 사실도 흥미롭지만, 그보다 더 눈길을 끄는 점은 그 시적 형상화 방식이다. 가을밤 경포대의 풍경을 간결한 필치로 그려내면서 그 안에 작자 자신의 외로움을 짙게 깔아놓은 수법. 하지만 우리는 이제까지 이런 식으로 지어진 향가를 대면해본 경험이 없다. 사실 향가의 문학사적 의의를 논할 때마다 으레 '서정시로 진입하고 발전함'을 꼽고 있지만, 그 서정성의 질감이란 이후의 서정시와 사뭇 다른 것이었다. 거기에는 이른바 고대시가로서의 잔재라 할 수 있는 주술성이 짙게 배어 있기 일쑤였다. 향가가 이룩한 서정성의 정점이라는 「제망매가」를 보아도 그러하다.

하지만 「한송정」에서 보듯, 월명사의 후예들에 의해 창작된 향가는 주술성에서 벗어나 개인 내면의 순수 서정을 노래하고 있다. 그건, 한시가 구축한 바와 비교해 결코 떨어지지 않는다. 분명히 이 둘이 자신들의 성취를 서로 내밀하게 주고받은 것이리라. 우리는 앞서 「혜성가」와 「도솔가」를 대비하면서 삼국이 통일된 뒤 향가의 주요 담당층인 화랑과 낭도승의 사회 · 정치적 지위가 급격히 저락(低落)해가고, 그에 비례해 그들의 노래 또한 국가적 · 공공적 제의에서 배제될 수밖에 없게 되는 상황을 지적한 바 있다. 이 점을 상기할 때, 위의 「한송정」에서 보이는 서정성은 주술성을 벗어버리고 획득한 대가가 아니었을까? 그뿐만 아니라 향가는 전보다 더 저층의 사람들을 대상으로 자신의 생명력을 확장하고 발전시켜 나간 것이 아닐까? 나말여초에 향가가 걸어간 길에 대한 우리의 추측이 크게 어긋나지 않음을 다음의 시조는 웅변한다.

한송정 달 밝은 밤 경포대 물결 잔잔할 제
유신(有信)한 백구(白鷗)는 오락가락하건마는
어떠타, 왕손은 가고 아니 오는고.

여러 가집(歌集)에 기녀 홍장(紅粧)의 작품으로 소개되는 시조인데, 종장이 추가된 것을 제외한다면 「한송정」과 완전히 일치한다. 나말여초에 지어진 향가가 오랜 시간 입에서 입으로 전해져 조선시대에 불리던 시조에까지 이어진 것이다. 두 작품의 상사(相似)를 통해 시조의 다양한 형성 경로를 따져볼 수도 있겠으나, 이 글의 관심사에서 벗어나기에 이 점은 별도의 과제로 남긴다. 대신 「한송정」이 그토록 오랜 시간의 간극을 뛰어넘을 수 있던 요인이 무엇인가 하는 점에 주목하자. 우리는 그 해답의 단서를 나말여초의 향가가 이제는 일상적인 삶과 정서의 국면까지도 시적으로 형상화하는 경지에 올라 있던 데서 찾을 수 있다. 그러기에 향가에 대한 최행귀(崔行歸)의 다음과 같은 자부심은 단순한 허세가 아니었다.

한시는 중국 글자로 엮어서 오언칠자(五言七字)로 다듬고, 향가는 우리말로 배열해서 삼구육명(三句六名)으로 다듬는다. 소리를 가지고 논한다면 삼성(參星)과 상성(商星)이 동서로 나뉜 것처럼 현격한 차이가 있지만, 문리(文理)를 가지고 말한다면 창과 방패처럼 어느 것이 강하고 약한지 단정하기 어렵다. …… 그 지어진 것을 '사뇌가(詞惱歌)'라 부르나니 가히 정관(貞觀) 때의 사(詞)를 능욕할 만하고, 정치함은 부(賦) 가운데 가장 뛰어난 것과 같아서 혜제(惠帝)·명제(明帝) 때의 부에 비길 만하다.

— 최행귀, 「역가현덕분자(譯歌現德分者)」

최행귀가 균여(均如)의 「보현십원가(普賢十願歌)」를 한시로 번역한 까닭을 밝혀놓은 글의 한 대목이다. 그는 향가가 중국의 한시와 비교해서 조금도 뒤떨어지지 않는다고 자부했는데, 그러한 자부심을 바로 「한송정」처럼 수준 높은 향가가 뒷받침하고 있었다. 더욱이 균여가 「보현십원가」를 짓고 최행귀가 이를 한역한 광종 대는 한문학이 점차 그 힘을 강화해가는 시기였는데도 향가가 여전히 많은 사람들의 애호 속에 지어지고 불려진 것이다. 고려 초의 이런 상황은 우리 고전문학사에서 좀더 강조될 필요가 있다. 비록 육두품 지식인을 중심으로 한 문인 지식층이 한시를 적극적으로 받아들이고 범패가 새로운 유행처럼 퍼져 나갔다 해도, 향가는 의연히 많은 사람들을 자신의 두터운 후원자로 묶어두고 있었다. 하지만 향가의 우수성을 누구보다 크게 인정하던 최행귀조차 향찰식 표기에 대해서는 거부하는 태도를 보였다는 사실을 잊어서는 안 된다.

> 양송(梁宋)의 뛰어난 글이 동쪽으로 오는 배편에 자주 전해오지만, 신라의 훌륭한 글이 서쪽으로 가는 사신 편에 전해지는 경우는 드물다. 그 같은 막힘은 통탄할 만한 일이다. 이 어찌 공자가 이 땅에 살고자 하였으나 끝내 동방에 이르지 못한 이유가 아닐 것이며, 설총이 억지로 한문을 바꾸어 번거롭게 쥐꼬리 같은 일을 만든 소치가 아니겠는가?
>
> —최행귀, 「역가현덕분자」

최행귀가 말하고자 하는 요점은 앞서 인용한 최치원의 그것과 같지만, 그 정도는 더욱 확고하다. 향찰식 표기에 대한 부끄러움을 넘어서는 극도의 혐오감! 최치원의 후예들은 그만큼 과격했고, 그건 중국과 우리의 언어적 장벽이야말로 고려가 중세 보편사회의 일원으로 참여하는 데에 가장 큰 장애가 된다는 점을 훨씬 더 뼈저리게 느낀 결과일 것이다. 뒷날, 박제가와 같은 탁월한 실학자도 『북학의(北學議)』에서 글은 말할 것도 없고 말도 중국어를 쓰자고 강변하지 않았던가?

최치원은 물론, 최행귀가 이런 인식을 확고하게 다진 데는 그만한 이유가 있다. 그는 신라 육두품 출신으로 왕건을 도와 고려를 건국하는 데 기여한 최언위(崔彦撝)의 아들로서 최치원과 종질간이다. 신라 말 골품제도의 모순을 절감한 육두품 지식인들이 으레 그러했듯이, 부친 최언위와 형 최광윤(崔光胤) 그리고 그 자신 모두 선진의 땅 중국(당 · 진 · 오월)에서 유학을 하고 돌아온 이른바 '국제인'이었다. 이러한 그가 중국과 교류하는 데 결정적으로 장애가 되는 이두나 향찰식 표기를 거부하고 하루 빨리 한문을 중세 보편문어로 받아들여야 한다고 생각한 것은 자연스런 일이 아니었겠는가?

그럼에도 이들이 역사의 주역으로 활동한 고려 초에 이들이 일궈낸 주체적 역량과 문화적 자부심은 좀더 면밀하게 고려할 필요가 있다. 무엇 때문인가? 신라 말 최치원과 고려 초 최행귀의 사례에서 확인했듯이, 고려 전기에는 신라 말의 쟁점적 과제가 상당히 많은 부분 중첩되고 이월되었다. 그런 점에서 신라와 고려의 왕조가 교체됨에 따라 부분적 · 현상적으로 달라진 것은 있지만, 전체적 · 본질적으로 아주 달라진 것은 아니었다. 그러기에 삼국시대부터 고려 전기까지의 문학사를 하나의 시기(곧 중세로의 이행기)로 묶어서 보는 것이 적절하다. 새로운 것에 의해 낡은 것이 일방적으로 패배하거나 지리멸렬하게 퇴각하는 것이 아니라, 복잡한 길항 관계에 있는 두 추세가 여전히 팽팽하게 힘을 겨루고 그 과정에서 양자간의 조화를 모색하기도 한 시기가 바로 고려 전기였던 것이다. 그런 점에서 왕건이 죽으면서 후손들에게 남긴 「훈요십조(訓要十條)」 가운데 다음의 조목은 우리에게 시사하는 바가 많다.

우리 동방은 옛날부터 당나라의 풍습을 본받아 문물 · 예악 · 제도를 준수

해왔다. 그러나 나라가 다르고 사람의 성품도 각각 다르니 억지로 맞출 필요는 없다. 거란은 우매한 나라로서 풍속과 언어도 다르니, 그들의 의관제도는 아예 본받지 마라.

—『고려사절요』

태조 왕건은 중세 보편주의가 확산되는 상황에서 고려가 취해야 할 방향이 무엇인가를 뚜렷이 인식하고 있었다. 그것은 자국의 전통문화에 대한 깊은 이해를 토대로 선진적인 중국의 문물과 제도를 받아들여야 한다는 것으로 요약되는데, 그 같은 인식의 밑바탕에는 자기 문화에 대한 정당한 평가와 긍지가 자리 잡고 있었다. 이 점을 앞서 인용한 최행귀의 다음 글에서 다시 한번 확인해보기로 하자.

한스러운 것은 우리나라의 재자명공(才子名公)들은 한시를 이해하여 읊조리는데, 중국의 홍유석덕(鴻儒碩德)들은 우리나라의 노래를 이해하지 못한다는 것이다. …… 비록 세속을 가까이 해서 얕은 일에서 출발하여 심원한 경지로 들어갈 것을 기약했다 하더라도, 어찌 먼 곳의 사람들이라고 해서 그릇됨을 버리고 바름으로 귀의하는 것을 막으려 했겠는가?

— 최행귀, 「역가현덕분자」

그는 「보현십원가」를 한역한 까닭을, 균여의 깊은 뜻이 담긴 우리의 아름다운 향가를 중국의 선비들에게 읽히고자 한 데서 찾았다. 보편문어로서 한문을 채택해야 하는 이유를 중국문화의 일방적인 수입을 위해서만이 아니라, 그 반대의 경우까지 생각하고 있었던 것이다. 우리나라의 재자명공들은 한시를 이해하는데, 중국의 홍유석덕들은 우리나라의 노래를 이해하지 못하고 있어 안타깝다는 위의 말이 바로 그것이다. 이것은 자력으로 후삼국을 통일한 고려의 민족적 역량과 문화적 수준에 대한 자부심일 터, 한문이나 중국문화를 받아들여 보편주의로 나아가자던 그들의 행보를 사대주의나 모화주의로 매도할 수 없는 이유이다.

그러나 태조나 최행귀의 위와 같은 역사적 행보는 그 뒤 심각하게 도전받는다. 그것은 역사의 주도권을 잡기 위한 정치적 쟁탈과 분리될 수 없는 문제였기 때문이다. 고려 초, 그 쟁탈전에서 가장 앞장선 사람이 바로 광종이다. 즉위 직후의 다음 일화는, 뒷날 벌어질 피비린내나는 정치투쟁의 전조였다.

> 광종 원년 정월에 큰 바람이 나무를 뽑았다. 왕이 재앙을 물리치는 술법을 물으니 사천대(司天臺)에서 아뢰기를 "덕을 닦는 것만 같음이 없습니다"라고 하였다. 이로부터 항상 『정관정요(貞觀政要)』를 읽었다.
>
> —『고려사절요』

이를 「혜성가」나 「도솔가」가 지어진 저 신라의 진평왕 대나 경덕왕 대와 비교해보라. 재앙을 물리치는 데 덕을 닦는 것만 같은 것이 없다고 아뢴 사천대의 '신하'와 그런 진언에 따라 전통적인 방법을 포기한 '광종', 이들 두 세력은 이후 굳게 연대하여 일련의 정치개혁을 힘차게 추진했다. 노비안검법(奴婢按檢法) 제정, 시위군(侍衛軍) 증강, 군제 개편, 과거제 실시, 천태종(天台宗) 수립 등등. 그 같은 개혁의 초점은 왕권을 넘보던 지방호족, 외척과 종실, 그리고 태조 이래의 구신(舊臣)을 숙청하는 데 집요하게 맞춰졌다.

그리고 광종이 추진한 이 같은 개혁 정책은 고려 초에 팽팽한 경쟁과 대립을 통해 새로운 조화를 모색하던 세력의 한 축을 일거에 무너뜨려 버렸다. 자신과 타자의 결합을 통해 민족문학의 갱신을 꿈꾸고 실천하던 월명사의 후예들은 물론이고 어정쩡한 균여와 최행귀조차도! 숙청의 대상이 되어버린 그들은, 결국 역사의 뒤편으로 사라질 수밖에 없는 한계를 지닌 것이 사실이었다 해도, 나말여초라는 역사적 격변기를 주도했고 그럴 만한 정치적·문화적 역량을 담지하고 있던 것 또한 사실이라는 점에서 무척 아쉬운 인물들이다.

나, 너 그리고 우리

우리는 지금까지 월명사와 최치원의 개인사를 대비하여 점검하는 것에서 시작하여, 삼국시대부터 나말여초를 거쳐 고려 전기에 이르기까지 민족어 문학의 빛나는 성취인 향가가 걸어온 길을 되짚어보았다. 이런 짧지 않은 여로의 동반자는 중세 보편문어인 한문과 그를 통한 문학적 실천이었다. 이들은 긴 시간을 함께하면서 어느 때는 하나가 다른 하나를 압도하는가 하면, 어느 때는 서로 어깨를 겯고 함께 가기도 하는 등 단순치 않은 관계를 지속해왔다. 그들간의 우열은 당대의 역사와 문화를 주도한 주체간의 힘겨루기와 뗄 수 없는 함수 관계에 있었는데, 월명사와 최치원은 그런 긴장의 꼭지점에 위치해 있었다.

그러나 그들의 시대는 그들을 용납해주지 않았다. 월명사가 너무 늦게 태어나 낙후된 인물로 간주되어 버려졌다면, 최치원은 너무 일찍 태어나 급진적인 인물로 간주되어 버려졌다고나 할까? 역사에 가정이란 존재하지 않지만, 월명사가 100년쯤 일찍 태어나고 최치원이 100년쯤 늦게 태어났다면 그들은 행복했겠다. 그때는 낭도승과 시인이 참으로 우대를 받던 시대였으니 말이다. 하지만 그렇다면 우리가 지금 읽고 있는 그런 향가와 한시의 명편을 남기지는 못했으리라. 그들의 수준 높은 작품들은 모두 시대와 불화한 자들이 빚어낸 산물이었으니 말이다.

짧은 단상 하나! 우리가 지금까지 가져온 관심은 우리와 유사한 역사 경험을 지닌 동아시아의 일본 · 베트남 등 여러 나라와 관련지어 살펴야 하는 것은 물론, 고려 전기 이후 이런 행보가 어떻게 귀결되었는가를 살피는 데로 확장하고 심화할 필요가 있다. 전자의 문제는 아직 엄두를 낼 형편이 못 되고, 거칠게나마 뒤의 문제를 짚어보기로 하자.

이후 고려 예종과 인종 연간에 이르게 되면 문벌귀족 집단의 민족적 자아의식은 현저하게 퇴축(退縮)했으며, 그 같은 퇴축의식이 심화될수록 문화적으로도 내부로 소모되는 성향이 고조되어갔다. 그 결과 문체의 화미(華靡)와 궁정문학의 난숙화로 귀결되었다. 고려 중기 이후 문벌귀족이 보여준 이런 민족적 자아의식의 퇴색은 앞서 살핀 고려 초의 민족적 활력과 고뇌에 찬 모색을 중단하게 만들었다. 이런 형세 속에서 민족어와 민족시가에 대해 진지하고도 애정 어린 배려를 보여줄 가능성 또한 그만큼 적어졌음은 불문가지이겠다. 다만 '세계화의 구호'에 밀려 이를 따라가기에 급급하던 것으로 보이는데, 다음의 예를 보자.

> 시승(詩僧) 원잠이 내게 이르기를 "요즘 사대부들이 시를 지을 때 다른 먼 나라의 인물과 지명에 기탁하고서는 마치 우리나라의 사실처럼 생각하니 가소로운 일이다"라고 했다. …… 나는 "무릇 시인의 용사(用事)란 그 본의를 흐리는 것이 아니라 다만 뜻을 기탁하는 것일 뿐이다. 하물며 천하가 한집안이고 문자도 같은 문자를 쓰는데 어찌 피차간에 다름이 있겠는가?"라 답했다. 원잠이 이 말을 듣고 승복하였다.
>
> —최자, 『보한집』

그러나 진정 천하가 한집안이니 서로간에 아무런 차이도 없을 것인가?

원잠은 최자의 이 논리에 승복하고 말았는데, 과연 그것이 이처럼 쉽게 승복하고 말 문제였는가? 이는 '세계화 시대'니 '지구촌 가족'이니 하는 말이 이미 진부할 정도로 일상이 된 오늘날에도 곱씹어보아야 할 숙제일 것이다. 세계무역기구(WTO) 체제로 편입되는 것만이 우리나라가 사는 길이라든가 미국에서 원정출산하는 것만이 행복의 문이라는, 참으로 지당한(?) 말씀이 난무하는 요즘은, 더욱더!

| 정출헌 |

삼국의 여성을 읽는 두 '남성'의 시각

김부식 VS 일연

삼국의 역사를 전해주는 진정한 맞수

김부식(金富軾; 1075~1151). 우리 고전문학사에서 그의 라이벌로 흔히 정지상(鄭知常; ?~1135)을 꼽는다. "대동강 푸른 물이 언제나 마를 건가 / 이별의 눈물은 해마다 푸른 물결에 더해지는데(大洞江水何時盡 / 別淚年年添綠波)"로 잘 알려진 「님을 보내며(送人)」의 작가 정지상이 개인의 서정을 깨끗한 시어에 담아 노래했다면, 김부식은 유가적 엄숙주의를 물씬 풍기는 문인이었다. 실제로 예전 사람들도 이들 두 사람을 그렇게 맞세우곤 했다. 그래서 다음과 같은 일화가 만들어지기도 했겠다.

> 시중(侍中) 김부식과 학사(學士) 정지상은 문장으로 당시에 이름을 나란히 했는데, 두 사람은 서로 잘못한다고 다투었다. …… 뒷날 정지상이 김부식에게 베인 바 되어 음귀가 되었는데, 김부식이 어느 날 봄을 읊은 시에 이

르기를 "버들 빛은 천 가지에 푸르고 / 복숭아꽃은 만 점으로 붉네(柳色千絲綠 / 桃花萬點紅)"라고 했다. 그러자 문득 공중에서 정지상이 귀신으로 나타나 김부식의 뺨을 때리며 말했다. "천 올, 만 점인 것을 누가 세어 보았더냐? 어찌 '버들 빛은 올올이 푸르고 / 복숭아꽃은 점점이 붉네(柳色絲絲綠 / 桃花點點紅)'라고 하지 않느냐?" 그러자 김부식이 마음속으로 자못 기분 나빠했다.

— 이규보, 『백운소설』

김부식과 정지상이 얼마나 강한 라이벌 의식을 지니고 있었는가, 그리고 그들의 작가적 감수성이 어떻게 달랐는가를 보여주는 뒷사람의 그럴듯한 부연이겠다. 하지만 우리는 김부식을 일연(一然; 1206~ 1289)과 맞세우고자 한다. 물론 김부식과 일연은 동시대를 살지 않았다. 일연이 김부식보다 130년 정도 뒤의 사람이다. 그런데도 둘을 맞세우는 이유는 김부식 하면 『삼국사기』가 떠오르고, 『삼국사기』 하면 『삼국유사』가 떠오르고, 『삼국유사』 하면 바로 일연이 떠오르기 때문이다. 『삼국사기』와 『삼국유사』는 삼국의 역사를 전해주는 중요한 역사서라는 사실을 넘어서 언제나 서로 대비되는 진정한 맞수였다. 정사와 야사로부터 시작하여 사대적 역사인식과 자주적 역사인식, 유가적 내용과 불교적 내용, 귀족적 내용과 서민적 내용, 합리적 내용과 신비스러운 내용 등등. 이들의 대비되는 면모는 이루 다 열거하기 어렵고, 그에 대한 논의도 풍성하다 못해 진부하기조차 하다.

하지만 우리는 엉뚱한 구석을 들어 둘을 맞세워보고자 한다. 근엄하기 짝이 없을 법한 유학자 김부식과 세속적 욕망으로부터 초탈했을 법한 승려 일연이 삼국의 여성을 어떤 시각으로 읽었는가를. 자신의 시대를 상이한 방식으로 살아간, 그러나 모두 남성이라는 공통점을 지닌 이들이 삼국의 여성을 어떤 시각으로 그리고 있는지는 그 결론이 예정되어 있을 듯도 하다. 하지만 김부식과 일연이 그려낸, 여성에 관련된 글을 찬찬히 읽어 보려는 시도가 이들이 구축한 역사해석의 지평을 이해하는 데 유용한 단서를 제공할지도 모르겠다.

진부한 상식, 또는 확인

김부식과 일연, 그들의 사서

> 인종 23년에 김부식이 신라, 고구려, 백제의 삼국사를 편찬하여 드렸더니, 왕이 내시 최산보를 그의 저택으로 보내어 칭찬과 위로의 말을 전하고 화주(花酒)를 주었다. 의종이 즉위한 후 김부식을 낙랑군개국후(樂浪郡開國候)로 봉하고, 식읍 1,000호에 식실봉 400호를 주었으며, 『인종실록(仁宗實錄)』을 편찬할 것을 명령하였다. 의종 5년에 죽으니 향년 77세였으며, 시호는 문열(文烈)이라고 하였다.
>
> —『고려사(高麗史)』(열전) 「김부식」

김부식의 화려한 삶을 증언하고 있는 『고려사』의 한 대목이다. 여기에는 김부식이 고려 인종 23년(1145)에 『삼국사기』를 편찬한 사업이 얼마나 큰 국가적 성사(盛事)였는지가 생생하게 드러나 있다. 그건, 김부식에게도 마찬가지였다. 『삼국사기』 편찬은 그 자신의 삶을 온통 쏟아 부은 일생일대의 역사(役事)였던 것이다. 우리는 그런 『삼국사기』를 올바르게 이해하기 위해, 그것의 편찬 시점과 편찬 책임자인 김부식을 먼저 점검해야 한다.

인종 대는 신채호가 일컬었듯, "조선 역사상 1천 년 이래 제1대 사건"인 '묘청의 난'으로 기억된다. 그건, 고려가 건국된 이래 꾸준히 진행되고 확대된 문벌귀족 중심의 유교주의적 통치이념에 대한 반발로부터 말미암은 사건이었다. 밖으로는 북쪽의 요(遼)와 금(金)의 부침과 송(宋)의 수상스러운 동태, 안으로는 이자겸을 비롯한 외척세력이 왕권에 도전하는 시대적 혼란을 배경으로, 묘청 · 백수한 · 정지상 등 서경의 세력들이 난을 일으킨 것이다.

이들 서경세력에 대한 역사적 평가는 다각도로 이루어져야 하겠지만, 이들이 내세운 서경천도론(西京遷都論) · 칭제건원론(稱帝建元論) · 공금론(攻金論)이라는 명분은 사실 개경쇠운론(開京衰運論)으로 대변되는 도참사상 및 풍수지리사상에서 비롯된 것이었다. 다시 말해 이들이 주술적 · 신비적 세계관에 깊이 침윤되어 있었다는 사실을 간과해서는 안 된다. 그때 김부식은 유교주의의 통치이념으로 이런 사상사적 도전에 맞서 이들을 무력으로 진압했다. 돌이켜보면 그는 서경세력과 체질적 · 정치적으로 합치될 수 없는 인물이었다. 바로 그 자신이 신라 무열왕계에 닿아 있던 유력한 지배가문의 후예였다. 증조부 김위영(金魏英)이 신라 경순왕의 귀부(歸附)를 계기로 고려 태조가 참으로 '치욕스런 이름' 경주(慶州)를 두었을 때 그곳 주장(州長)으로 임명된 인물임을 상기한다면, 김부식의 정치적 · 지역적 성향을 짐작하기란 어렵지 않다.

그러면 일연의 『삼국유사』는 어떠했던가?

> 스님의 저서로 『어록(語錄)』 2권과 『게송잡저(偈頌雜著)』 3권이 있으며, 편수한 책으로는 『중편조동오위(重編曺洞五位)』 2권, 『대장수지록(大藏須知錄)』 30권, 『제승법수(諸乘法數)』 7권, 『조정사원(祖廷事苑)』 30권, 그리고 『선문염송사원(禪門拈頌事苑)』 30권 등 100여 권이 세상에 나와 있

다. 문인(門人)인 운문사 주지 청진(淸珍)이 스님의 행적을 적어 왕(충렬왕)에게 아뢰니 왕이 찬술하게 하였는데, 나는 학식이 거칠고 얕아 지극한 덕을 펼치기에 부족한 까닭에 몇 년을 미루다가, 요청을 그만둘 수 없고 명령을 거스를 수 없어 삼가 이 서문을 쓰고 명을 짓노라.

— 민지(閔漬), 「고려국(高麗國) 화산(華山) 조계종(曹溪宗) 인각사(麟角寺) 가지산하(迦智山下) 보각국존비(普覺國尊碑) 병서(幷序)」

일연의 파란만장한 삶을 마무리하고 있는 비문의 마지막 대목이다. 그런데 일연이 남긴 100여 권의 저작 목록 가운데 정작 『삼국유사』는 없다. 『삼국유사』라는 책이 승려인 일연에게 참으로 하찮은 저작이었는가, 아니면 일연이 편찬했다는 우리의 상식에 문제가 있는 것인가? 우리는 그 이유를 정확히 알지 못한다. 다만 『삼국유사』 제5권에 '일연 찬(一然撰)'이라는 기록이 있는 것으로 미루어 그가 편찬했다는 사실을 받아들일 수밖에 없다. 그리고 편찬이 완성된 것은 대략 1281년, 곧 그의 나이 75세쯤 되던 때로 추정하고 있다. 어쨌건 김부식이 나이 70세쯤에 자신의 삶을 총결하는 작업으로 이룬 『삼국사기』와 대비되는 국면이 아닐 수 없다.

그렇다면 자신의 저작 목록에서 지워진 『삼국유사』를 편찬한 일연은 어떤 인물이었는가? 많은 불교사가에 의해 밝혀진 바 있듯, 일연은 몽고와 벌인 항쟁이 끝난 뒤에 들어선 새로운 개경정부의 비호에 의해 불교사의 전면에 등장한 인물이다. 그리고 그의 부상과 함께, 그가 속하던 가지산문파는 미미한 존재이던 과거를 딛고 불교계의 전국적인 패자(覇者)로 군림하게 된다.

우리는 그런 부침의 과정을 당시 정국의 동향과 분리하여 생각할 수 없다고 믿는다. 그런 사실을 일연을 후원한 일군의 정치적 성향에서 감지할 수 있다. 비문에 기재된 시주자 명단에 박송비 · 나유 같은 무신귀족과 이

덕손 · 민훤(閔萱) · 염승익 같은 문신귀족이 발견된다. 전자가 원종(元宗) · 충렬왕(忠烈王)과 밀접한 관계를 맺고 무신정권을 무너뜨린 뒤 개경 환도, 삼별초 진압, 동정군(東征軍) 참여를 주도한 인물들이라면, 후자는 충렬왕이 세자 또는 재위 시절 원나라에 갈 때 시종을 맡아 발탁된 인물들이다. 일연은 바로 이런 인물들의 후원에 의해, 국존(國尊)에 임명될 수 있었던 것으로 보인다. 그때의 정황을 짐작할 수 있는 기록 하나를 읽어 보자.

> 충렬왕이 경주에 행차했을 때, 여러 중의 무리들이 비단으로 좌우 신하에게 뇌물을 주어 승직(僧職)을 구했다. 그리하여 사람들이 그들을 '비단 선사(禪師)', '비단 수좌(首座)'라고 불렀으니, 처를 얻어 집에 거하는 자들이 반도 넘었다.
>
> —『고려사』「충렬왕」

『고려사』에 기록된 한 장면이다. 여기서 충렬왕이 경주에 행차한 것은 공주와 함께 제2차 나원연합(羅元聯合)의 동정군을 격려하기 위해서였다. 경상도에 거주하고 있던 일연이 충렬왕을 처음으로 만난 것이 이때였고, 그가 국존에 임명된 것은 이로부터 1년 뒤였다. 그리고 일연을 국존으로 임명하기 위해 개경으로 불러올릴 때, 그 일을 담당한 인물이 충렬왕의 경주 행차 때 온갖 말로 아첨하며 당시 사람들에게 지탄을 받은 김군(金頵)과 민훤이란 점도 흥미롭다. 바로 일연의 시주자로 비문에 적혀 있던 인물들인 것이다. 그러고 보면, 다음과 같은 사건도 단순한 우연으로 보아넘기기 어렵다.

> 왕과 공주가 경상도에 행차했을 때, 박린(朴璘) · 김군은 임금을 맞이하는

것이 극히 풍성하고 사치스러워 좌우 신하가 모두 칭찬했다. 반면 이회(李檜)는 백성의 힘을 아끼고 검소하게 하여 대접하는 데 졸박(拙朴)하니 내신(內臣)들이 모두 그를 헐뜯었다. 그래서 이회는 보주(甫州)로 좌천되고, 박린은 안동(安東)으로 승진되었다. 안렴사(安廉使) 민훤은 왕에게 아첨하는 것을 자랑으로 여기고 제멋대로 계사(啓事)를 처결해 임금에게 사랑을 받으니, 당시 사람들이 '내렴(內廉)'이라고 불렀다.

—『고려사절요』「충렬왕」

역시 충렬왕이 경주에 내려왔을 때의 일이었다. 일연의 후원자인 이들의 몰골은 참으로 가관이다. 우리의 일연이 과연 앞서 인용한 저 하찮은 승려들처럼 비단을 뇌물로 주며 '비단 선사'라든가 '비단 수좌'라는 승직을 구걸했다는 증거는 물론 없다. 그리고 위에 거론되고 있는 간신배인 김군과 민훤이 일연이 국존으로 임명되는 데 얼마만큼 영향력을 행사했는지도 분명치 않다. 그럼에도 '충렬왕—부원배(附元輩)—일연'으로 이어지는 인적 연계까지 부정할 수는 없다.

유가적 합리주의에 바탕을 둔 역사의식

이자의 · 이자겸으로 대표되는 외척세력의 발호와 묘청 · 정지상으로 대표되는 서경세력의 반란을 진압한 뒤, 김부식은 새로운 역사를 시작하고자 했다. 그러기 위해서는 지난 역사를 새롭게 정리한 새로운 전범을 내세울 필요가 있었다. 그게 바로 『삼국사기』였다.

신라 · 고구려 · 백제의 삼국이 정립하여 능히 예로써 중국과 교통했기 때문에 범엽(范曄)의 『한서(漢書)』라든지 송기(宋祁)의 『당서(唐書)』에 모두 삼국의 열전이 있지만, 그 사서들은 자기 국내에 관한 것을 상세히 하고 외국에 관한 것은 간략히 하여 자세히 싣지 아니하였다. 또 삼국의 『고기(古記)』로 말하면 글이 거칠고 졸렬하고 사적에 빠진 것이 많다. 이런 까닭에 임금의 선악이라든지 신하의 충사(忠邪), 나라의 안위, 인민의 치란(治亂)에 관한 것을 모두 드러내어, 후세에 권계(勸戒)를 보이지 못하였다.

—김부식, 「진삼국사표(進三國史表)」

김부식은 인종의 입을 빌려 『삼국사기』를 편찬하게 된 이유를 두 가지로 들고 있다. 하나는 중국의 역사서에 삼국의 일이 실려 있기는 하지만 너무 소략하고, 다른 하나는 전래의 『삼국사』가 후세에 권계로 삼기에 불충분하다는 것이다. 이 가운데 특히 후자에 유념할 필요가 있다. 버젓이 '삼국사(三國史)'가 있는데도 새로이 '삼국사'를 써야 했던 까닭이 무엇인가가 예사롭지 않기 때문이다. 거기에 김부식의 역사관이 실려 있을 터, 우리는 그것을 유가적 합리주의에 바탕을 둔 역사인식이라 부를 수 있다. 그는 서술체제는 물론이고 편찬태도까지 '선진적인' 중국에서 받아들이고자 했다. 역사를 감계(鑑戒)의 자료로 인식하는 태도에서 그 점이 분명하게 드러난다. 실제로 사마천의 『사기』에서 마련된 체제에 의거하여 삼국의 역사를 본기(本紀), 연표(年表), 잡지(雜志) 그리고 열전으로 구성하고 있으며, 사마광(司馬光)의 『자치통감(資治通鑑)』에 관철되고 있는 편찬태도에 지대한 영향을 받고 있다.

여기서 이런 면모를 세세하게 따질 겨를은 없고, 또한 이 글의 주제도 아니다. 대신 우리는 『삼국사기』 가운데 가장 정채 나는 부분인 동시에 가장 문학적인 열전에 초점을 맞추고자 한다. 역사를 창조하고 움직여나가는 주체의 문제를 염두에 둔다면, 그들은 권력의 정점에 있는 제왕이 아니다. 오히려 정치 · 사회 · 문화의 각 분야에서 활동하던 구체적 인간들이야말로 가장 '생동하는 역사'이다. 그리고 그들의 삶을 극적으로 드러내기 위해서 그 형식은 불가불 '문학적인 전기'가 되지 않을 수 없다. 실제로 김부식은 삼국을 활보한 인간들의 행적을 담고 있는 그 '열전'에 가장 큰 공력을 들인 것으로 보인다. 그들의 면면은 이러하다.

열전 권1 김유신(상)

열전 권2 김유신(중)

열전 권3 김유신(하)

열전 권4 을지문덕, 거칠부, 거도, 이사부, 김인문, 김양, 흑치상지, 장보고, 사다함

열전 권5 을파소, 김후직, 녹진, 밀우 · 유유, 명림답부, 석우로, 박제상, 귀산, 온달

열전 권6 강수, 최치원, 설총

열전 권7 해론, 소나, 취도, 눌최, 설계두, 김영윤, 관창, 김흠운, 열기, 비령자, 죽죽, 필부, 계백

열전 권8 향덕, 성각, 실혜, 물계자, 백결 선생, 검군, 김생, 솔거, 효녀 지은, 설씨녀, 도미

열전 권9 창조리, 연개소문

열전 권10 궁예, 견훤

『삼국사기』 열전은 총 52명의 전기(傳記)와 34명의 부수인(附隨人)으로 구성되어 있는데, 실제로 개인기록을 적고 있는 인물은 69명이다. 국가별로는 신라 56명, 고구려 10명, 그리고 백제 3명이다. 신라를 중심으로 하는 『삼국사기』의 서술태도가 여실하게 드러난다 하겠는데, 그걸 탓할 만한 처지는 아니다. 다음에 살필 『삼국유사』는 이보다 더하면 더했지

덜하지 않기 때문이다. 게다가 멸망한 왕조인 고구려인과 백제인의 삶과 관련된 자료는 이미 산산조각이 나버리고 말았을 터이니 말이다. 오히려 열전의 불균형을 문제삼는다면, 『삼국사기』 열전 전체에서 차지하는 김유신의 몫이다. 한 사람이 열전 전체의 3분의 1에 이르는 과도한 비중을 차지하고 있는데, 김부식은 무슨 생각으로 그런 불균형을 감수한 것인가? 삼국을 통일한 빛나는 공적 또는 그가 보인 불굴의 충의를 감안한다면, 혹 그럴 수 있겠다는 생각이 들기도 한다. 하지만 김부식으로부터 그 대답을 직접 들어보자.

> 신라에서 김유신을 대우한 것을 보면 친근하여 서로 막힘이 없었으며, 나랏일을 위임하여 의심하지 않았다. 김유신의 계획은 곧바로 시행되었고, 그의 말을 들어주어 그의 말이 쓰이지 않음을 원망하지 않게 했으니, 임금과 신하가 잘 만났다고 할 수 있겠다. 따라서 김유신은 그의 뜻대로 일을 행하여, 상국(上國)인 중국과 계책을 같이하여 삼국을 통합하여 한집안을 만들고, 공명으로써 한평생을 마칠 수 있었다.
>
> —『삼국사기』(열전) 「김유신」(사평)

참으로 뜻밖이다. 김부식은 여기에서 김유신의 공업이라든가 충의에 눈길을 주지 않는다. 그러면 무엇에 주목했는가? 그건, 김유신이 그런 공업과 충의를 완수할 수 있도록 신하에게 일을 맡기고 신뢰한 군주의 자세였다. 임금과 신하의 행복한 만남은 이렇게 해서야 가능할 수 있다는 것이니, 역사가 과거를 통해 현재를 비춰보는 거울이라고 굳게 믿은 김부식의 역사인식을 염두에 둔다면 그의 진정이 어디에 있었는지는 명확하다. 김부식은 김유신을 통해서 문벌귀족으로서 지위를 확고하게 다진 자신의 자신만만한 군신관을 피력하고자 한 것이다. 이런 사례를 통해 보듯, 김부식이 기록한 삼국의 역사는 삼국인 자신의 주체적인 역사가 아니라 특정 고려인의 시각을 통해 타자화된 역사일 뿐이다. 하긴 엄격히 말해 모든 역사란 사실을 빙자한 거대한 거짓일 뿐이다. 그렇다면 김부식은 어떤 시각으로 삼국의 여인들을 바라보았을까?

불교적 세계관에 기초한 신이(神異)

앞서 일연의 삶을 '삐딱하게' 읽었지만, 그 의도는 그의 삶에 흠집을 내려는 데 있지 않다. 그보다는 『삼국유사』는 야사이고, 그것의 편찬자인 일연 역시 그 당시 보잘것없는 승려라는 식의 잘못된 통념에 빠져 있는 경우가 적지 않기 때문이다. 하지만 『삼국유사』는 일연 혼자만의 힘으로, 또는 삼국의 일을 눈에 띄는 대로 그때그때 기록한 역사서가 결코 아니다. 그보다는 일연이 국존이라는 지위에 있던 까닭에 전국의 수많은 후원자와 문도 들의 헌신적인 조력에 힘입어 방대한 자료를 수집하고 정리하여 완성시킬 수 있었다. 그 증거로 제자인 무극(無極)이 『삼국유사』 한 조목의 편찬자로 이름을 올리고 있는 점을 들 수 있다.

또한 이전의 문헌을 폭넓게 참고하였는데, 확인되는 참고문헌만도 중국 고전이 27종, 우리 고전이 50여 종에 이를 정도이다. 거기에 이름이 확인되지 않는 고기(古記) · 향전(鄕傳) · 비문 · 고문서 등은 이루 헤아리기 어렵다.

실제로 일연은 지난날의 여러 저작물을 통합하고 재구성할 때, 특히 『삼국사기』를 민감하게 의식하면서 『삼국유사』를 편찬한 것으로 보인다. 이를테면 『삼국유사』는 삼국시대를 다룬 역사서이자 설화집이며, 또한 고승전이라는 성격을 아울러 갖는다. 이는 『삼국사기』가 '빠뜨린 역사적 사건〔遺事〕'을 수습하고 있고, 소박한 고대의 신화와 전설을 다수 담고 있으며, 잊혀질 뻔한 많은 승려들의 행적을 보여준다는 점에서 그렇다. 『삼국유사』는 단군조선으로부터 고려 직전에 이르는 정치, 사회, 문화, 사상, 생활을 이해하기 위한 필독서이다. 하지만 여기서는 『삼국사기』와의 관계에 대해서만 간략히 짚고 넘어가기로 한다.

흔히 『삼국유사』는 『삼국사기』가 빠뜨린 사실을 통해 삼국의 역사를 보완하고 있다고 생각하려는 경향이 있다. '유사(遺事)'라는 표제가 그런 경향을 부추긴다. 하지만 김부식이 지난날의 역사서인 『구삼국사』를 부정하면서 유가적 세계관에 기초한 감계를 전면에 내세운 것처럼, 일연도 지난날의 역사서인 『삼국사기』를 부정하면서 불교적 세계관에 기초한 신이(神異)를 전면에 내세웠다. 그들 모두 역사를 전복하고자 한 것이니, 일연의 진정을 직접 들어보기로 하자.

> 무릇 옛날 성인이 바야흐로 예악으로써 나라를 창건하고 인의로써 교화를 베풀 때에 괴력난신(怪力亂神)에 대해서는 말하지 않았다. 그러나 제왕이 일어나려고 할 때는 하늘로부터 부명(符命)을 받는다, 도록(圖籙)을 받는다 하여 반드시 여느 사람과 다른 데가 있었다. 그런 뒤에야 능히 큰 일의 변화를 이용하여 정권을 잡고 큰 사업을 성취하였다. …… 이렇게 본즉, 삼국의 시조가 모두 신비스러운 기적으로부터 태어났다는 것이 무어 그리 괴이하다고 하랴. 이것이 신비로운 기적 이야기를 이 책의 첫머리에 싣게 된 까닭이며 그 의도도 바로 여기에 있다.
>
> —『삼국유사』(기이편) 「서」

삼국의 시조가 신이한 과정을 거쳐 탄생을 했다는 것이 결코 괴이하지 않다는 일연의 이런 믿음이야말로 김부식이 『삼국사기』에서 표명한 유가적 세계관, 곧 중세적 합리주의에 정면으로 맞서는 선언이다. 실제로 김부식은 이런 세계관을 지닌 인물이었다.

> 신라의 박씨와 석씨(昔氏)가 모두 알에서 나왔고, 김씨는 하늘로부터 내려온 금궤에 들어 있다가 금수레를 타고 올라갔다는 말은 더욱 기괴하여 믿을 수 없는 일이다. 그러나 세속에서 서로 전해져 그것이 실제의 일처럼 되어 버렸다.
>
> —『삼국사기』(신라본기)「경순왕」(사평)

김부식이 믿고 의지한 유가적 합리주의란 공자가 말한 괴력난신을 철저하게 배격하는 것으로부터 출발해야 했다. 고대에서 중세로 넘어가는 역사의 갈림길에서, 더 구체적으로는 서경세력의 도전을 극복하기 위해서 필연적으로 넘어서지 않으면 안 되는 과정이기도 했다. 이것은 온갖 비난을 받으면서도 김부식이 보여준 진전된 역사인식의 요체이다.

하지만 일연은 유가적 합리성의 이름 아래 버려진 사실들에 새로운 가치를 불어넣으면서, '세계의 진실'을 새롭게 되살리고자 했다. 눈으로 볼 수 없는 것, 손으로 만져볼 수 없는 것, 그러나 그것도 엄연히 또 다른 사실임을 굳게 믿은 것이다. 일연의 이런 태도가 다시 고대의 신비주의로 회귀하려는 태도로 취급받을 수도 있겠다. 어쨌건『삼국유사』는『삼국사기』가 배제한 것들을 수습한다는 소극적인 차원을 넘어서서, 삼국의 역사를 새롭게 구성한다는 적극적 차원의 역사서임을 명심하자. 그 점은『삼국유사』의 편목을 통해 여실하게 드러난다.

제1 기이편(紀異篇)(상)

제2 기이편(하)

제3 흥법편(興法篇)

제4 탑상편(塔像篇)

제5 의해편(義解篇)

제6 신주편(神呪篇)

제7 감통편(感通篇)

제8 피은편(避隱篇)

제9 효선편(孝善篇)

이런 구성이 『삼국사기』의 구성과 판이하다는 것은 굳이 예증할 필요도 없다. 승려인 일연으로서, 불교적 관점으로 새롭게 구성하는 것은 너무나 당연한 것이기 때문이다. 하지만 더 중요한 것은, 그런 종교적 차이가 아니라 우리가 발 딛고 있는 현실세계와 그 너머의 비현실계를 바라보는, 두 사람의 이질적인 세계인식이다. 그건 『삼국유사』의 절반 가까운 분량을 차지할 정도로 중요하게 생각한 '기이편'의 설정에서 극명하게 드러난다. 유가적 합리주의에 입각한 김부식의 역사 서술태도를, 일연이 고대적 또는 불교적 신비주의의 입장에서 비판하려는 의도가 강하게 반영되고 있기 때문이다.

이런 일연의 태도는 김부식이 주창한 유가적 세계관에 대한 도전적인 재구성일 터, 적어도 고려 중기와 후기는 강력하게 밀려드는 유가적 세계관에 맞서 도가적·불교적 세계관이 팽팽하게 힘겨루기를 한 시기였다는 강력한 반증이리라. 실제로 일연은 자신이 『삼국유사』에 거둔 상당수의 사건들을 불교적인 관점에서 해석하고자 했다. 우리 민족의 시조로 떠받들고 있는 단군을, 수미산(須彌山) 꼭대기에 있던 도리천(忉利天)의 임금인 석제환인다라(釋帝桓因陀羅)의 후예로 해석한 것은 너무나 잘 알려진 사실이다. 그런 일연이니만큼, 다른 범상한 일들에조차 불교적인 그림자를 드리웠으리라는 점은 미루어 짐작할 수 있다. 그렇다면, 일연은 어떤 시각으로 삼국의 여인들을 바라보았을까?

김부식, 가족의 이름으로 여성을 보다

『삼국사기』 열전의 인물 배치와 여성의 자리

우리는 『삼국사기』, 특히 열전에서 무척 흥미로운 인간 군상들을 만난다. 하지만 유감스럽게도, 그곳은 삼국시대를 활보한 인간들의 자연스런 만남의 광장이 아니다. 오히려 철저한 기준에 의해 선별된 자들만 입장할 수 있는 공간인 것이다. 이를테면 이런 인물들이다. 삼국의 통일이라는 위업을 이룩한 명장과 명신, 학문과 문장으로 일세를 주름잡은 문인과 학자, 국가를 위해 기꺼이 몸을 바친 충신과 열사! 그것도 아니라면 군주를 시해하거나 국가를 배반한 역신(逆臣)과 반신(叛臣)! 이들은 후대에 이름을 남겨, 두고두고 감계의 자료로 삼을 만한 예사롭지 않은 별 중의 별들인 것이다.

숱한 삼국의 인물 가운데 이런 인물들만의 화려한 잔치를 열고, 그들에게 초대장을 돌린 사람은 물론 김부식이다. 그런데 이 잔치에 초대되었지만, 정작 연회장 중심으로 나오지 못한 채 한 구석만을 겨우 차지하고 있는 일군의 인물들이 있다. 군주를 위해 목숨을 바친 인물을 다룬 『삼국사기』 열전 권7과 역모와 반역이라는 악역을 담당한 인물을 다룬 『삼국사기』 열전 권9와 권10의 사이, 그러니까 『삼국사기』 열전 권8에 옹기종기 모여 있는 11명의 인물이 그들이다. 그들 이름을 하나하나 열거해보면 다음과 같다.

향덕, 성각, 실혜, 물계자, 백결 선생, 검군, 김생, 솔거, 효녀 지은, 설씨녀, 도미

삼국시대에 명멸한 인물 가운데 52명을 선별하여 열전에 등재하는 작업이 결코 수월치는 않았을 것이다. 더욱이 이렇다 할 만한 업적도 없어 보이는 위의 11명을 골라 역사의 전면으로 끌어올리는 작업은, 더욱 더 그러했겠다. 그러기에 김부식이 이들을 되살려낸 까닭을 따져보지 않을 수 없다.

첫째 부류인 향덕 · 성각의 경우는 병들고 굶주린 부모를 위해 자기 허벅지 살을 베어 봉양할 만큼의 끔찍한 효행 때문이었다. 둘째 부류인 실혜 · 물계자 · 백결 선생 · 검군의 경우는 세속적인 명예나 재물에 휘둘리지 않은 굳은 지조 때문이었다. 셋째 부류인 김생 · 솔거의 경우는 그들이 도달한 신묘한 예술의 경지 때문이다. 마지막 부류로 지은 · 설씨녀, 그리고 도미처의 경우가 있다. 이들은 『삼국사기』 열전에 자신의 이름을 올린 몇 안 되는 여성들인데, 지은은 효행 때문이고 설씨녀와 도미처는 신의 또는 절의 때문이다. 같은 효행이면서도 지은이 향덕이나 성각보다 뒤에 실린 것은 여성이기 때문이다. 그리고 도미처의 절의가 도미보다 돋보이지만 남편의 이름에 얹혀 기록된 것 역시 성적 차별의 증거이겠는데, 도미가 남자임에도 지은과 설씨녀 같은 여자 뒤에 오른 것이 재미있다. 아마도 차별받던 백제인이었기 때문이리라.

여하튼 여기에서 유추할 수 있듯, 여성이 국가의 대사를 기록하는 정사에 등재되기 위해서는 '여성'으로서가 아니었다. 오로지 딸이라든가 아내라는, 곧 '가족의 이름'으로서만 가능했다. 그리하여 그들은 이름 대신, '효녀' 지은, 설씨의 '딸', 그리고 도미의 '아내'로 불릴 수밖에 없었다.

지워진 여성의 삶과 의심스러운 흔적들

첫째 사례는 도미처의 경우이다. 가족의 일원으로서만 자신의 정체성을 확인받을 수 있던 여성, 그 가운데 김부식이 가장 관심 있게 지켜본 관계는 '아내라는 이름'이었다. 그러기에 『삼국사기』에 언뜻언뜻 얼굴을 내민 적지 않은 여성들 가운데 아내라는 이름으로 호명된 여성의 형상을 자세하게 살펴볼 필요가 있다. 그때, 우선 떠오르는 이름이 도미처이다. 국왕의 강압과 회유에도 불구하고 남편에 대한 절의를 지켜낸 이름으로 조선시대까지 내내 열녀로 기려진 인물이기 때문이다. 그러나 「도미(都彌)」를 읽다 보면 잘 이해가 되지 않는 대목이 있다. 도미처의 미색을 탐하던 개루왕이 그녀를 범하려는 첫 장면인데, 다음이 그것이다.

> 왕이 이를 시험하고자 도미를 어떠한 일로써 머무르게 하고, 신하를 시켜 왕의 의복을 입히고 말을 태워서 밤에 도미의 집에 가게 했다. ▲ 사람을 시켜 먼저 왕이 왔다고 알리고는 도미의 부인에게 말했다.(王欲試之 留都彌以事 使一近臣 假王衣服馬從 夜抵其家. ▲ 使人先報王來 謂其婦曰) "내가 오래 전부터 네가 아름답다는 말을 들었는데, 도미와 내기를 하여 너를 얻게 되었다. 내일 너를 맞아들여 궁녀로 삼게 되었으니 이후부터 네 몸은 내 물건이 된다." 마침내 간음하려 하니, 부인이 말했다. "왕께서는 거짓말이 없을 것이오니, 제가 어찌 감히 순종하지 않겠습니까? 청컨대, 대왕께서 먼저 방으로 들어가십시오. 저는 옷을 갈아입고 들어가겠습니다." 물러나 한 계집종을 단장시켜 왕을 모시게 했다. 개루왕이 뒤에 속은 것을 알고 크게 노하여, 도미에게 없는 죄를 씌워서 그의 두 눈동자를 빼고 사람을 시켜 끌어내어 작은 배에 태워 강 위로 띄워 보냈다.
>
> — 김부식, 『삼국사기』(열전) 「도미」

개루왕이 처음에는 왕의 차림으로 변복한 신하를 보내 도미처의 절의를 시험하려 했다고 했으니, 도미처의 지략에 의해 시비(侍婢)와 동침한 '왕'은 개루왕으로 변복한 신하였던 것인가? 그리고 그처럼 변복한 신하를 속인 사실을 알고 아무 죄도 없는 도미의 두 눈동자를 빼내 강물에 버릴 정도로 분노했던 것인가? 우리의 판단으로는 그렇지 않다. 거기에는 무슨 곡절이 있을 터, 어떤 이유인지 모르지만 중간에 모종의 사건이 생략된 것으로 보이기 때문이다. ▲ 표시한 부분에 무언가가 생략된 것임에 틀림없다.

흔히 역사가는 거사직필(擧事直筆)을 생명처럼 생각한다지만, 이는 겉으로 내건 명분일 뿐 결코 그렇지만은 않았을 것이다. 왜 이런 의심을 하는가? 역사에 올릴 만한 기준에 아예 미달되는 경우는 말할 것도 없지만, 전체적으로 열전에 올려 기릴 만하기는 한데 얼마간 마음에 걸리는 행실을 보이기도 했던 인물들이 적잖이 있었을 터다.

『삼국사기』 열전을 편찬할 때도 마찬가지였겠는데, 그때 김부식이 어떻게 했는지가 주목된다. 여러 정황으로 미루어보건대, 김부식은 사건을 자의적으로 왜곡하거나 변개하지는 않았지만 문제의 대목을 교묘하게 또는 과감하게 생략하는 방식을 취한 것으로 보인다. 위의 대목에서 문맥이 통하지 않는 것도 개루왕이 보낸 가왕(假王)의 시험과 그에 대한 도미처의 이러저러한 '호의적' 반응이 생략되었기 때문이 아닐까? 김부식이 저본으로 삼은 원자료가 남아 있지 않은 상태에서 그런 과정을 상세히 밝히기란 쉽지 않지만, 우리는 그렇게 믿는다.

둘째 사례는 설씨녀의 경우이다. 『삼국사기』 열전 가운데 가장 정채 나는 작품, 그리하여 그 저본을 전기소설류로 추정하기에 손색이 없는 것으로 「설씨녀(薛氏女)」를 꼽을 수 있다. 그녀 역시 가난한 청년 가실과 맺은 혼약을 지켜내기 위해 참으로 힘겨운 세월을 견뎌낸, '예비 아내의 이름'

으로 불려나온 여성이다. 하지만 여기에도 의심스런 대목이 있다.

> 가실에게는 말이 한 필 있었는데 설씨에게 말했다. "이는 천하에 드문 좋은 말이니, 후일에 반드시 쓸 데가 있을 것이오. 지금 나는 걸어서 가게 되니 이를 기를 사람이 없소. 이를 남겨두어 뒷날에 쓰게 하도록 바라오." 드디어 작별하고 떠났다.

설씨녀에게 연정을 품고 있던, 그러나 감히 말조차 꺼내지 못하던 가실이 설씨녀의 부친 대신 수자리를 살러가는 대가로 혼인을 허락받은 뒤, 설씨녀에게 한 말이다. 천하에 드문 말로서 뒷날 쓸 데가 있을 것이라는 말은 무슨 의미였을까? 뒤에 전개되는 사건을 염두에 두고 추정해본다면, 부친의 강압으로 말미암아 가실과 한 약속을 저버리고 다른 남자에게 시집갈 수밖에 없는 위기의 국면에서 설씨녀가 이 말을 쓰게 되는 때란 언제이겠는가? 상식적으로 볼 때, 부친에게서 탈주할 때이리라. 작품에서도 그런 정황을 짐작하게 하는 대목이 있다.

> 설씨는 굳이 거절하고 가만히 도망가려고 했으나 뜻대로 되지 않으므로, 외양간에 가서 가실이 남겨두고 간 말을 보고 한숨을 쉬며 눈물을 흘렸다.
>
> —김부식, 『삼국사기』(열전) 「설씨녀」

작품에서는 설씨녀가 탈주를 생각했으나 끝내 포기하고 마는 것으로 그려진다. '뜻대로 되지 않으므로'가 그러한 내용을 의미한다. 그리하여 가실이 맡기고 간 말을 보며 눈물을 흘릴 따름이다. 그러나 정말 그것뿐이었을까? 탈주를 포기한 설씨녀가 말을 찾아가 눈물짓는 것이 가실이 말한 '후일에 반드시 쓸 데가 있으리라'는 복선의 전부일까? 우리는 그렇지 않다고 생각한다.

「설씨녀」의 원작은, 지금 우리가 읽을 수 있는 것보다 설씨녀와 가실의 사연이 훨씬 더 파란만장하게 그려져 있을 뿐만 아니라 약혼자에 대한 신의와 부친에 대한 효행 사이에서 아슬아슬하게 줄타기하는 그런 서사로 이루어졌으리라 짐작된다. 그런데도 김부식이 설씨녀의 신의와 효행을 '함께' 돋보이게 하기 위해, 그런 서사의 주요한 한 축을 대폭 허물어뜨린 것이 아닐까? 「설씨녀」의 후반부가 그 전반부에 비해 훨씬 서둘러 마무리되는 듯한, 아니 서사적 긴장감이 형편없이 약화되는 까닭도 그런 이유 때문으로 보인다.

마지막 사례는 석우로처(昔于老妻)의 경우이다. 우리는 개루왕이 자신의 신하를 왕으로 꾸며 도미처를 시험해보려 했을 때 보인 도미처의 반응을 생략한 것이라든가, 설씨녀가 가실과 한 약속을 지키기 위해 부친의 강압으로부터 탈주하는 과정을 생략한 이유가 김부식이 그들의 절의와 효심에 조금이라도 손상을 주면 안 된다고 생각했기 때문이라고 판단한다. 한 치의 흔들림도 없는 절의나 극진한 효행만이 하찮은 여성을 정사(正史)에 오르게 할 수 있다고 믿은 것이다. 그리하여 김부식은 고심에 고심을 거듭한 끝에 원자료를 부분적 또는 결정적으로 훼손하기에 이른 것이니, 그런 고심의 극점을 다음과 같은 사평(史評)을 통해서도 확인하게 된다.

> 논평한다. 우로(于老)는 그때 대신이 되어 군무와 국정을 맡았는데, 싸우면 반드시 이기고, 비록 이기지 못하더라도 또한 패전하지는 않으니, 계책이 반드시 남보다 뛰어난 사람이었다. 그러나 한마디 말의 잘못으로 스스로 죽임을 당했고, 또 두 나라로 하여금 싸우게 만들었다. 그 아내는 원수를 갚을 수 있었으나, 이는 변통이요, 정도는 아니다. 만약 그렇지 않았더

라면 그 공업 또한 기록할 만하다.

—김부식, 『삼국사기』(열전) 「석우로」

석우로는 다소 생소한 인물이니 약간의 설명이 필요하다. 석우로는 내해이사금(奈解尼師今)의 아들이자 흘해이사금(訖解尼師今)의 아버지이니 당당한 왕족이다. 실제로 왕위에 오를 수도 있었다. 그런데 그는 왜국 사신과 나눈 가벼운 농담 한 마디로 말미암아 양국간에 전쟁이 일어나게 했고, 그 책임을 감당하기 위해 사과하러 적진에 갔다가 도리어 불에 타 죽고 말았다. 어찌 보면 언행에 조심할 것을 당부하기 위한 사례로 열전에 오른 것이 아닌가 하고 생각되기도 하지만, 그런 정도의 일로 정사에 오르기는 쉽지 않음을 감안한다면 열전에 오른 이유가 자못 궁금하다. 그런데 석우로의 행위에 대한 평가와 함께 눈길을 끄는 것은, '아내는 원수 운운' 하는 사평이다. 김부식은 죽은 남편을 위해 원수를 갚은 그 아내의 행동을 간과하지 않았으니, 그녀의 행동이 정도(正道)가 아닌 변통(變通)이라는 사연이란 무엇인가?

미추왕 때에 왜국의 사신이 예물을 가지고 왔는데, 우로의 아내가 국왕에게 청하여 왜국 사신을 자기 집에서 접대하고, 술이 몹시 취하자 장사를 시켜 뜰로 끌어내려 불에 태워 죽여 전날의 원수를 갚았다. 왜인이 분풀이로 와서 금성(金城)을 공격했으나 이기지 못하고 돌아갔다.

—김부식, 『삼국사기』(열전) 「석우로」

조선 후기 열녀전에 자주 등장하는 것처럼, 아내가 남편의 원수를 갚아 열녀로 기려지는 경우가 종종 있었다. 석우로의 처도 그러할 만했다. 남편을 불태워 죽인 적국의 원수를 똑같은 방식으로 되갚아준 아내의 행위야말로 열녀로 기리기에 부족하지 않을 듯하다. 하지만 김부식은 냉담했다. 남편의 원수를 갚은 공업이야 열전에 실릴 만하지만, 그에 이르는 과정은 그렇지 못하다는 것이다. 무엇 때문인가? 술에 흠뻑 취하게 만든 뒤, 원수를 죽인 방식이 정도가 아니라는 말이다. 원수를 갚되 정도를 써야 한다니, 힘없는 여성의 처지로서는 참으로 답답할 노릇이겠다. 조금 비약된 이야기지만, 논개가 왜적 장수에게 술을 먹여 춤을 추다가 남강에 빠뜨려 죽인 것도 정도가 아니니 그 공업을 인정할 수 없는가? 그렇다면 논개를 의기(義妓)로 모신 사당들을 모두 헐어버릴 일이다.

하지만 김부식이 눈살을 찌푸린 변통의 속사연이 반드시 그런 정도에 그치지 않았을지도 모르겠다. 열전에는 적장을 술에 흠뻑 취하게 만들었다고 했지만, 나이 먹은 여자이자 상대가 자신이 그 남편을 죽인 줄 번연히 아는 과부의 몸으로 원수를 그 지경까지 이르게 하는 과정이 그리 간단했겠는가? 거기에는 필경 부녀자로서 넘어서서는 안 된다고 생각하는 김부식의 기준을 넘는, 곧 아무리 원수를 갚기 위해서라지만 과부로서 지켜야 하는 사건이 있었음에 분명하리라. 그러기에 김부식은 그런 장면까지 세세하게 기술할 필요가 없다고 생각했고, 그래서 석우로처의 문제적인 행위를 생략한 것이다.

여성의 삶을 훼손시킨 증거, 그를 통해 밝혀진 것들

정말 김부식은 자신의 기준에 맞지 않는다는 이유로 설씨녀, 도미처, 석우로처의 행적을 훼손 또는 은폐시키고자 했는가? 심증은 가지만 증거가 없으니 답답하다! 그렇다고 그를 불러내 혹독하게 심문할 수도 없으니 더욱 답답하다! 그러나 평소 행적으로 미루어 유죄의 가능성을 높일 수는 있지 않을까? 그러기 위해, 잠시 다른 길로 돌아가보자.

『북사(北史)』에서는 이렇게 말했다. "고구려는 항상 10월에 하늘에 제사지냈는데 부정한 귀신에게 지내는 제사가 많았다. 신묘(神廟)가 두 곳에 있었는데, 첫째는 부여신(夫餘神)이니 나무에 새겨 부인상을 만든 것이요, 둘째는 고등신(高登神)이니 이는 시조 부여신의 아들이라 했다. 모두 관청을 두고 사람을 보내어 지키고 보호했는데, 대개 하백녀(河伯女)와 주몽(朱蒙)이라 했다."

—김부식, 『삼국사기』(잡지) 「제사(祭祀)」

고구려에서는 건국주 주몽과 함께 그의 어머니 유화를 신으로 떠받드는 풍습이 있었다. 주몽은 이유를 알겠는데, 유화는 무엇 때문에 신으로 추앙된 것일까? 『삼국사기』 고구려본기에서 이야기하고 있듯, 신이한 과정을 거쳐 주몽을 낳은 국모라는 이유가 가장 큰 이유일 터다. 신라의 선도산 성모도 그러했다. 하지만 『삼국사기』에 실려 있는 기록만 가지고는 유화가 굳이 지모신(地母神) 또는 곡신(穀神)으로 좌정된 내력을 이해하기 힘들다. 하지만 김부식이 삭제해버린 다음과 같은 삽화를, 이규보의 「동명왕편(東明王篇)」에서 보충해 넣는다면 쉽게 납득할 수 있다.

주몽이 이별할 때 차마 떠나지 못하니, 어머니가 "너는 어미를 걱정하지 마라"라고 말했다. 그리고 오곡(五穀) 종자를 싸서 보내었다. 주몽이 생이별하는 마음이 너무나 애절하여 보리 종자를 잊어버리고 갔다. 주몽이 큰 나무 밑에서 쉬는데 비둘기 한 쌍이 날아왔다. 주몽이 "아마도 신모께서 보리 종자를 보내신 것이리라" 하고, 활을 쏘아 한 화살에 모두 떨어뜨려 목구멍을 벌려 보리 종자를 얻었다. 물을 뿜으니 비둘기가 다시 소생하여 날아갔다.

—이규보, 「동명왕편」

이규보는 『구삼국사』 고구려본기를 보고 장편서사시인 「동명왕편」을 지었고, 이렇게 그 내용을 분주(分註)에 기록해놓은 것이니 위의 내용은 본래 「주몽신화」에 갖추어져 있었음에 틀림없다. 하지만 김부식은 유화가 오곡의 씨앗을 주어 주몽을 보냈다는 위의 대목을 생략해버리고 만다. 왜 그랬을까? 이규보가 추정한 근거를 들어보기로 하자.

> 처음에는 그(주몽신화)를 믿지 못하여 귀환(鬼幻)스럽다고 생각하였기 때문이다. 여러 번 탐독(耽讀)하고 미독(味讀)하여 차차로 그 근원을 찾아가니, 이는 환(幻)이 아니고 성(聖)이며, 귀(鬼)가 아니고 신(神)이었다. 하물며 국사(國史, 『구삼국사』)는 직필(直筆)하는 책이니 어찌 그 사실을 망령되게 전했겠는가? 김부식이 국사(『삼국사기』)를 다시 편찬할 때, 동명왕의 사적을 매우 간략하게 다루었다. 공이 국사란 세상을 바로잡을 책이니 신이한 일을 후세에 보여주는 것은 옳지 않다고 여겨 그렇게 한 것이 아니겠는가?
>
> — 이규보, 「동명왕편」(서문)

앞서 지적했듯, 김부식은 자기 입으로 실토한 것처럼 신이한 일은 역사의 영역에서 배제해야 한다고 믿은 역사가였다. 그리하여 『삼국사기』 고구려본기에는 해모수와 하백의 도술 싸움, 또는 주몽과 송양왕의 신이한 도술 싸움이 흔적도 없이 탈락되고 없다. 그러면 유화가 주몽에게 오곡의 종자를 주었다는 사실도 그런 기준에 의해 생략한 것인가? 그 정도는 그렇지 않다고 생각된다.

거기에는 김부식의 또 다른 기준이 작동하고 있기 때문이다. 사실 『삼국사기』에서 어머니 유화가 아들 주몽이 고구려를 건설하는 건국주로 성장하는 데 기여한 역할이란, 동부여의 왕자 및 신하 들의 모해를 눈치 채고 탈출을 권유하는 것에 제한되어 있다. 하지만 「동명왕편」에 실린 위의 신화적 삽화는 고구려의 기틀을 다지기 위해 더없이 중요한 생업의 기반을 닦는 데, 곧 수렵생활을 벗어나 농경생활로 진입하는 데 결정적 역할을 한 인물로 유화를 부각시키고 있다. 곡신으로 추앙받은 것이 그 때문이겠는데, 그런 유화의 역할은 여기에 그치지 않았다.

> 금와왕은 그 말(주몽을 죽이라는 대소의 말)을 듣지 않고 주몽에게 말을 기르게 했다. 주몽은 좋은 말을 알아보아 좋은 말은 적게 먹여서 여위게 하고 나쁜 말은 잘 먹여 살찌게 했다. 왕은 살찐 말은 자기가 타고 여윈 말은 주몽에게 주었다.
>
> — 김부식, 『삼국사기』(고구려본기) 「동명성왕」

> 그 어머니가 "이것은 내가 밤낮으로 고심하던 일이다. 내가 들으니 장부가 먼 길을 가려면 반드시 준마가 있어야 한다. 내가 능히 말을 골라 주겠노라" 하고, 마구간으로 가서 긴 채찍으로 어지럽게 때리니 여러 말이 모두 놀라 달아났는데, 한 마리 붉은 말이 두 길이나 되는 난간을 뛰어넘었다. 주몽이 이 말이 준마임을 알고 몰래 혀 밑에 바늘을 꽂아놓았다.
>
> — 이규보, 「동명왕편」

좋은 말을 가려내는 안목을 지니는 것은, 활을 잘 쏘는 것과 함께 수렵생활을 하는 집단 안에서 참으로 탁월한 지도자라는 징표였다. 그런 안목과 능력이 있었기에, 주몽은 그 험난한 시련을 딛고 일어서서 한 나라의 건국영웅이 된 것이다. 김부식은 그것을 말하고 싶어했다. 하지만 이규보는 이와 달리 증언하고 있다. 여러 말 가운데 준마를 가려낸 것은 주몽이 아니라 그 어머니 유화였던 것이다. 모정에 연연하여 떠나지 못하는 유약한 아들을 깨우쳐 떠나게 하고, 탈출에 성공하기 위한 방도를 착실하게 준비시키고, 또 새로운 나라를 세우고 일으켜 세울 방도까지 세세하게 일러준 어머니 유화의 역할은 참으로 지대했다.

하지만 김부식은 『삼국사기』를 편찬하면서 이런 유화의 형상을 완벽하게 탈색시켜버린 뒤, 단지 건국주 주몽을 낳은 자애로운 어머니라는 형상으로 축소시키고 만다. 이는 부정할 수 없는 김부식의 전죄(前罪)이다. 과거의 전력으로 도미처, 설씨녀, 석우로처의 일까지 유죄로 단정할 수는 없겠지만, 적어도 의심의 눈초리로 읽은 우리의 독법이 헛되지 않았다고 믿어도 좋다.

불교적 시각에서 음미하려는 일연

「김현감호」를 읽기 전의 질문

『삼국유사』에 등장하는 여성은, '가족의 이름'으로 불려나온 『삼국사기』의 여성에 비해 그 면면이 훨씬 다채롭다. 신분과 담당하는 역할이 다양한 여성들이 등장하며, 그리고 무엇보다 '가족의 이름'으로서가 아니라 독자적이고 주체적으로 그려진다. 그 중에서 일연이 가장 힘들여 그려낸 여성의 전형은 『삼국유사』 감통편에 등장한 면면들이 아닌가 한다.

감통편은 모두 10개 항목으로 이루어져 있는데, 거기에는 우리에게 널리 알려진 여성의 이름이 참으로 많다. 선도성모, 욱면비, 광덕의 처, 김현(金現)이 만난 호녀(虎女)와 신도징(申屠澄)이 만난 호녀 등이 그러하다. 그 가운데 「김현감호(金現感虎)」에 등장하는 두 호녀야말로 참으로 인상적이다. 그런데 이들 여성을 살피기에 앞서 당혹스런 일이 하나 있다. 정작 작품의 제목을 어떻게 해석해야 하는가라는 문제이다. '김현이 호랑이를 감동시키다'로 해석해야 할 법하지만, 문제가 그리 간단치만은 않다.

① '김현이 범을 감동시키다'—이재호 옮김, 『삼국유사 2』(솔출판사, 1997)

② '김현이 호랑이에 감동되다'—고운기 옮김, 『삼국유사』(홍익출판사, 2001)

③ '김현, 호랑이와 감통하다'—이동환 역주, 『삼국유사(하)』(삼중당, 1983)

「김현감호」는 흥륜사에서 탑돌이를 하던 김현과 호녀가 정을 통하고, 오빠의 죄로 인해 호녀가 대신 죽음을 받아들이고, 결국 자신의 목숨을 사랑하는 김현의 복록에 바친다는 감동적인 이야기이다. 그런 내용으로 이루어진 「김현감호」는 일반적으로 ①처럼 '김현이 호랑이를 감동시키다'로 해석된다. 하지만 작품을 읽어본 사람이라면, 으레 김현이 호랑이를 감동시킨 게 뭐 있는가라는 반문을 하게 마련이다. 오히려 호랑이의 지고지순한 자기 희생에 김현이 감동하지 않았는가? 그래서 ②처럼 '김현이 호랑이에 감동되다'로 해석해보기도 한다. 하지만 한문어법상 어색하다. 그런 까닭에 ③처럼 '김현, 호랑이와 감통하다', 또는 '정을 통하다'라는 뜻으로 풀기도 한다. 이런 해석이 내용과 가장 부합할 법하지만, 그런 사사로운 연애담에 주목해서 인간의 간절한 소망이 천지귀신을 감동시킨다는 뜻으로 제목을 삼은 '감통편'에 수록했을까는 의문이다.

이처럼 혼란스런 세 가지 해석의 길, 그 가운데 일연의 의도는 무엇이었을까? 그것을 가늠하려면, 우리는 작품으로 돌아가 작명(作名)의 내력을 탐색해볼 수밖에 없다. 그때, 이 글에 사용된 '감(感)'의 용례는 다음과 같다.

㉠ 김현과 호녀가 서로 눈이 맞아 정을 통하다.
(相感而目送之 遶畢 引入屛處通焉)

㉡ 김현이 호녀의 기이한 행동에 감동되다.
(現臨卒 深感前事之異 乃筆成傳)

㉢ 호녀의 정성스런 탑돌이가 김현을 감동시키다.
(祥觀事之終始 感人於旋遶佛寺中)

㉣ 김현의 정성스런 탑돌이가 관음보살을 감동시키다.
(蓋大聖應物之多方 感現公之能致精於旋遶)

인간과 동물의 사랑이라는 범상치 않은 연정에 주목한다면 ㉠을 근거로 내세울 수 있을 것이고, 작품 전체를 총괄하는 주지(主旨)에 주목한다면 ㉡을 근거로 내세울 수 있을 것이다. 하지만 일연이 주목한 대목은 ㉢과 ㉣이었다. 호녀의 정성스런 탑돌이가 김현을 감동시켰고, 또 김현의 정성스런 탑돌이가 관음보살을 감동시켰다는 것이다. 간절한 발원(發願)을 담은 '흥륜사 탑돌이'가 감동의 요체인 것이다. 그런 점에서 가장 널리 받아들여지고 있는 '김현이 호랑이를 감동시키다'라는 해석이 일연의 의도에 어느 정도 부합되는 듯도 하지만, 다시 말하건대 문제는 작품이 그런 맥락으로 읽히지 않는다는 사실이다.

발원과 보응 또는 의혹과 설득

「김현감호」 원작은 만년에 호녀와 있었던 일을 회상하며 김현 자신이 적은 작품이었다. 그것이 『수이전』에 실렸지만, 지금은 일실(逸失)되고 말았다. 현재 확인할 수 있는 작품은 『수이전』에서 전재한 『삼국유사』의 「김현감호」와 『대동운부군옥』의 「호원(虎願)」뿐이다. 추정컨대 김현 자신은 「○○전」(또는 「논호림(論虎林)」)으로 제목을 삼아 자신과 호녀의 애틋한 사연을 전했을 테고, 이를 실은 『수이전』에서도 사정이 크게 다르지 않았을 것이다. 이류간(異類間)의 연정과 파국을 착잡하게 그려내는 한편 호원사(虎願寺)의 창건설화로서 그것의 진정성을 담보하고 있었으리라 짐작된다. 하지만 권문해는 『대동운부군옥』을 편찬하면서 『수이전』에 실려 전하던 원작을 대폭 축약했다. 그때 권문해가 주목한 대목은 호녀의 애처로운 죽음과 간절한 발원이었는데, 호랑이의 소원이란 뜻의 '호원' 이라는 제목이 이를 뒷받침한다.

하지만 권문해와 달리 일연은 『수이전』에 있는 같은 작품을 실으면서도, 전혀 새로운 시각으로 읽어내고자 한다. 인간과 짐승이라는 간극을 넘어선 김현과 호녀의 애틋한 사랑을 외면하는 대신, 이들의 사연을 철저하게 불교적 시각으로 해석하려는 것이다. 감상의 초점을 '흥륜사 탑돌이'라는 종교적 의식에 둔 것인데, 제목을 '김현이 호랑이를, 아니 관음보살을 감동시키다'라는 뜻인 「김현감호」로 바꾼 것도 그런 까닭이다. 뒤에서 자세하게 살피겠지만, 일연은 호녀를 금수인 호랑이의 변신이 아니라 김현의 정성스런 탑돌이에 감동한 관음보살의 응신(應身)으로 읽는다. 그래서 간절한 기원에 대한 보응(報應)이라는 뜻의 감통편에 수록한 것이다. "대성(大聖, 관음보살)이 사물에 감응함이 다방면이므로, 김현이 탑돌이에 정성을 다한 데 감응하여 명익(冥益)을 갚으려 했을 따름이다. 그러니 당시에 복을 받음은 당연하지 않겠는가?"라는 일연의 의론이 그를 입증한다.

이처럼 '호녀의 소원'에 주목한 권문해와 달리 '김현의 발원과 호녀의 보응'에 주목한 일연의 독법은 참으로 독특하다. 일연의 독법으로 재해석된 「김현감호」는 '김현과 호녀 — 신도징과 호녀 — 일연의 의론 — 일연의 찬시'라는 네 단락으로 구성된다.

이때, 우리는 김현과 호녀의 이야기에 대한 일연의 각별한 관심에 주목하게 된다. 『태평광기』 권429에 실려 있는 「신도징」의 전문을 굳이 인용한 것도, 그런 각별한 관심의 일환이었다. 물론 '주자료 — 보조자료(또는 대비자료) — 의론 — 찬시'라는 감통편의 구성원리를 감안한다면, 『태평광기』에서 관련이 있는 보조자료를 끌어들인 것 자체는 그리 별난 일이 아닐 수 있다. 하지만 보조자료가 주자료의 의미를 더욱 확실하게 만들어 의혹이 없게 하는 '방증적 성격' 또는 견문의 차이를 있는 그대로 대비하여 제시하는 '객관적 성격'에만 머물지 않는다는 점에 유념할 필요가 있다. 「김현감호」에서 보조자료로 활용한 '신도징과 호녀'는 주자료인 '김현과 호녀'와 의도적으로 '대비적 성격'을 갖도록 배치한 것이다. 주자료에 대한 일연 자신의 독특한 감상, 곧 불교적인 독법에 의혹을 품을 법한 독자를 설득시키기 위한 방편으로 끌어들인 것이다.

사실 일연은 『수이전』에 실린 '김현과 호녀' 이야기를 『삼국유사』에 거두면서 어느 맥락에서 음미할 것인가, 또한 그리하여 어느 편목에 소속시킬 것인가에 대해 매우 고심한 듯하다. 자신의 감상에 확신을 가지고 자료를 선별한 감통편의 다른 사례와 달리, 여기서는 매우 신중한 태도를 보이고 있기 때문이다. 김현과 신도징이 겪은 범상치 않은 사건을 대비적으로 감상한 뒤, 일연은 "이 일(김현과 호녀의 일)의 처음과 끝을 자세히 보면(詳觀事之終始)"이라는 말로 자신의 의견을 조심스럽게 개진한다. 이런 태도는 김현이 만난 호녀의 의로움, 곧 인간도 감히 하기 어려운 행위를 어떻게 해석해야 할 것인가에 대한 곤혹스러움에서 기인한다. 그리하여 이런 호랑이라면 관음보살의 응신일 수밖에 없다는 판단을 내린다. 하지만 이런 감상은 권문해는 물론 김현 자신도 전혀 염두에 두지 않은, 그야말로 모든 사태를 불교적 시각에서 음미하려는 일연의 독특한 시각임에 분명하다. 그렇다면 일연이 선택한 이런 독법의 정당성 또는 진위 여부를 판단하기 위해 우리는 작품 자체로 되돌아갈 수밖에 없다.

일연의 독법, 우리의 독법

'김현과 호녀'의 사연을 읽는 데는 두 가지 독법이 있다. 우선 「김현감호」를 읽으면서 품게 되는 궁금함 가운데 하나는, 김현과 호녀가 탑돌이를 하면서 기원한 것이 무얼까 하는 점이다. 사랑, 벼슬, 아니면 또 다른 무엇? 문면에 드러나 있지 않기 때문에 단정하기 어렵지만, 외로운 남녀의 애정에 대한 갈구를 생각해봄 직하다. 외로움에 떨던 청춘남녀였기에 곧바로 운우의 정을 나누고, 목숨을 바치는 연정으로 급진전할 수 있었을 듯하다.

하지만 이런 외로움이야 생래적 고독일 테고, 그들 각각은 그런 외로움을 견딜 수 없게 만드는 또 다른 무엇에 시달리고 있던 것으로 보아야 옳다. 김현은 현실세계로부터 소외된 목마름, 호녀는 인간세계로부터 소외된 목마름! 밤늦도록 탑돌이를 하면서 인간이자 남성인 김현은 벼슬길로 나아갈 수 있기를 빌고, 짐승이자 여성인 호녀는 인간으로 환생할 수 있기를 빈 것이 아니었을까? 호녀가 자신의 죽음으로 얻을 수 있다던 다섯 가지의 이익을 보면, 그 점이 분명하게 드러난다. 자신의 육신을 하루라도 빨리 버리는 것이 '자신의 소원'인 동시에 '낭군의 경사'라 하지 않았는가? 좀더 냉정하게 따져본다면, 자신의 소원을 간절하게 빌며 행한 흥륜사 탑돌이를 통해 그들 모두는 결국 '인간으로 환생하는 소원'과 '벼슬길로 진출하는 소원'을 함께 이룰 수 있었다.

하지만 일연은 이런 독법으로 읽지 않는다. 우리가 조심스럽게 판단한, 인간으로 환생하길 바라는 호녀의 '자발적인 발원'도 인정하지 않으려 함은 물론이다. 그리하여 작품의 초점을 교묘하게 비틀어버리는데, 그의 감상이 다다른 귀착점은 이러했다.

산가가 세 오빠의 죄악 견디지 못할 제	山家不耐三兄惡
고운 입에 한 마디 허락의 아름다움이여!	蘭吐耐堪一諾芳
의리의 중함 여럿이니 죽음도 가벼이 여겨	義重數條輕萬死
숲 속에서 몸을 맡겼어라, 마치 떨어지는 꽃잎처럼.	許身林下落花忙

일연이 '김현과 호녀' 이야기에서 주목하는 점은, 세 오라비를 대신한 자기 희생과 하룻밤을 함께 보낸 낭군을 위한 기꺼운 죽음이다. 그리하여 호녀의 선택을, 인간사회에서 통용되는 인(仁)과 의(義)라는 지고지순한 윤리적 이념으로 포장하는 것도 마다하지 않는다. "짐승으로서도 어질기가 그와 같았다〔獸有爲仁如彼者〕"거나 "의리의 중함 여러이니 죽음도 가벼이 여겨〔義重數條輕萬死〕"라는 언술이 그것이다.

하지만 「김현감호」에서 독자를 가장 높은 차원의 감동으로 이끄는 호녀의 말을 음미해보면, 그녀에게는 뚜렷한 동기와 목적이 있었다. 우리가 호녀의 자기 희생적인 죽음에서 느낄 수 있는 진한 감동과는 무관하게 "한 번 죽음으로써 다섯 가지 이익을 얻게 된다〔一死而五利備〕"가 웅변하듯, 죽음은 자신의 간절한 소원〔願〕이자 그를 통해 얻을 이익〔利〕도 명확한 것이었다. 그건 일연이 재단하고 있는 인이라든가 의라는 인간적 윤리와는 거리가 멀다. 그런데도 일연은 호녀의 행동을 인간 중심적이고 남성 중심적인 관점에서 읽고 있으며, 이를 발판으로 삼아 그녀를 관음보살의 응신으로 상승시키는 도움닫기를 시도한다. 이런 인의의 행위를 할 수 있는 자가 그저 예사로운 짐승일 수 없으니, 분명 대자대비한 관음보살일 것이라고 판단하는 것이다.

승려인 일연은 김현이 만난 호녀를 관음보살로 읽고 싶었겠지만, 범상한 우리로서는 여전히 그의 독법에 선뜻 동의하기가 어렵다. 하긴, 일연 자신조차 확신할 수 없는 일이었다. 그래서 끌어들인 것이 『태평광기』에 실려 있는 「신도징」의 내용이다. 김현의 호랑이가 범상한 짐승이 아니었음을 믿게 만들기 위해, 신도징의 호랑이를 극적으로 대비시킨 것이다. "신도징의 범이 사람을 배반하는 시를 보내고, 으르렁거리고 할퀴면서 달아난 행위"야말로 짐승 본연의 모습일 터, 그렇다면 인의를 행한 김현의 범을 이런 짐승과 구분되는 '관음보살의 응신'으로 해석할 수 있는 길이 열리기 때문이다.

하지만 이런 강박관념에 사로잡혀 자료를 읽는 한, 누구라도 의식적이든 무의식적이든 무리하게 꿰어맞추는 위험에 노출되기 마련이다. 일연도 그러했다. 우리는 전대의 문헌을 가감 없이 전재하고 있다는, 그리하여 객관적인 태도를 견지하고 있다는 점에서 일연의 『삼국유사』 편찬태도를 높이 평가하곤 한다. 하지만 『태평광기』에 실려 있는 「신도징」의 내용과 『삼국유사』의 「김현감호」에서 그것을 인용한 내용을 비교해보면, 미묘한 차이가 발견된다. 일연은 원작 「신도징」의 부분부분을 생략하며 인용하고 있는데, 특히 신도징이 호녀에게 호감을 갖게 되는 과정과 뒷날 호녀가 신도징에게 화답시를 주는 과정이 그러하다. 전자가 「신도징」의 전기소설적 면모를 보여주는 대목이라면, 후자는 신도징과 결혼한 호녀의 내면을 보여주는 대목이다.

여기서는 후자에 초점을 맞추기로 하는데, 먼저 일연이 『삼국유사』에 전재한 대목을 따라가며 호녀의 행동을 음미해보기로 한다. 여기에서 그들은 3년 남짓한 세월을 함께하며, 1남 1녀를 두고 행복하게 지낸다. 신도징이 그런 행복을 시에 담아 표현하지만, 호녀는 무언가 말을 하려다 입을 다물고 만다. 그러던 중 신도징이 벼슬을 그만두고 본가로 돌아가야 할 즈음, '돌연〔忽〕' 다음과 같은 화답시를 읊어준다.

부부의 정도 중하기야 하지만	琴瑟情雖重
산림을 향한 뜻 절로 깊어졌소.	山林志自深
시절이 변할 것 늘 근심했으니	常憂時節變
행여 백년해로 저버릴까 싫어서지요.	辜負百年心

일연이 '배반하는 시〔背人詩〕'라 일컬은 위의 화답시를 읊은 호녀는, 자신의 옛집에 도착하여 온종일 슬퍼하다가 벽에 걸린 호피를 보고 "크게 웃더니만〔大笑〕" 그걸 뒤집어쓰고 범이 되어 달아나버린다. 남편과 자식을 팽개친 채, 그것도 "으르렁거리며 할퀴더니〔哮吼拏攫〕" 문을 박차고 달아나버린 것이다. 김현의 호랑이가 보여준, 저 지고지순한 자기 희생과는 딴판이 아닐 수 없다.

하지만 『태평광기』에 실려 있는 원작 「신도징」을 직접 읽어보면, 아니 호녀의 입장에서 음미해보면 일연의 감상과는 상당히 다르게 읽힌다. 행복에 겨워하는 남편 신도징을 볼 때마다 호녀는 불현듯 밀려드는 불안과 시름에 휩싸이곤 한다. 자신도 어찌할 수 없는, 고향과 부모를 향한 그리움 때문이다. 사랑하는 남편 그리고 자식과 함께하는 인간생활의 달콤함과 산림에서 뛰놀던 범으로서 간직한 본능적 충동 사이에서 그녀는 늘 흔들린 것이다. 「선녀와 나무꾼」에서 선녀가 늘 갈등했듯이!

실제로 호녀가 겪은 내면 갈등의 정황은, 일연이 생략해버린 원작 「신도징」의 군데군데에서 섬세하게 묘사된다. 위의 화답시를 읊는 장면만 해도 그렇다. 그녀는 임기를 마친 신도징과 함께 시가(신도징에게는 본가!)로

가는 길에 고향 부근의 강 언덕에 이르러 잠시 쉬게 된다. 3년 만에 다시 찾은 고향산천이 주는 감회, 그리고 이제 이곳을 떠나가면 다시는 되돌아 올 수 없다는 엄연한 사실은 그녀의 억제된 본능을 충동질했다. "애당초 말씀드리려 하지 않았지만, 지금 이곳의 경치를 보니 참을 수 없군요"라며 자신의 심사를 토로한 화답시는, 그래서 결코 '배반의 시'로만 읽어서는 안 된다. 그건, 신도징도 그러했다. 그녀가 호랑이란 사실을 아직 눈치 채지 못하긴 했지만, 자신과 고향을 사이에 두고 갈등할 수밖에 없는 심사를 충분히 이해할 수 있었다. 그러기에 이런 말로 아내를 위로한다.

> 읊기를 마치고 한동안 슬피 눈물을 흘리니, 마치 그리움이 쌓인 듯했다. 신도징이 말하기를, "시는 곱구려. 그러나 산림은 연약한 여자가 생각할 바가 아니지요. 아마도 부모님이 생각나는가 보구려. 이제 다 왔는데 왜 슬피 우는 거요? 인연과 업으로 얽힌 인생이란 모두 전정(前定)으로 말미암는 것이겠지요." 20여 일이 지난 뒤, 다시 처의 본가에 이르렀다.

호녀에게, 두고 온 부모와 자신이 뛰놀던 산림은 쉽게 치유될 수 없는 고질이었다. 원작 「신도징」은 그런 그리움을, 사랑하는 사람과 얽혀 살아가는 과정 속에서 절절하게 그려낸 것이다. 문학작품을 읽을 때, 요약본이나 번역본이 아닌 원본을 읽는 것은 그래서 중요하다. 일연은 호녀의 그런 흔들림과 미묘한 심경의 추이를 제대로 살려내지 못한 것이다. 아니, 살려내려 하지 않았다. 그녀를 '비정한 짐승'으로 각인시키기 위해! 아니, 김현의 범을 인의로 충만한 '성스런 존재'로 부각시키기 위해! 그래서였을까? "문득 범으로 변하자 으르렁거리며 할퀴더니 문을 박차고 나가버렸다[卽變爲虎 哮吼拏攫 突門而出]"는 마지막 대목을 완벽하게 오독하고 만다. 우리는 호녀의 광포한 행동이 신도징을 향한 눈물겨운 사랑의 표현인 포옹의 포즈였음을 잘 안다. 인간 신도징은 그걸 모르고, 자기에게 해코지하는 줄로 여기고 놀라 몸을 피하고 말았지만.

탈주하는 자, 안주하는 자

그토록 간절하게 꿈꾸던 인간세계를 잠시나마 맛본 김현의 호녀와 신도징의 호녀, 그러나 그들 모두는 끝내 화합하지 못한다. 이류와 완전한 만남을 이루는 것은 결코 허락될 수 없다는 금기의 반증이겠다. 그러나 이들이 선택한 최후는 참으로 달랐다. 신도징의 호녀가 인간세계로 편입되기를 거부하고 산림세계로 자신을 감춘 반면, 김현의 호녀는 인간세계로 환생하기를 바라던 염원을 끝내 저버리지 못한 채 육신을 버린다. 탈주하는 자와 안주하는 자! 그리하여 뒤돌아보지도 못하고 사라져버린 신도징의 호랑이도 깊은 여운을 남기지만, 김현의 호랑이는 더 깊은 여운을 남긴다.

아무리 자신의 간절한 바람이었다고 해도, "짐승만도 못한 사람이 활개치는" 팍팍한 인간세계를 왜 그리도 갈망했는지? 헛된 열망으로 가득 찬 삶을 마감하던 그때, 초라한 짐승으로 되돌아와 가쁜 숨을 몰아쉬며 무슨 생각을 했는지? 우리는 그녀의 갈망과 죽음을 지켜보면서 무한한 연민의 감정을 느끼지 않을 수 없다.

호녀에 대한 연민은 그런 이유 때문만이 아니다. 새삼스런 말이지만, 호녀는 하룻밤의 연정을 무참하게 짓밟아버린 세계의 횡포에 속수무책일 수밖에 없는 가녀린 여성이었다. 인간세계, 아니 남성세계는 그녀에게 자발성으로 포장된 지순한 희생을 강요한 것이 아닐까? 가문을 대표하는 오빠들을 위해, 그리고 하룻밤의 인연을 맺은 낭군을 위해! 아무리 숭고

한 종교적 · 도덕적 수사로 찬미한다 해도, 우리는 그곳에서 가문과 가장이라는 이름으로 여성의 삶을 옥죄기 시작하던 중세의 음험한 그림자를 본다.

돌이켜보면 신라인의 사랑은 참으로 다양하게 구가되고 있었다. 이루어질 수 없는 사랑의 아픔으로 죽어가는 쪽이 뜻밖에도 최항(崔伉)이나 지귀(志鬼) 같은 남성이었는가 하면(『수이전』 소재 「수삽석남」과 「심화요탑」), 고단한 부부의 행로를 끝내자는 선언의 주체가 뜻밖에도 조신(調信)의 처와 같은 여성이기도 했다(『삼국유사』 소재 「조신전」). 또는 부부간의 신의를 목숨과도 바꾸지 않은 도미 부부의 굳센 사랑도 본다(『삼국유사』 소재 「도미전」). 그러나 앞서 살폈듯, 이들조차도 남성 문인의 손에 의해 삭제되거나 훼손당한 흔적이 역력하다. 도미처 · 설씨녀 · 석우로처도 그러했으리라 짐작되거니와, 유화의 경우는 한 여성의 삶이 가부장적 남성세계의 시각에 의해 가차 없이 오그라든 움직일 수 없는 증거이다.

우리는 그곳에서 참으로 활달하던 삼국 여성들이 기나긴 중세의 터널을 지나면서 점차 생기를 잃어가기 시작하는 모습을 본다. 순종과 희생이라는 찬사를 얻는 대신! 그리하여 은밀하게 지워져버린 여성들의 삶과 지고지순한 희생으로 포장된 호녀의 죽음은 더욱 착잡한 여운을 남긴다.

| 정출헌 |

두 시대의 충돌과 균열
이인로VS이규보

깨진 술판 혹은 중세 문학사의 한 장면

열아홉의 팔팔한 청년 이규보(李奎報; 1168~1241)는 1186년 무렵, 어떤 모임에 참석했다가 이담지(李湛之)라는 사람으로부터 이런 제안을 받는다. "우리 모임의 오세재(吳世才)가 동도에 놀러가서 돌아오지 않으니 자네가 그의 자리를 메워주겠는가?" 이 제안에 대해 이규보는 비꼬듯이 "칠현(七賢)이 조정의 벼슬입니까? 어찌 그 빈자리를 보충한단 말입니까? 혜강(嵇康)·완적(阮籍) 뒤에 그들을 계승한 이가 있었다는 말은 듣지 못했습니다"라고 대답한다. 그리고 이어진 시회(詩會)에서 자신에게 던져진 '춘(春)'과 '인(人)' 두 자를 운으로 삼아 이런 시를 짓는다.

영광스럽게도 대나무 아래 모임에 참석하여	榮參竹下會
유쾌하게도 독 안의 봄에 자빠졌네.	快倒甕中春

알지 못하겠구나, 칠현 가운데	未識七賢內
어느 분이 자두(오얏) 씨를 뚫은 왕융(王戎)[1]이신지?	誰爲鑽核人

이 시는 함께 자리한 사람들을 대단히 불쾌하게 만든다. 이규보 스스로 작성한 『백운소설(白雲小說)』의 보고서를 보면 그런 정황까지 그려져 있지는 않지만, 그들은 아마도 '젊은 놈이 멋모르고 재주만 믿고 까부는군. 우리를 이따위로 무시하다니' 하며 속으로 심사가 꽤나 뒤틀렸을 것이다. 그러나 이규보는 아랑곳하지 않고 '거만스런 태도로 거나하게 취해서' 나와버린다.

이규보의 붓끝으로 묘사되고 있는 이 시회와 술판이 의미하는 것은 무엇인가? 저들은 누구이고 이규보는 왜 스스로를 '광객(狂客)'으로 지목하며 이런 소란을 떨었는가? 저들을 소란과 취기로 몰아간 힘은 또 무엇인가? 12세기 말 고려 문인지식인 사회의 한 상징적 축도(縮圖)라고 할 수도 있을 이 장면은 수세기를 격한 우리에게 적지 않은 물음을 던진다.

죽림의 냉소와 광객의 풍자

대나무 아래로 이규보를 초대한 저들은 이름이 익히 알려진 이른바 강좌칠현(江左七賢)이다. 오세재, 이인로(李仁老), 임춘(林椿), 황보항(黃甫抗), 조통(趙通), 함순(咸淳), 이담지가 그 일곱인데, 나이로 보면 오세재가 좌장이었고 이인로는 이들의 대변인 격이었다. 이들은 모두 고려사의

---

1) 진나라 초기에 노장학(老莊學)을 숭상하여 죽림에 모여 청담을 일삼던 일곱 명의 선비들이 있었는데, 이들이 바로 죽림칠현이다. 이들 가운데 왕융이란 사람은 몹시 인색하여, 자기 집에 자두(오얏)나무가 있었는데 다른 사람이 그 씨를 얻어 심을까 걱정하여 자두를 먹고 나면 반드시 송곳으로 씨를 뚫어서 버렸다고 한다.(『세설신어(世說新語)』)

분수령이 된 무신난(1170)으로 몰락한 옛 문신귀족의 후예들로 '무부(武夫)'들이 지배하는 현실에 대단한 불만을 품은 인물들이었다. 이들이 중국 진나라의 죽림칠현(竹林七賢)을 본떠 죽림고회(竹林高會)를 결성한 것도 그 불만을 드러내는 우회적 포즈였을 것이다.

그러나 불행하게도 이들은, 죽림칠현이 그러했듯이[2] 현실에 대해 철저한 부정의 정신을 소지하지는 못했다. 애초에 이들은 어떤 세계관적 선택에 의해 죽림(竹林)에 자리잡은 것이 아니었다. 말하자면 이들은 현실 정치의 풍파에 어쩔 수 없이 죽림으로 밀려나 패배의 쓴잔을 마시고 있던, 한때는 '잘 먹고 잘살던' 집안의 인물들이었다. 따라서 이들에게 현실에 대한 철저한 부정의 의미를 지닌 은거나 초월의 길을 걷기를 기대하기란 어렵다. 이들은 죽림이라는 공간에서 한편으로는 무신난 이전의 옛 영화를 동경하면서, 한편으로는 무신들이 지배하는 개경의 풍림(楓林)으로 내려가고 싶은 욕망을 감추고 있는 사람들이었다. 죽림에서 짓는 냉소는 개경에 대한 열망의 다른 이름이었다. 달리 말하면 이들의 냉소는 무신정권에 대한 부정이 아니라 '부정의 부정'이었다고 해도 좋을 것이다. 현실에 대한 다른 방식의 추인이 냉소의 본질이니 말이다.

이들 가운데 이인로(1152~1220)는 개경을 향한 욕망을 가장 먼저 실현한 인물이었다.[3] 이인로는 시회에서 이규보를 만나던 그 무렵에 이미 과거를 통해 출사해 있었다. 문종에서 인종까지 7대 80년 동안 권력을 장악

2) 실제로 죽림칠현은 술만 마시고 청담만 하는 사람들이 아니었다. 예컨대 혜강은 사마씨를 공격하기 위해 군사를 일으킨 관구검 진영에 가담하려 하기도 했다. 왕융은 재물을 축적하는 데 몰두했으며, 산도는 사마씨 정권에 아첨하여 벼슬을 했고, 완적 역시 사마씨 정권의 비호를 받았다. 세속에서 벗어나기를 원했으나 결코 세속으로부터 자유로울 수 없었다. 죽림칠현은 정치적 · 사회적으로 혼란한 시기에 중국 지식인들이 대처하던 전통적 방식, 즉 역사와 노동의 세계에 적극적으로 참여[出]하지 않고 자연과 은일의 세계로 물러나는[處] 태도의 한 사례라고 할 수 있다.

3) 이인로의 뒤를 이어, 여러 차례 과거에 낙방한 전력이 있던 오세재가 명종 12년에 과거에 급제했고, "그저께 난리를 만났을 때 사람들이 모두 깊이 숨고 멀리 달아나 이름을 도둑질하고 거

한 경원(慶源, 仁州) 이씨의 후예인 이인로는 조실부모하고 대숙(大叔)인 승려 요일(寥一)에게 양육받으며 산사에 묻혀 있었기 때문에 무신난을 피했고, 5년 후에 환속하여 과거에 몇 번 나간 후 경대승이 권력을 잡고 있던 명종 10년(1180, 29세)의 과거에서 장원을 하여 벼슬에 나간 것이다. 죽림고회라는 모임이 형성된 것은 이로부터 5, 6년 후의 일이고, 이인로는 그 중심인물이었다.

이런 죽림고회와 이인로에 대해, "천지를 이불로 삼고 / 강물을 술로 삼아 / 천 일 동안 마시고 마셔 / 취해 지나노니, 이 태평세월을〔天地爲衾枕 / 江河作酒池 / 願成千日飮 / 醉過太平時, 『백운소설』〕"이라고 호기로운 풍자정신을 구가하던 청년 이규보가 불만을 품은 것은 어쩌면 당연한 일이었다. 젊은 이규보에게 문인 선배들의 태도, 다시 말해 한 사람이 빠졌으니 당신이 들어와 짝을 맞추라는 지극히 형식주의적 태도, 그리고 노장(老莊)의 삶을 추구한다면서 지극히 비노장적이던 왕융의 이중적 태도처럼 죽림의 탈속을 표방하면서 현실의 권력에 빌붙을 기회를 호시탐탐 노리거나 이미 붙어 있는 이중적 태도는 마땅찮은 것이었음에 틀림없다. 그러나 이규보의 불만과 풍자에는 젊은 혈기의 반항의식을 뛰어넘는 사회적 맥락이 놓여 있다.

이인로와 이규보의 관계를 설명하는 가장 흔한 방법은 문벌귀족과 신흥사대부라는 사회집단의 관계를 통해 살피는 것이다. 무신난을 통해 밀려난 대농장을 소유하던 재경부재지주인 문벌귀족과 무신난 이후 새롭게

짓 복종하여 한때의 난리를 피하더니, 급기야 사태가 한번 변하니 학서(鶴書)의 초빙을 기다리지 않고 이록(利祿)에 끌려 옆길로 구하느라 체면을 보지 않으니, 누가 다시금 스스로 고상하게 숨는 절개를 지킬 수 있겠습니까? 그러므로 옛날에는 세상에 숨은 선비가 많더니 이제 와서는 듣기에도 드물게 되었습니다"(『서하집(西河集)』 권4 「기산인오생서(寄山人悟生書)」)라고 편지를 쓰던 임춘도 과거에 응시할 기회를 엿보고 있었다. 그리고 『백운소설』에 보이는 유원(留院) 이담지, 사직(司直) 함순 등의 표현을 참조한다면 이 두 사람도 벼슬자리에 나간 것으로 보인다.

등장한 지방향리 출신의 재지중소지주 그룹인 신흥사대부의 관계라는 시각이다. 따라서 두 사람은 세계관 자체가 다르고, 무신정권을 바라보는 시선도 달랐다는 것이다.

그런데 최근에 이규보를 재지중소지주 출신으로 단정할 수 없다는 견해도 대두하고 있다. 이미 부친인 윤수(允綏)가 호부낭중(戶部郎中)으로서 개경에 경제적 기반을 확보한 재경관료의 지위에 있었고, 고향인 황려(黃驪)에 조상 전래의 가전(家田)을 가지고 있었기 때문에 단순한 재지중소지주가 아니었다는 것이다. 그러나 우리는 바로 그렇기 때문에 이규보가 새로 서울에 올라온 관료집안의 후예로서 기존의 문벌귀족들에 대해 적대의식을 가지고 있었으리라는 것, 그리고 강한 권력지향성을 소지하고 있었으리라는 것을 미루어 짐작할 수 있다. 이런 시각에서 본다면 우리는 이규보의 죽림고회와 이인로에 대한 비꼬기가 저들의 이중성이 지닌 위선에 대한 풍자였다는 것, 나아가 자신은 냉소만 보내는 죽림에 머물지 않고 무신정권에 들어가 복무하더라도 사(士)로서 소임을 다하겠다는 의지의 또 다른 표현이었음을 알 수 있다.

12세기 말 구귀족 세력과 신흥사대부 세력을 표상하는 한국문학사의 라이벌 이인로와 이규보는 이런 모습으로 문학사에서 만나고 있었다. 죽림의 냉소와 광객의 풍자가 만나는 술판은 깨질 수밖에 없지 않았을까? 이때 이인로는 서른다섯, 이규보는 열아홉 살이었다.

용사인가, 신의인가

이인로와 이규보를 문학사의 라이벌이라고 할 때 그 표징으로 가장 흔히 거론되는 것이 '용사(用事)'와 '신의(新意)'라는 한시의 창작방법론이다. 잘 알려져 있듯이 용사는 이미 존재하는 명문(名文)의 표현이나 관련 사실을 다시 끌어다 쓰는 창작방식이고, 신의는 옛사람의 표현을 되풀이하기보다 새로운 착상과 표현을 중요시하는 창작방식이다. 이런 두 가지 창작방식 가운데 구귀족의 후예인 이인로가 용사를 선호했다면, 신흥사대부인 이규보는 신의를 애호했다는 것이다.

그런데 이는 후대 학자들의 평가가 아니라 당대에 이미 있던 평가였다. 최자(崔滋)의 『보한집(補閑集)』에서 전하는 이야기가 그것을 잘 알려준다.

> 이(李) 학사(學士) 미수(眉叟, 이인로)가 말하기를 "나는 문을 닫고 들어앉아 황정견(黃庭堅), 소식(蘇軾) 두 사람의 문집을 읽은 뒤에 말이 굳세고 운이 맑은 소리를 내게 되었으며 시 짓는 지혜를 얻었다"고 했다. 문순공(文順公, 이규보)이 말하기를 "나는 옛 사람을 답습하지 않고 신의를 창출했다"고 했다. 당시 사람들이 이 말을 듣고 두 분이 들어간 곳이 같지 않다고 한 것은 잘못이다. 왜냐하면 배우는 사람이 경사백가(經史百家)를 읽는 것은 뜻을 얻어 도를 전하자는 데 그치지 않고, 장차 그 말을 익히고 그 체를 본받아 마음에 거듭 쌓고 재주를 수련함으로써 읊을 적에 마음과 입이 서로 맞아 들어가 말만 내면 문장이 되게 하려는 까닭이다. 그래야 글을 써도 생경하고 난삽한 말이 없다. 옛사람을 답습하지 않고 새롭게 깨달은 것을 내놓았다는 말은 구의(構意)와 설문(設文)에만 해당한다. 두 분이 제시한 바가 같지 않은 것은 대체 이럴 따름이다.

최자는 세상 사람들이 두 사람이 들어간 문이 다르다는 오해를 하고 있다고 지적한다. 최자의 생각에는 두 사람이 들어간 문은 같고 나온 문이 다르다는 것이다. 옛사람의 문장과 뜻을 읽고 배우는 것은 같지만, 이인로는 옛사람의 문장과 문체를 갈고 닦아 자신의 말처럼 자연스럽게 흘러

나오는 상태를 지향했고, 이규보는 그런 답습을 부정하거나 혹은 답습을 넘어 생경하더라도 새로운 뜻을 표현하려 했다는 것이다.

두 사람의 창작방법에 대한 당대인들의 견해차는 사실 고려시대만의 문제가 아니다. 이 문제는 한동안 고전문학 연구자들 사이에서도 열띤 논란거리가 된 바 있다. 한쪽에서는 이인로가 용사를 중시하는 형식우선론자이고 이규보는 신의를 강조한 내용우선론자라고 하면서 둘이 다른 문으로 들어간 것이라고 말하고, 다른 한쪽에서는 용사를 하더라도 신의를 표현할 수 있기 때문에 둘은 대립 개념이 아니므로 비유하자면 들어간 문도 같고 나온 문도 크게 다르지 않다고 주장한다. 과연 어느 쪽이 옳은가?

한문학은 규범적 문학이기 때문에 이미 정해진 틀이 있어 용사 없이 시를 창작한다는 것은 불가능한 일이다. 그렇다고 용사만으로 창작의 소임을 다했다고 할 수도 없다. 규범적인 한시에서나 자유로운 현대시에서나 새로운 뜻의 표현은 시가 추구해야 마땅한 이상이다. 그렇기 때문에 이인로가 용사만이 아니라 신의에 대해서도 말했고, 이규보가 신의만이 아니라 용사에 대해서도 언급했다는 주장은 틀린 것이 아니다. 그러나 그렇다고 해서 이인로가 용사를 강조한 것과 이규보가 신의를 중시한 것 사이에 놓인 차이를 무의미하다고 할 수는 없다. 중요한 것은 들어간 문이 아니라 나온 문이기 때문이다.

용사와 신의에 대한 두 사람의 논란이, 용사와 신의가 서로를 필요로 하는 원론적 창작방법론이라는 사실을 두 사람이 몰라서 일어난 것이라고 보기는 어렵다. 이들이 서로를 의식하면서 우회적으로 대결한 것은, 둘 중 어느 것을 중시하느냐 하는 것이 단지 시나 문장을 짓는 창작기술의 문제가 아니라 문학관, 결국 세계관의 문제이기 때문이었을 것이다.

여기서 우리가 주시해야 할 것이 당대 문단과 과시(科詩)의 흐름이다.

먼저 이규보가 벗 전이지(全履之)에게 대답한 말을 들어보자.

> 바야흐로 시를 배우면서 더욱 소동파의 시를 읽고 좋아해서 해마다 과거의 방이 나붙은 뒤에 사람들이 모두 "올해에 또 서른 명의 동파가 나왔다"고 말한다. 그대가 세상이 어지럽다고 한 말이 이것이다. 그 몇몇이라는 이들은 고인(古人)을 본받아서 능히 고인에 이른 자들이다. 그러므로 그들 또한 동파이다. 동파로 대하고 존경하는 것이 옳지 어찌 반드시 비난하는가? 동파는 근세 이래 넉넉하고 호매(豪邁)하여 으뜸가는 시인이다. 그 글은 부잣집과 같아 금과 옥, 돈과 패물이 곳간에 차고 넘쳐 관 쓴 도적〔冠盜〕이 비록 훔쳐 가진다 해도 가난해지지 않으니 도둑질을 한들 무엇이 해롭겠는가. …… 앞에서 말한 몇몇이 비록 동파와 꼭 같지는 않아도 역시 본받아 같아졌으니, 후세에 동파와 함께 일컬어지지 않을지 어찌 알겠는가? 그대는 어찌 그리 심하게 배격하는가?
>
> —「답전이지논문서(答全履之論文書)」

인용한 부분은 세상 문인들이 다 소동파 따라가기에 급급한데 이규보 혼자 옛사람을 답습하지 않고 말 씀씀이마다 신의를 드러내어 세상 사람들의 이목을 놀라게 하고 있다는 전이지의 지나친 찬사가 담긴 편지를 받고 다소 겸양을 드러내며 자신의 시론을 다시 펼치는 답장의 일부이다. 이규보는 당대의 동파 따르기를 너무 비난하지 말라고 벗에게 말하고 있지만 사실은 당대의 문풍을 은근히 비꼬고 있다.

주지하다시피 당시 문단은 송나라 시문학의 영향 아래 있었고, 특히 소동파의 시가 하나의 전범으로 회자되고 있었다. 이인로 역시 "문을 닫아걸고 깊이 틀어박혀 황정견과 소식을 읽은 후에야 말이 힘차고 운이 또랑또랑해져 시를 짓는 삼매를 얻었다"(『보한집』)고 말하고 있다. 이규보는 다들 그렇게 하고 또 그것을 자랑스러워하는 당대의 시풍과 창작방법을 탐탁지 않게 여겼다. "무릇 시란 뜻으로 주를 삼는 것이니, 뜻을 베푸는 것이 가장 어렵고 말을 꾸미는 것이 그 다음 어렵다. 뜻은 또한 기운으로 주를 삼는 것이니, 기운의 우열로 말미암아 곧 얕고 깊음이 있게 된다. 그러나 기운은 하늘에 근본을 둔 것이니 배워서 얻을 수 없다. 그러므로 기운이 약한 자는 문장을 수식하는 데 공을 들이고 뜻을 우선시하지 않는다"(『백운소설』)는 생각을 이규보는 가지고 있었다.

이규보는 『백운소설』에서 시의 문체에 대해 재미있는 이야기를 하고 있다. 시에는 못마땅한 아홉 가지 문체가 있는데, 한 편 안에 옛사람의 이름을 많이 쓰는 재귀영거체(載鬼盈車體), 옛사람의 좋은 뜻을 훔쳐서 제 것으로 삼아도 안 되지만 훔친 것마저 좋지 못한 졸도이금체(拙盜易擒體), 강운(强韻)을 근거 없이 내어 쓰는 만노불승체(挽弩不勝體), 재주를 생각하지 않고 운자를 정도에 지나치게 내는 음주과량체(飮酒過量體), 험한 글자를 쓰기 좋아하여 사람이 의혹되기 쉽게 하는 설갱도맹체(設坑導盲體), 말이 순조롭지 못한데 남에게 그것을 쓰게 하는 강인종기체(强人從己體), 보통 말을 많이 쓰는 촌부회담체(村夫會談體), 공자와 맹자를 들먹이기 좋아하는 능범존귀체(凌犯尊貴體), 거친 말을 다듬지 않는 낭유만전체(莨莠滿田體)가 그것이라고 했다. 이 아홉 가지 문체에 대해 이규보는 자신이 깊이 생각해서 스스로 터득한 것이라면서, 이런 문체를 극복한 뒤에야 시를 말할 자격이 있다고 단언한다. 오늘날의 글쓰기에서도 충분히 참조할 만한 발언이다.

이규보는 당대의 동파 따르기를 이런 시각으로 보았을 것이다. 아마도 이규보는, 예컨대 이인로가 소동파의 운을 다시 살려 눈을 노래했다고 하는 「설용동파운(雪用東坡韻)」(13권)이나 「조기소두효동파(早起梳頭效東坡)」(『동문선』 4권), 「용동파어기정지상인(用東坡語奇貞之上人)」(4권), 「용동파유피제심씨벽지운(用東坡榴皮題沈氏壁之韻)」(20권) 등과 같은 작품들을 자신이 못마땅히 여긴 아홉 가지 문체들 가운데 서툰 도둑이 쉬 훔친 문체라는 뜻의 졸도이금체로 보았을 것이다. 그 가운데 「조기소두효동파」를 예로 들어본다. 제목 자체가 '아침에 일어나 머리를 빗으며 동파의 시를 본받는다'는 뜻이다.

등불 쇠잔해 옥 꽃송이 이어주고	燈殘綴玉葩
바다는 넓어 금 까마귀 머금었네.	海闊涵金鴉
묵묵히 앉아 오래 숨을 참고	默坐久閉息
단전을 손으로 어루만지네.	丹田手相摩
쇠한 머리털은 천 갈래 어지러운데	衰髮千絲亂
묵은 빗은 초승달이 비낀 듯하네.	舊梳新月斜
손을 따라 소록소록 내리는 눈	逐手落霏霏
산들바람은 눈꽃을 쓸고 있네.	輕風掃雪華
금을 불려 더욱 정미(精微)한 듯	如金鍊益精
백 번을 정련해도 많다 할 수 없네.	百鍊未爲多
어찌 몸만 상쾌하랴	豈唯身得快
목숨 또한 끝없게 할 것을.	亦使壽無涯
늙은 닭은 거름 밭에서 퍼덕이고	老鷄浴糞土
곤한 말도 모래바람에 몸을 굴린다.	倦馬展風沙
이 또한 스스로 양생(養生)하는 것이라고	此亦能自養
물었노라, 동파에게.[4]	聞之自東坡

4) 이 시는 소동파가 바닷가에서 새벽에 일어나 머리를 다듬으며 심회를 노래한 「단기이발(旦起理髮)」을 본뜬 효체(效體) 시이다.

이규보가 전이지에게 보낸 편지가 이인로를 비롯한 당대 문단의 졸도 이금체에 가까운 이같은 동파 베끼기에 대한 우회적 비꼼이었다는 것을 이어지는 문장의 갈피 속에서 충분히 짐작할 수 있다. 이규보는 "그 글에 익숙하지 못하면서 그 문체를 본받고 그 말을 훔칠 수 있겠는가. 그래서 새로운 표현〔新語〕을 지어내지 않을 수 없다"라고 하거나 "아, 지금 사람들은 현혹됨이 아주 심해서 설사 도둑놈의 물건이라도 눈을 즐겁게 할 만하면 탐내고 구경하니 누가 알고 그 유래를 따지겠는가마는, 백세 뒤에라도 그대와 같은 사람이 있어 그 진실과 허위를 판별하면 훔치기 잘하는 도둑이라도 반드시 잡히고, 나의 생경하고 난삽한 말이 도리어 아름답다고 칭송을 받아 그대가 오늘 기리는 바와 같이 될지 알 수 없는 일이다"라고 돌려 말하고 있다. 해롭지 않은 글 도둑이라도 도둑은 도둑이니 결국은 신어와 신의를 중시하는 자신의 시 창작법이 평가를 받을 것이라는 자부심을 드러내고 있는 셈이다.

이 글을 통해 알 수 있는 것은, 이규보가 신의라는 창작방법론을 선택한 것이 당대의 소동파 따르기처럼 용사를 주로 하던 문단의 흐름에 대해 하나의 전복이었다는 사실이다. "젊어서부터 방랑하며 행동을 조심하지 않고 책을 읽되 아주 정독하지 못해" 용사라는 도둑질에 익숙하지 못하다는 말은, 사실이 아니라 용사를 돌려서 꼬집는 반어(反語)라고 해야 할 것이다. 이규보는 표현이 생경하고 난삽하다는 당대 문인들의 비난을 무릅쓰면서도 다른 길을 가려고 한 셈이다. 물론 이 다른 길은 자신의 세계관과 어울리는 길이었을 것이다.

탁물우의인가, 우흥촉물인가

'용사'와 '신의'라는 문제와 또 다른 맥락에서 두 사람의 차이를 드러내는 창작방법론으로 '탁물우의(託物寓意)'와 '우흥촉물(寓興觸物)'이 있다. 글자의 뜻을 따라 풀면 탁물우의는 '물에 기대 뜻이 나타나게 하다'라는 뜻이겠고, 우흥촉물은 '흥이 깃들어 물과 부딪히다'라는 뜻이어서 비슷한 것 같지만, 그 용법을 보면 뜻하는 바가 사뭇 다르다.

백운자(白雲子, 신준)가 유학을 버리고 불교를 배워 명산을 두루 돌아다니다가 길에서 꾀꼬리 우는 소릴 듣고 느낀 바가 있어 절구 한 수를 지었다. "붉은 부리 노란 옷이 곱다 스스로 자랑하며 붉은 담 푸른 나무 향해 울어야 마땅한데, 거친 마을 쓸쓸한 곳에 어쩌다 떨어져 수풀을 사이에 두고 두세 마디 울음을 보내느냐." 나의 벗 임춘(林椿)이 실의해서 강남을 유랑하다가 꾀꼬리 소리를 듣고 또한 시를 지었다. "농가에서 오디가 익고 보리가 빽빽해지려는데, 푸른 나무에서 처음으로 꾀꼬리 소리를 듣네. 꽃 아래 놀던 서울 나그네 알기라도 하는 듯 은근히 백 번이나 울며 쉬지 않는구나." 고금의 시인의 탁물우의가 대부분 이와 같다. 두 작품은 처음에 서로 약속하지 않았는데도 토한 사연이 처절하고 원망스러워 마치 한 사람의 입에서 나온 것 같다. 재주가 있지만 쓰이지 못해 멀리 떨어져 나가 나그네로 떠도는 모습이 몇 자 사이에 또렷이 나타나 있다. 그리하여 시는 마음에 근원을 둔다는 말을 믿을 수 있다.

—이인로, 『파한집』

나는 본래 시를 좋아한다. 전생의 빚이라고도 하겠지만, 병들었을 때는 더욱 좋아해 평소의 배나 되니 그 까닭을 모르겠다. 우흥촉물하기만 하면 읊지 않는 날이 없다. 그만두려 해도 어쩔 수가 없다. 그래서 이것 또한 병이라고 했다. 일찍이 「시벽(詩癖)」을 지어 그 뜻을 나타냈는데 대체로 스스로 슬퍼한 것이다. 또 매번 식사는 몇 숟갈에 그치고 오직 술만 마실 따름이다. 이를 항상 근심으로 여겼는데 『백낙천후집(白樂天後集)』의 노경작(老境作)을 보니 그 대부분이 병중에 지은 작품이었고 음주 역시 그러했다.

—이규보, 『백운소설』

이인로는 신준(神駿)과 임춘이 꾀꼬리 우는 소리를 듣고 지은 시를 비교하면서 두 작품이 마치 한 입에서 나온 듯이 비슷하다고 말한다. 그러나 꼼꼼히 따져보면 표현이 사뭇 다르다는 것을 알 수 있다. 신준이 꾀꼬리의 화려한 외모와 쓸쓸한 주변환경 사이의 선명한 대비에 비중을 두었다면, 임춘은 백 번이나 우는 꾀꼬리의 울음소리에 무게를 두고 있지 않은가. 그런데도 이인로가 한 입에서 나온 것 같다고 한 것은 '토한 사연의 처절하고 원망스러움'이 두 작품 모두에서 느껴지기 때문이다. 마지막에 시는 마음에 근원을 둔다고 했듯이 이인로는 마음에 품은 뜻〔意〕을 중시하고 있는 것이다. 이인로에게 물(사물)은 뜻을 의탁하는 매개체에 지나지 않는다. 두 시인이 평소에 세상에 대해 품고 있던 원망스러운 마음이 바로 우의의 '의(意)'이고, 꾀꼬리는 탁물의 '물(物)'인 것이다. 이인로에게 중요한 것은 마음이고 마음속의 뜻이지, 물 자체가 아니다. 이것이 바로 '탁물우의'의 숨은 뜻이다.

이인로와 달리 이규보는 물 자체에 깊은 관심을 두고 있다. 이규보는 물이 단지 뜻을 기탁하는 매개물이 아니라 그 자체로 뜻을 지니고 있음을 겉으로 드러내지 않은 채 말하는 듯하다. 한번 생각해 보자. 우흥촉물의 우흥이란 무엇이겠는가? 흥이 깃든다? 그러나 따지고 보면 흥은 마음속에서 일어나지만 마음의 흥은 저절로 일어나지 않는다. 흥을 불러일으키는 계기가 있어야 하는데 사물만 한 계기도 없을 것이다. 마음이 사물에 부딪히는, 아니 사물이 마음을 건드리는 촉물이 바로 그것이다.

그런데 흥미롭게도 이규보는 촉물하여 우흥한다고 말하지 않고 우흥하여 촉물한다고 뒤집어 말한다. 이 뒤집기는 말장난에 지나지 않는 것일까? 그렇지 않으리라고 생각한다. 이 뒤집기에는 진의를 우회적으로 드러내려는 이규보의 언어전략이 숨어 있다고 봐야 한다. 본래 촉물을 통해 마음이 흔들려 흥이 마음 안에 깃드는 것이겠지만 거기에 머무는 것이 아니라 마음 안에 깃든 흥이 다시 촉물하는, 다시 말해 사물의 새로운 의미〔新意〕를 촉발하는 경지에 이르러야 한다고 이규보는 생각한 것이 아닐까? 시인으로 하여금 노래하지 않을 수 없게 하는, 신의에 이르게 하는 우흥촉물이란 이런 것이 아니었을까?

언덕에서 여울을 무심히 바라보며 부슬비를 맞고 있는 백로를 통해 물의 본질에 대한 깨달음을 노래하고 있는, 이규보의 다음 시는 그의 우흥촉물의 시 정신을 잘 드러내고 있다고 여겨진다. 탁물우의의 시 정신이라면 여뀌꽃 핀 언덕에 모여 있는 백로들을 통해 시적 화자의 무심함을 기탁하겠지만, 우흥촉물의 시 정신은 단지 시적 화자의 무심함이 아니라 백로 자체의 팽팽한 욕망을 포착하고 있기 때문이다. 물의 일부인 인간의 진면목 또한 이런 것이 아니겠는가.

앞 여울에는 고기도 새우도 많아	前灘富魚蝦
물결을 가르고 들어가려 하다가	有意劈波入
사람을 보고 놀라 일어나서는	見人忽驚起
여뀌꽃 핀 언덕으로 도로 날아 모였네.	蓼岸還飛集
목을 빼고 사람을 기다리느라	翹頸待人歸
부슬비에 깃털이 젖고 말겠네.	細雨毛衣濕

마음은 여울 속 고기에 있건만　　　　　　　心猶在灘魚
생각 없이 서 있다고 사람들은 말하네.　　　人遵忘機立

— 이규보, 「요화백로(蓼花白鷺)」

우홍촉물을 이야기하는 앞의 글에서 이규보는 자신의 시벽을 말하면서 병이 들자 더욱 우홍촉물하여 시를 쏟아냈다고 토로한다. 이규보에게 우홍의 계기는 도처에 있었겠지만, 이 글에서는 특히 질병과의 관계를 지적하고 있는 셈이다. 또 이규보가 시와 술과 거문고를 미칠 듯이 좋아해서 스스로를 '시주금삼혹호선생(詩酒琴三酷好先生)'으로 불렀다는 것은 유명한 이야기인데, 아마도 술 역시 우홍의 계기였을 것이다. 백거이 역시 그랬다면서 스스로 안심하고 있으니까 말이다. 사실 술이나 질병은 일상 속에서는 밀려나 있는 정감을 쉬 불러일으키는 실마리가 되는 매개물들이다. 고금의 무수한 시들이 술과 질병 속에서 창작되었다는 것이 그것을 잘 말해준다. 이규보는 다른 글에서 "글이란 정을 따라 발하는 것이므로 마음속에 격함이 있으면 반드시 밖으로 나타나게 되어 막을 수가 없다"(『동국이상국집(東國李相國集)』 권27, 「여박시어서서(與朴侍御犀書)」)고 하여 정발(情發)의 문장론을 펼친 바 있는데, 이 감정의 자연스러운 흘러넘침 역시 우홍과 다르지 않은 것이다.

한편 이규보는 앞의 글에서 자신이 「시벽」을 지은 일이 있다고 했다. 이 시에서 "밤낮 심간(心肝)을 벗겨 / 시 몇 편 짜내네. / …… / 살고 죽는 것은 이로 말미암는 것 / 이 병에는 의원도 의원 노릇 어려워라"(『동국이상국집』 후집 1, 「시벽」)라고 하며 시 짓는 병을 노래했다. 시를 짓는 일이 심장과 간장을 벗겨내는 고통이지만 치유할 수 없는 질병이라는 것이다. 나아가 이규보는 시벽의 원인을 자신을 사로잡고 있는 시마(詩魔)에 돌리면서 시마를 쫓아내기 위해 「구시마문(驅詩魔文)」을 지어 시마의 다섯 가지 죄목을 따졌는데, 정발의 문장론이나 우흥촉물의 시정신과도 맞닿아 있어 음미해볼 만하다. 두 번째 죄상을 거론한 부분을 들어보자.

> 땅은 고요함을 숭상하고 하늘은 이름 짓기 어렵다. 조화는 어둑어둑하고 신명(神明)은 애꾸눈 같아 막혀서 아득하고 흐려 까마득하다. 그 기미(機微)의 열림과 닫힘은 은밀하여 결쇠로 잠겨 있고 빗장이 질려 있다. 너는 이런 사정을 생각지 않고 깊이 염탐하여 신이(神異)를 캐내 기밀을 누설하고, 당돌하게 멈추지 않는다. 갈빗대가 나오게 해서 달을 병들게 하고 심장을 뚫어 하늘을 놀라게 하니, 신이 못마땅하게 여기고 하늘이 불평한다. 너 때문에 인생이 각박하게 되었다.
>
> —이규보, 『동국이상국집』 권20 「구시마문 효퇴지송궁문(驅詩魔文效退之送窮文)」

비유적으로 시마의 잘못이 성토되고 있지만, 기실 시마의 잘못이란 한 마디로 숨겨진 세계의 비밀을 폭로했다는 것이다. 비밀이 있어야 신이로움도 있고 신이로움이 있어야 인생이 각박하지 않은 것인데, 그것이 사라졌다는 말이다. 이 비유는, 말하자면 시는 세계의 비밀, 다시 말해 사물의 본질을 탐구하는 긴요한 언어의 형식이라는 뜻이다. 앞서 우흥촉물을 해석하면서 촉물이 단지 사물에 의해 주체의 감흥이 촉발되는 데 그치는 것이 아니라 사물 자체를 촉발하는, 다시 말해 사물의 새로운 의미를 촉발하는 것이라고 했는데, 시를 통해 드러난 사물의 새로운 의미가 바로 사물의 본질이고 세계의 비밀인 것이다.

그렇다면 이규보는 왜 이렇게 사물에 천착했을까? 이 점은 이인로가 마음을 강조한 것과 크게 대비된다. 이인로는 시가 마음에 근원을 둔다고 했는데, 이규보는 시가 사물의 본질을 탐구하는 것이라고 했다. 이인로는

"하늘에서 마련해 부여했기 때문에 타고나 지닌 것이 물에 따라 바뀌지 않는다"(『파한집』)고 하여 하늘이 부여한 천성(天性)은 미리 정해져 있는 것이고 바로 거기서 문장이 나온다고 했는데, 이규보는 도(道)가 사물 밖에 있는 것이 아니라 "물이 도의 기준이다. 그 물을 그 기준에 따라 지킨 다음에 그 도가 존재한다. 만약 이것을 버리면 도를 잃는다"고 하여 이미 전제된 도에 따라 사물이 존재하고 소멸하는 것이 아니라 도 자체가, 다시 말해 사물을 움직이는 원리 자체(이인로의 '천성')가 사물에서 나온다고 말하고 있다. 도가 사물에서 나오기 때문에 시를 지을 때도 탁물이 아니라 촉물이 긴요하다는 뜻이다.

두 사람의 차이는 당대의 철학적 화두라고도 할 수 있는, 아니 여전히 주요한 쟁점이라고 할 수 있는 심물론(心物論)과 깊이 연관되어 있다. 고려 전기 사상사를 지배한 의천(義天, 1055~1101)은 마음과 사물의 관계에 대해 이렇게 말하고 있다.

> 이 심(心)의 체(體)는 청정하고 용(用)은 자재(自在)하며 상(相)은 평등하다. 나누어지지 않으면서 나누어진다. 세 가지 뜻이 있다고 하지만, 성인이나 범인이나 체가 같고 정(正)에 의거해서는 둘이 아니다. 미혹하면 번뇌이며 생사이고, 깨달으면 보리이고 열반이다. 심(心)으로 미루어 짐작하면 심이 되고 물(物)로 미루어 짐작하면 물이 된다. …… 다만 그 법체(法體)가 자성(自性)을 지키지 못하고 물에 감(感)해서 움직이고 인연을 따라 변하므로 뭇 중생은 허망하게 뒤집어져 있다. 청정한 가운데 더럽게 집착해서 번뇌와 유혹이 생긴다. 자재한 가운데 결박당해서 누업(漏業)을 만든다. 평등한 가운데 차별을 일으켜 고업(苦業)을 만든다.
>
> — 의천, 『대각국사문집(大覺國師文集)』 권4

불교적 언어로 구성되어 있어 말이 까다롭지만, 깨달은 경지에서는 심물이 둘이 아니라는 논리이다. 그런데 문제는 깨닫지 못한 미혹의 상태이고 그런 상태에서는 심물이 어긋난다는 것인데, 인간이란 누구나 그런 상태에 있으니 사물[物]에 따라 오락가락하는 번뇌의 상태를 벗어날 수 없다는 것이다. 의천은 마음[心]이 본래 청정하고 자재하고 평등하다고 보아 마음 자체를 우위에 두었다. 마음을 선(善)으로 보았다면, 마음의 자성을 깨는 사물을 악(惡)으로 보았다고 할 수도 있겠다. 이런 심물론이라면 사물은 마음에 의해 통어되어야 하는 외부의 존재들이지 그것 자체로 의미 있는 것이 아니다. 부처의 '일체유심조(一切唯心造)'라는 깨달음처럼 마음이 문제인 것이다.

이인로는 시가 마음에 근원을 둔다고 했다. 되풀이하자면 마음이 비유적 언어로 표현되는 것이 시라는 것인데, 이때 비유를 위해 동원되는 사물은 뜻을 드러내기 위해 잠시 기탁하는 매개물일 따름이다. 심물의 주종관계가 성립되는 셈인데, 이인로의 이런 생각은 의천의 심물론과 잘 어울린다. 말하자면 의천의 철학사상이 이인로의 문학사상으로 변환된 것이다. 물론 이인로가 의천을 거론하거나 불교적 어법을 드러나게 사용한 것도 아니기 때문에 의천의 직접적인 영향 아래 있었다고 말하기는 어렵다. 그러나 이인로는 의천으로 대표되는 당대의 사상사적 자장 안에 거주하고 있었다. 이인로는 무신난 이전의 황금시대를 동경하던 구귀족의 후예가 아니던가.

이규보가 '물이 도의 기준'이라고 떠든 것은 바로 마음을 중심에 두는 고려 전기의 주류 사상에 대한 일종의 전복이었다. 한국사상사가 문인 이규보를 고려시대의 사상가로 인정하는 것도 바로 이규보의 이런 사상사적 위치 때문일 것이다. 고려시대의 이색으로부터 조선시대의 김시습과 서경덕으로 이어지는 주기론(主氣論)의 앞자리에 이규보가 좌정하고 있지 아니

한가. 비교적 잘 알려져 있는 「조물주에게 묻는다〔問造物〕」라는 이규보의 글은 그의 물 철학을, 혹은 주기론의 한 정점을 보여주기에 손색이 없다.

> 나는 조물주에게 물었다. "무릇 하늘이 뭇사람을 낼 때 사람을 내고 나서 오곡을 내었으므로 사람이 그것을 먹고, 또 뽕나무와 삼을 내었으므로 사람이 그것으로 옷을 해 입으니, 하늘은 사람을 사랑하여 살리고자 하는 것 같은데 어째서 다시 독을 가진 물건을 내었는가? 큰 것으로는 곰 · 범 · 늑대 · 승냥이 같은 것들이, 작은 것으로는 모기 · 등에 · 벼룩 · 이 같은 것들이 사람을 이처럼 심하게 해친다네. 만약 하늘이 사람을 미워하여 죽이려고 할 것 같으면, 그 미워하고 사랑함이 일정하지 않은 것은 무슨 까닭인가?"
> 조물주가 대답했다. "자네가 묻는바 사람과 물건이 나는 것은 모두 명조(冥兆)에서 정해져서 자연에 드러난 것이기에 하늘도 알지 못하고 조물주도 알지 못하네. 무릇 사람의 태어남은 본래 스스로 태어날 뿐이요, 하늘이 시켜서 태어나는 것이 아니며, 오곡이나 뽕나무나 삼도 본래 스스로 생산된 것이요, 하늘이 시켜서 생산된 것이 아니라네. 그런데 무슨 이(利)와 독(毒)을 분별하여 그 사이에 놓아두었겠는가. 오직 도가 있는 자는 이가 오면 순순히 받고 구차히 기뻐하지 아니하며, 독이 이르면 순순히 당하고 구차히 꺼리지 않으며, 물건을 대하되 빈 것처럼 하므로 물건도 그를 해치지 않는다네." (중략)
> 내가 또 묻기를 "나의 의심이 환히 풀렸네. 다만 모를 것은 조물주가 말한 '하늘이 스스로 알지 못하고 나도 또한 알지 못한다'라는 것이라네. 하늘은 무위(無爲)한 것이니 그것을 스스로 알지 못함이 마땅하거니와 조물주 그대는 왜 모르는가?" 하니 조물주는 "내가 손으로 물건을 만드는 것을 자네는 보았는가? 무릇 물건은 제 스스로 나고 제 스스로 화(化)하는 것이라

네. 내가 무엇을 만들며 내가 무엇을 알겠는가? 나를 조물주라 한 것을 나도 모른다네"라고 대답했다.

—이규보, 『동국이상국집』 후집 권11

말 그대로 세계를 만든 조물주라는 가상의 존재를 설정해놓고 조물주 스스로 조물주를 부정하게 하는 방식으로 물 이전에 물을 만든 조물주를 설정하여 세계를 설명하는 철학의 논리를 부정하고 있다. '조물주에게 묻는다'는 제목 자체에 이미 날카로운 패러독스가 감춰져 있는 것이다. 이규보는 이런 자문자답을 통해 물건을 초월해 있는 추상적 원리로 마음을 전제하는 이인로 등의 심철학을 논박한 것이다. 시를 지을 때도 탁물우의가 아니라 우흥촉물이 되어야 하는 까닭이 바로 여기에 있는 셈이다.[5]

두 권의 시화집, 혹은 두 시대의 만남

이인로는 우리나라 최초의 시화집(詩話集)인 『파한집(破閑集)』의 저자로 문학사에 기록되어 있다. 그 후 시화집이 하나의 흐름을 이뤄, 다 아는

5) 심물 사이의 철학적 논란을 거론하는 김에 논의를 근대 이후 문명사의 주요한 쟁점인 생태사상 쪽으로 밀고 가보는 것도 흥미로울 것이다. 예컨대 이인로처럼 사물을 도구적으로만 이해한다면 사물에 대한 인간의 지배도 가능하다는 생각에 이르지 않겠는가? 하지만 이규보처럼 사물 자체가 목적이 되고 세계를 움직이는 원리가 사물 자체 속에 있다고 이해한다면 사물은 인간이 지배할 대상이 아니라 인간과 더불어 있는 존재[同一物]라는 인식에 이르지 않겠는가? 물론 도가 인간의 마음에 있다는 심중심론을 인간중심론으로, 나아가 서구의 이성중심주의로 연결짓는 것은 무리겠지만, 도가 사물 자체에 있다는 사물 중심의 사유체계가 오늘의 화두로 떠오른 생태주의(ecology)에 더 가깝다는 것만은 분명하다. 다음의 「괴토실설(壞土室說)」 같은 글이 우연히 나온 것이 아니리라.
10월 초하룻날 내가 밖에서 돌아오니, 아이들이 흙으로 집을 만들었는데 그 모양이 무덤과 같았다. 나는 모른 체하며 묻기를, "왜 집안에 무덤을 만들었느냐?" 하니 아이들이 대답하기를, "이것은 무덤이 아니라 토실입니다"라고 하기에, "어찌하여 이런 것을 만들었느냐?" 하였더

바와 같이 최자의 『보한집』과 이제현의 『역옹패설(櫟翁稗說)』이 뒤를 이었고, 라이벌 이규보는 『백운소설』을 냈다. 『파한집』과 『백운소설』은 시 비평서이면서 당대에 떠돌던 일화를 기록한 일화집 혹은 잡록집이기도 하다는 점에서는 다르지 않지만, 그러나 그 내용면에서는 적잖이 다르다. 용사와 신의, 혹은 탁물우의와 우흥촉물의 차이만큼이나 다르다고 해도 좋을 것이다.

『파한집』을 읽어가다 보면 그야말로 '한가로움이나 피할' 정도로 긴장감이 느껴지지 않는다. 아마도 문제의식이 없다고 하는 말이 더 어울릴 것이다. 『파한집』이 앞서 언급한 죽림고회의 산물이라는 것은 잘 알려져 있는 사실인데, 죽림고회 자체가 당대에 대한 문제의식이 미약하던 것도 사실이다. 이들에게 문제의식이 있었다면 문신정권에 대한 불만이었겠는데, 이들은 그 불만을 학문을 좋아하여 청연각(淸宴閣)을 개설하고 날마다 학사들과 더불어 옛 전적을 논의하던 무신난 이전의 예종과 그 뒤를 이은 인종 대의 황금시대를 동경함으로써 풀어보려 했을 뿐이다. 과거에 대한 동경만 남아 있던 이들이 어떻게 시대를 향해 심각한 문제의식을 던질 수 있었겠는가?

이인로는 개인적으로, 최충헌(崔忠獻) 정권이 등장한 다음 해인 1197년

니 "겨울에 화초나 과일을 저장하기에 좋고 또 추울 때라도 따뜻한 봄 날씨 같아서 손이 얼지 않으므로 길쌈하는 부인들에게 참 좋습니다" 하였다. 나는 더욱 화를 내며 말하기를, "여름이 덥고 겨울이 추운 것은 사계절의 정상적인 이치인데, 만약 이와 반대로 한다면 더 이상해진다. 옛날에 성인이 겨울에는 털옷을 입고 여름에는 베옷을 입도록 하였으니, 그만한 준비만 있으면 충분할 터인데, 토실을 만들어 추위를 더위로 바꾸어놓는다면 이는 하늘의 이치를 거역하는 것이다. 사람은 뱀이나 두꺼비가 아니므로 겨울에 굴 속에 엎드려 있는 것은 너무 어울리지 않으며, 길쌈을 하는 시기가 따로 있는데 하필이면 겨울에 할 것이냐? 또 봄에 꽃이 피었다가 겨울에 시드는 것은 풀과 나무의 정상적인 생태인데, 만약 이와 반대로 한다면 이것은 이상한 물건이다. 이상한 물건을 길러서 때 아닌 구경거리로 삼는 것은 하늘의 권한을 빼앗는 것이니, 이것은 모두 내가 하고 싶은 뜻이 아니다. 빨리 부숴버리지 않으면 너희들을 용서하지 않겠다" 하였더니 아이들이 무서워하며 재빨리 그것을 철거하여 그 재목으로 땔나무를 마련하였다. 그런 뒤에야 나의 마음이 편안해졌다.(이규보, 『동국이상국집』 권21)

에 대숙인 화엄승통(華嚴僧統) 요일이 최충헌을 제거하기 위한 모의에 연루되어 거세된 후 중앙정계에서 소외되어 있었다. 『파한집』은 바로 이 무렵에 편찬된 것이다. 따라서 이러한 소외가 당대 현실에 대한 문제의식을 촉발했을 법도 하다. 그러나 『파한집』의 서문을 보면 '파한(破閑)'의 '한(閑)'을 해명하면서 "대체 진로(塵勞)에 시달리고 명환(名宦)에 골몰하여 염량을 좇아서 동서로 분주한 자가 하루아침에 권리를 잃어버리게 되면 외모는 한가로운 것 같으나 중심은 흉흉할 것이니, 이는 한가로운 것이 병이 된 것이다. 그러나 이 책을 눈에 붙이면 또한 한가한 데서 온 병을 고칠 수 있을 것이다"라고 하여 『파한집』이 현실에 대한 문제제기가 아니라, 마음의 병을 치유하기 위한 글쓰기의 소산임을 밝히고 있다. 그러니 필연적으로 긴장감과 문제의식이 결여될 수밖에 없었을 것이다.

시에 대한 평가를 주로 하는 시화집이라고는 하지만 시에 대한 비평보다 시에 얽힌 일화를 소개하는 데 그친 것이 많고, 술과 신선, 도승 이야기가 많다. 현실의 문제를 이야기하더라도 현실의 모순에 대해서는 무지하거나 눈을 감는 태도를 보이는 것이 『파한집』의 특징이다.

이를테면 자신이 맹성의 고을 원으로 나가 있을 때 나라로부터 짧은 기간 안에 먹 오천 개를 만들어 올리라는 공문을 받고 백성들을 다그쳐 먹을 만든 일화를 소개하면서, 그래서 먹이 귀하고 나아가 모든 생산물이 귀하다는 결론에 이르고 있다. 그것이 백성들이 바친 노동의 결정체임을 지적하는 것이 아니라, 그저 추상적인 고생의 결정물로 이야기하고 있는 것이다. 이규보에게 보이는 것이 그에게는 보이지 않는다. 이규보는 「망남가음(望南家吟)」이라는 시에서 "남가(南家)는 부유하고 동가(東家)는 가난하니 / 남가에는 흐드러진 가무, 동가에는 슬픈 곡소리 / 가무는 어찌 저리 즐거운가. / 빈객은 마루를 메우고 술은 잔마다 넘치네. / 곡성은 어찌 저리 슬픈가. / 찬 부엌에서는 이레 되도록 연기가 없네……"라고 노래하지 않았던가.

얼굴 상한 기생의 일화를 전하고 있는 다음 글도 다르지 않다. 기생의 고통은 도외시하고 기생이 부유하게 되었다는 데 초점을 맞추고 있을 뿐이다. 문제는 문제의식인 것이다.

> 남주(南州)에 얼굴과 몸매가 예쁘고 가무에 능한 기생이 있었다. 어떤 군수가 있었는데 그의 이름은 잊어버렸다. 이 사또가 그 기생에게 빠져 두터운 정을 주었다. 그런데 임기가 다 되어 고을을 떠나게 되어 서로 이별하게 되었다. 이별의 술자리에서 군수는 몹시 취해 옆에 앉은 사람에게 말했다. "만일 내가 이 고을을 떠나 몇 걸음만 가면 이 계집은 곧 다른 놈의 품에 들고 말겠지." 군수는 곧바로 촛불로 기생의 양볼을 지져 성한 곳이 없게 만들었다.
>
> 그 후 영양사람 정습명(鄭襲明)이 안찰사로 있던 중 촛불로 봉변을 당한 기생을 만나게 되었다. 얼굴이 흉하게 된 내력을 듣고 억울하고도 원망스럽고, 또 그 여인이 불쌍하여 한 폭의 비단을 꺼내 손수 시 한 수를 써주었다.
>
> 수많은 꽃 가운데 오직 예쁘고 산뜻했건만
> 홀연히 광풍을 입어 붉은 빛이 덮였구나.
> 달수(獺髓)[6]로도 옥 같은 볼을 고칠 수가 없으니
> 오릉공자(五陵公子)[7]들을 끝없이 한스럽게 하는구나.
>
> 그러고 나서 부탁하기를 "뜻있는 사람이 지나가거든 이 시를 내어 보이도

---

6) 수달의 뼈 속에 있는 기름. 『습유기(拾遺記)』를 보면 손화라는 이가 수정여의(水精如意)라는 춤을 추다가 등(鄧) 부인의 뺨에 상처를 냈는데, 의원이 흰 수달의 뼈 속에 있는 기름을 얻어 옥과 호박(琥珀) 가루를 섞어 바르면 흔적이 없어질 것이라고 했다는 이야기가 있다.
7) 부잣집의 자제들.

록 하게"라고 했다. 기생이 그 부탁대로 하였더니 보는 사람마다 불쌍히 여겨 도와주며 영양공에게 이 소문이 들리도록 애썼다. 이로 인해 그 기생은 처음보다 배나 부유하게 되었다.

반면 이규보의 『백운소설』에서는 상대적으로 긴장감 같은 것이 느껴진다. 『백운소설』은 『파한집』에 비해 시에 대한 평가에 더 무게를 둔 시화집이고, 중국시〔唐詩〕에 대한 시적 자의식도 강하다. 시화집의 첫머리를 을지문덕, 진덕여왕, 최치원 등 중국에도 잘 알려져 있고 중국에 비해 손색이 없는 우리나라 인물들의 시에 대한 비평으로 꾸미고 있는 데서 그런 자의식이 보인다는 것이다. "구법이 기이하며 고상하고 우아하나 화려하게 꾸민 흔적이 조금도 없어서, 후세에 실속 없이 껍질만 장식하는 이들이 따를 수 있는 것이 아니다"라고 한 을지문덕의 유명한 「여수장우중문시(與隋將于仲文詩)」에 대한 평가가 그렇고, 『당서(唐書)』의 문예열전이 최치원의 전기를 누락한 것은 외국인 신분으로 중국에 들어가 당대의 명사들을 압도했기 때문에 그것을 시기한 중국의 옛사람들이 자신들의 자부심에 먹칠을 할까 봐 생략했다고 한 추론이 또한 그렇다.

또 기왕의 시에 대한 평가에서도 자신감이 보인다. 한 세대 앞의 유명한 시인 정지상(鄭知常)의 시에 대한 평가에 그런 점이 잘 드러나 있다.

한낮 하늘 가운데	白日當天中
뜬구름은 스스로 봉우리를 만드는데	浮雲自作峰
중을 보니 절이 있나 의심스럽고	僧看疑有寺
학을 보니 솔이 없는 것이 한스럽네.	鶴見恨無松
초동의 도끼는 번개처럼 번쩍이고	電影樵童斧
숨은 절의 종소리는 우레 같은데	雷聲隱寺鍾

누가 산이 움직이지 않는다고 이르는가? 誰云山不動
석양의 바람에 날아가는 것을. 飛去夕陽風

정지상이 절간에서 공부하다가 누군가 "중을 보고 절이 있나 의심하고 학을 보고 솔이 없음을 한스러워하네"라고 시를 읊는 소리를 들었는데, 귀신이 전해준 것으로 생각했다는 것이다. 그 후 과시(科試)에 나갔더니 '하운다기봉(夏雲多奇峰)'이라는 시제(詩題)가 나와 귀신의 말을 생각하고 지은 것이 이 시인데, 고시관이 놀라며 으뜸으로 뽑았다는 이야기이다. 이런 일화가 얽힌 이 시를 두고 이규보는 '중을 보니', '학을 보니' 한 대목은 아름답지만 나머지는 다 어린애 같은 표현들인데 어떻게 1등으로 뽑았는지 알 수 없다고 평가하고 있다. 시에 대한 입맛이야 주관적이어서 고시관과 이규보 가운데 누가 옳은지 쉬 판단할 수는 없지만, 우리에게 흥미로운 것은 시에 대한 청년 이규보의 문제의식과 자신감이다. 『백운소설』에는 이런 부분이 적지 않은데, 이것이 또한 같은 시화집이면서도 『파한집』과 『백운소설』이 갈라지는 지점이다.

이 같은 청년기의 문제의식과 달리 이규보의 시선은 40세 무렵에 최충헌에게 「모정기(茅亭記)」라는 글을 바친 후 무신정권에 등용되면서부터 현실에서 멀어져간다.[8] 그러나 『백운소설』에 엮여 있는 상당수의 글들은 그 이전에 나온 것들이다. 우리가 잘 알고 있듯이 문학사적으로 중요한

8) 이 무렵의 갈등과 답답한 심정을 잘 보여주는 시가 「차운김수재회영(次韻金秀才懷英)」(『동국이상국집』 권2)이 아닌가 한다. "답답한 기운이 가슴에 서려 억제하기 어렵지만 / 위태로운 말이 나올 때는 굳게 입을 다물어야지. / 푸른 산이 내 돌아갈 길 막지 않았거늘 / 홀로 궐문에 외치는 나의 신세 한스럽네." 이규보는 궐문 앞에서 벼슬이나 달라고 외치는 자신의 신세를 한스러워하고 있지만 결국 푸른 산으로 돌아가지 못한다. 그는 결국 외침을 통해 궐문으로 들어갔고, 이제 입 조심을 통해 권력 안에서 보신하고자 하는 존재가 되었다. 하지만 이 현실참여가 그의 문제의식을 전적으로 소거했다고 할 수는 없다. 오히려 참여함으로써 갈등한 인물이었다고 하는 편이 옳을 것이다.

이규보의 작품들은 모두 40세 이전, 아니 30세 이전의 청년기에 나온 것이다. 서사시 「동명왕편(東明王篇)」, 가전 「국선생전(麴先生傳)」이나 「청강사자현부전(淸江使者玄夫傳)」, 그리고 「정장시랑자목일백운(呈張侍郞自牧一百韻)」 등의 장편 시들이 그런 작품들이다. 『백운소설』에는 이런 청년기의 갈등과 문제의식이 고스란히 담겨 있다고 해도 좋지 않을까? 앞서 길게 논의한 우홍촉물의 시정신이 『백운소설』에 담겨 있는 것도 이와 무관하지 않을 것이다.

이인로 대 이규보, 두 라이벌의 만남 혹은 대결은 어쩌면 이미 승부가 결정되어 있는 한 판이었다고 할 수도 있을 것이다. 어느 세계에서나 구세대는 신세대에게 밀리기 마련이다. 더구나 새로운 현실에 대한 대안을 제출하지 못할 때 구세대는 신세대에게 결정타를 당할 수밖에 없다. 두 문인이 대립각을 보여준 용사와 신의, 탁물우의와 우홍촉물, 심의 철학과 물의 철학에 대해 우열의 판단을 내리기는 쉽지 않다. 그것은 해결된 문제가 아니라 여전히 지속되는 우리 시대의 문제이기도 하기 때문이다.

그러나 두 사람의 시대에는 우열이 분명하지 않았을까? 이인로와 그의 시대가 이규보와 그의 시대에 밀려날 수밖에 없었던 것은 단지 이인로가 나이가 많았기 때문만은 아닐 것이다. 이인로와 이규보는 각각 한 시대와 다른 한 시대를 대표하는 표상적 존재였다. 말하자면 두 시대가 각각 구귀족과 신흥사대부에 속하는 두 인물을 통해 구현된 것이다. 술에 취한 두 사람은 의식하지 못했겠지만, 죽림의 냉소와 광객의 풍자는 시대와 시대를 이어주는 동시에 단절시키는 역사의 마디였다.

| 조현설 |

건국이 만들어낸 역사의 두 갈래 길
정도전 VS 권근

정도전과 권근은 다같이 고려의 임금을 가까이 모시던 신하이자 높이 오른 벼슬아치였다. 우리 조선에 들어와서도 두 사람 모두 훌륭한 벼슬을 얻었는데, 권근은 제명에 죽었고 정도전은 자신은 살해당하고 집안도 멸망시켰다.

—허균, 「정도전 · 권근론(鄭道傳權近論)」

허균이 정도전(鄭道傳; ?~1398)과 권근(權近; 1352~1409)을 비교하면서 쓴 글 중의 한 부분이다. 조선이 건국된 지 200년이 된 시점에서 이들을 비교하는 글이 나온 것을 보면 당시의 지식인들 사이에서도 두 사람이 관심의 대상이던 것으로 보인다. 허균의 글은 정도전이 역사적 허물이 훨씬 크고 부정적인 인물이었다는 결론에 도달하지만, 글의 행간에 숨겨진 의미를 감안한다면 권근이건 정도전이건 모두 비난받아 마땅하다는 의도를 간취할 수 있다.

두 사람 모두 이색(李穡) 문하에서 공부했고, 비슷한 시기에 고려 왕조에서 벼슬했으며, 현실의 모순에 대항하여 개혁적인 성향을 지니고 있었다. 시기의 차이는 있지만 조선이 건국된 뒤에도 이들은 벼슬길에 나가 상당한 지위까지 얻었다. 다만 다른 점이 있다면 허균의 지적대로 정도전은 제명대로 살지 못했고, 권근은 천수를 누리고 죽었다. 얼핏 보면 단순명쾌하게 비교한 것처럼 보이지만, 이들의 죽음에는 그들 각각이 살아온 내력과 사상적 태도가 그대로 숨어 있다고 해도 과언이 아니다. 도대체 이들의 차이는 어디서 비롯하는 것일까.

항거와 복종 사이

1396년에 명나라 조정이 조선이 보내온 표전(表箋)에 문제가 있다면서 책임자를 잡아서 압송할 것을 요구하였다. 황제에게 올린 표전치고 너무 경박하고 모욕적이라는 것이 이유였다. 국가 사이에 오고가는 국서는 그 글자 하나 때문에 전쟁으로 치닫는 원인이 되는 경우도 있는 법이어서, 명나라의 문제제기는 심각한 것이었다. 특히 명나라에서 아예 '정도전'이라고 하는 인물을 찍어서 압송하라고 요구해온 것이다.

엄밀히 따지자면 정도전은 표문 작성과 관련이 없는 사람이었다. 그 글을 지은 사람은 당시 대사성(大司成)인 정탁(鄭擢)이었고, 정총(鄭摠)과 권근(權近)이 교정한 것이었기 때문이다.[1] 그러나 명나라는 정도전을 요구했다.

이 문제에 대처하는, 정도전과 권근의 태도는 완전히 달랐다. 외교 문

1) 이 사건의 전개에 관해서는 박원호의 「명초 문자옥(文字獄)과 조선 표전 문제」(『백산학보』 제19집, 1975)에 자세히 소개되어 있다.

제가 발생하자, 태조는 현실적으로 정도전의 판삼사사(判三司使) 직위를 해제하고 봉화백(奉化伯)에 봉한 후 물러나게 하였다. 정도전은 병을 이유로 명나라까지 먼 여행을 할 수 없노라고 거절했다. 정도전을 중심으로 요동지역을 공략하자는 의견이 구체화된 것은 바로 이듬해부터이다. 널리 알려진 사건이긴 하지만, 요동 공략 정책은 조준(趙浚) 계열이 강하게 반대했는데도[2] 비교적 강력하게 추진된다. 이 사건을 계기로 정도전은 조준과 본격적으로 사이가 멀어진다.[3] 그의 칭병(稱病)은 요동을 공략할 준비를 하기 위해 시간을 벌고 명나라에 입조하지 않기 위해 내세운 표면적인 이유였을 뿐이다.

사실 요동을 공략하는 것이 어떤 정치적 함의를 가지는지에 대해선 의견이 분분하다. 이 문제 역시 정도전의 의지가 강력하게 반영되었다고 주장하는 사람이 있는가 하면, 태조의 주도 아래 이루어졌을 것이라고 주장하는 사람도 있다. 정도전이 명나라에 대해 사감이 있었기 때문에 일이 발생했다고 주장하는가 하면, 국내의 사병 혁파 문제를 해결하고 그 명분을 쌓기 위해서 취한 행동으로 보는 견해도 있다. 또한 요동 공략이 조준의 반대로 결렬되었다는 견해도 있지만, 오히려 명나라의 압력으로 일시 중단된 요동 공략 정책에 정도전 등이 다시 불을 지폈다는 의견도 있다. 그러나 어떤 면에서 보든 명나라의 강한 요구에 대해 정도전은 똑같이 강경한 태도를 견지했다는 사실을 읽어낼 수 있다.

---

2) 이성계를 왕으로 추대한 49명의 명단이 전하는데, 배극렴과 조준, 정도전이 각각 1~3번으로 기록되어 있다. 또한 개국공신록권에도 1등공신 가운데 조준이 2번, 정도전이 4번으로 기록되어 있다. 이 정도로 두 사람은 정치적 운명을 함께해온 사이였다. 이들이 조선 건국 초기에 정책의 중요한 방향을 결정하는 강력한 영향력을 가지고 있었다는 사실은 쉽게 짐작할 수 있다. 그런데 둘 사이의 거리가 멀어졌다면, 초기 건국파들의 의견이 분열되는 새로운 시대로 접어들고 있음을 암시하는 명확한 징후인 것이다. 이 문제에 대해서는 최승희의 『조선 초기 정치사 연구』(일조각, 2002)의 제1장에 자세히 분석되어 있다.

3) 한영우, 『정도전 사상의 연구』(개정판), 서울대출판부, 1997, 30~31쪽 참조.

이같은 상황은 정도전이 표방한 것으로 알려진, '재상권 중심의 정치구조 확립'이라는 문제와 맞물려 있다. 많은 사람들은 정도전이 재상권 중심의 정치를 역설했다고 생각한다. 왕 한 사람에게 모든 결정권을 일임하는 것이 아니라 삼정승 육판서의 합사체제 아래에서 중요한 정책을 결정하고 방향을 정한 후 임금은 충실히 결재하기만 하면 된다는 것이 그 논의의 주요 내용이다. 이는 태조가 소수의 재신(宰臣)들을 중용하여 정치를 운용했기 때문에 이들 재신들의 정치 · 군사권력이 과대해져서 오히려 왕권을 위협하는 상태에까지 이르지 않았는가 하는 혐의를 둔 분석이며, 실제로 당시 그러한 의심을 받기도 했다.[4] 제1차 왕자의 난을 맞이하여 이방원이 정도전을 살해한 사건을 그런 의심 속에서 해석하는 시각이 우세한 것도 사실이다. 그러나 최승희 교수의 논의에 의하면, 태조 치세에 정책이 시행되던 과정을 살펴보면 정도전의 의도보다는 태조의 생각대로 이루어졌다는 보고를 감안할 때 정도전의 재상권 중심의 정치라는 것이 과대평가되었을 가능성을 배제할 수도 없는 것이 현실이다. 더욱이 공신을 책봉하는 과정에서 보여준 태조의 입장은 그러한 주장을 뒷받침한다.

진실이 어떻든지 간에 정도전의 강경한 입장은 조선 건국 초기의 불안한 사정을 안정시키는 데 중요한 역할을 하였다. 그러나 표전 문제가 불거졌을 때 그가 뜻밖에 요동지역을 공략하자는 계획안을 실천에 옮기기 위해 자신이 연구해서 저술한 진법(陣法)을 훈련과정에 도입한다든지, 군사력을 강화하기 위한 여러 조치들을 취한 것은 다른 권력자들의 심기를 건드리기에 충분했다. 표면적인 이유 이외에 얼마든지 다른 방식으로 해석될 수 있는 조치였기 때문이다.

---

4) 최승희, 앞의 책, 35쪽.

이렇게 표전 문제에 대해 강경책을 가지고 있던 정도전과는 달리, 권근은 명나라의 불편한 심기를 풀어서 화의(和議)를 맺어야 한다는 입장을 견지하고 있었다. 앞서 언급한 것처럼, 원래 표전을 작성하는 과정에서 교정자로 참여한 권근의 입장은 이 표전 문제에 직접 관련되어 있는 셈이다. 태조 5년, 표전 문제가 발생하고 이에 따른 여러 조치 끝에 명나라가 조선의 사신을 억류하는 단계까지 간다. 외교 문제가 심각한 상황에 이른 것이다. 권근이 자청해서 이 문제를 해결하겠노라고 나선 것도 이 시점이다.

자못 심각해 보이는 문제가 쉽게 풀린 것은 권근의 뛰어난 시문 창작능력 덕분으로 보인다. 황제의 명령에 따라 지어낸 작품들이 현재 문집에 전하는 「응제시(應製詩)」 24수이다. 이들 연작들은 상당히 의도적으로 배열된 것으로 보인다. 조선 건국의 당위성을 드러내는 것에서부터 작품을 시작하여, 조선의 태평성대가 명나라의 은덕 때문이라는 식으로 논의를 이어간다. 「응제시」 둘째 작품을 보자.

동쪽 나라 어려움 한창 많을 적	東國方多難
우리 임금 공업을 이루었습니다.	吾王功乃成
백성 어루만져 은혜로운 정치 펴고	撫民修惠政
대국 섬겨 충성을 다했습니다.	事大盡忠誠
국호를 내려주신 황제의 은총 이어서	賜號承天寵
터전 옮겨 읍성을 만들었습니다.	遷居作邑城
원컨대 직분과 조공 잘하여	願言修職貢
만세토록 명나라를 받들고 싶습니다.	萬歲奉皇明

—권근, 「이씨이거(李氏異居)」

그의 의도는 한눈에도 명확히 드러난다. 조선의 건국이 어려움 속에서 이루어진 위대한 업적이라는 점을 앞부분에 배치한 후, 이후의 정치가 백성들이 편안히 살도록 은혜를 베푸는 것이었음을 자랑했다. 아울러 조선의 기본적인 입장이 '사대(事大)'에 있으며, '천총(天寵)' 덕분에 이렇게 새로운 나라를 건설해서 업적을 이룩할 수 있었다는 점을 충분히 부언한다. 명나라를 만세토록 받들고 싶다는 구절 속에는 명나라가 영원히 지속될 것을 축원하는 의도를 담으면서도 조선의 만세가 바로 명나라에 달려 있다는 점을 은근히 강조한다.

일련의 시 작품을 읽은 황제는 기쁜 나머지 또 작품을 지어 올릴 것을 명하며, 이렇게 해서 10여 편 이상의 작품이 다시 창작된다. 여기서는 조선의 유구한 역사와 전통, 아름다운 자연경관을 통해 그 자부심을 드러내는 내용들이 보인다. 단군과 기자 이래 내려온 오랜 역사는 조선 자체가 하나의 독자적인 국가를 형성하고 있음을 드러내며, 금강산을 비롯한 아름답고 빼어난 자연은 조선 백성들의 정신이 얼마나 맑고 드높은가를 드러낸다. 물론 그 와중에서도 '사대'에 대한 입장이 틈틈이 피력되어 명나라의 마음을 흡족하게 한다.

창작 의도에 대한 평가 여부와 관계없이, 권근의 이 작품들은 외교문학의 위대한 성과라고 해도 과언이 아니다. 국가가 환란을 당했을 때 문장을 통해서 해결했다는 자부심은 이후의 인물들에게도 널리 자랑거리가 된다. 권근의 아들 권제(權踶)가 이 작품들에 대하여 주석까지 단 것을 보면 그 자부심을 충분히 짐작할 만하다.

권근의 이러한 태도를 명나라의 힘에 굴복한 것으로 보아야 할 것인가, 아니면 외교관이 노회한 수단으로 자국의 위험한 현실을 타개한 것으로 보아야 하는가에 대해서는 이견이 있을 수 있다. 분명한 것은 동일한 사건을 바라보면서 정도전과 권근의 태도가 완전히 달랐다는 점이다. 도대체 이러한 상반된 견해는 어디에서 비롯하는 것인가.

정도전, 죽음으로 혁명을 완성한 사나이

정도전의 부친 운경(云敬)이 젊었을 때의 일이다. 하루는 관상가를 만났는데, 10년 뒤에 결혼하면 재상감이 될 만한 자식을 얻으리라는 것이었다. 이 말을 들은 정운경은 금강산으로 들어가서 도를 닦는다. 기한이 되어 고향으로 돌아오던 중 삼봉(三峰)에 이르러 소나기를 만난다. 비를 피하기 위해 어느 초가집에서 유숙하던 중 우씨 집안의 처녀를 만나 인연을 맺었는데, 이때 잉태된 아이가 바로 정도전이라는 것이다. 물론 이것은 일제시대에 채록된 전설일 뿐이다. 『조선왕조실록』에 실려 있는 정도전의 졸기(卒記)에 의하면, 정도전의 부친 정운경의 장모는 승려와 계집종 사이에서 태어난 사람으로 기록되어 있다. 어떤 자료를 보아도 정도전의 신분은 지방향리의 범주에서 크게 벗어나지 못한다.

정도전은 경상북도 봉화를 관향으로 하는 향리의 후손이다. 그의 고조인 정공미가 이 지역의 호장을 지냈으며 뒷날 봉화 정씨의 시조가 되는 것을 보면 봉화에서 오랫동안 토착세력으로 살아온 것으로 추정된다.

반면 권근은 어떤가. 안동을 관향으로 하는 그의 가문은 대대로 명현들을 배출하면서 고려시대의 중요한 가문으로 살아왔다. 그의 조부인 권부(權溥)만 하더라도 조선의 기반이 될 정주학(程朱學)을 공부하여 들여온 주인공이다. 게다가 그의 연보에 의하면, 어렸을 때부터 워낙 총명하여 집안의 기대를 한 몸에 받으면서 자란 몸이다. 권근의 저술을 보면 『입학도설(入學圖說)』을 비롯하여 『오경천견록(五經淺見錄)』, 『사서오경구결(四書五經口訣)』 등이 있는데, 이것은 가학의 전통을 잇는 것이면서 동시에 당대 조선 유학의 최고 수준을 상징적으로 보여주는 것이라 할 수 있다.

물론 신분상의 문제만 이들 사이에 차이를 만들어낸 것은 아니다. 고려 말기는 정치적으로나 국제적으로 미묘한 시기였다. 이들이 관직에 진출

했을 때는 원나라와 멀리하고 명나라와 친하려는 공민왕의 정책이 진행되던 시기였다. 그러나 공민왕이 죽고 우왕이 등극하자 이인임 일파의 친원(親元) 정책이 다시 불붙었고, 그 와중에서 정도전은 정몽주, 이숭인, 김구용 등과 함께 귀양을 간다.

2년간의 나주 유배에서 풀려난 그는, 4년 동안 고향에 물러나 있다가 이후 경기도 일대를 돌아다니면서 다양한 경험을 쌓는다. 우왕 9년, 함주에 있던 이성계를 찾아가 만날 때까지 정도전의 삶은 고난의 연속이었다. 그 과정에서 정도전은 자신의 처지를 뼈저리게 느꼈을 것이다. 그러나 더 중요한 것은 고려의 최하층민들이 어떻게 살아가는지를 몸으로 경험했다는 사실이다.

신분이 다르면 생각도 달라지는 법이라고 하지만, 적어도 두 사람이 애초부터 서로 다른 길을 걸어간 것은 아니다. 고려사회의 모순이 다양한 분야에서 분출되고 있으며 이러한 현실은 반드시 바뀌어야 한다는 기본적인 생각이야 마찬가지였다. 그들이 고려 말에 일정하게 정치적 행보를 같이한 것은 이러한 공통된 인식 때문이었다. 사정이야 어떻든 간에 둘은 이색의 문하에서 함께 공부한 사이가 아니던가.

위화도 회군 사건은 특히 정도전에게 중요한 변화의 계기를 가져온다. 고려왕조에 대한 절망감과 함께 새로운 사회에 대한 구상이 싹튼 시점을 잡으라면 아마도 이때일 것이다. 여러 가지 명분을 붙이기는 했지만, 고려의 멸망은 이제 그 실체를 드러낸다. 그렇게 되면서 정도전의 삶도 급격하게 다른 길로 휘어진다. 이색과 같은 이전의 인물들과 인간적 유대가 소원해지면서 자신만의 길을 걷게 되는 것이다.

문학사의 주류가 한계에 봉착하면 그 돌파구를 마련하는 것은 구비문학일 경우가 흔하다. 역사에서도 사정은 비슷하다. 희망 없는 시대를 살아가는 사람이 새로운 세상을 꿈꾸고 그것을 현실 속에서 구현하고자 할 때, 그가 발견하는 희망은 언제나 민중들의 거대한 에너지이다. 정도전이 느끼는 고려사회의 말기적 증상은 철저한 자기 반성 속에서 새로운 형태로 잉태되었다.

나주에 귀양살이할 때 지은 일련의 글들에서, 정도전은 한 시대를 살아가는 지식인으로서 져야 할 역사적 책임에 대한 처절한 자기 반성을 보여준다. 「농부에게 답함〔答田夫〕」이나 「금남야인(錦南野人)」, 「집안의 어려움〔家難〕」 등이 대표적이다.

「금남야인」에서는 '선비〔儒〕'에 대한 통념을 제시한 후 금남에 사는 시골사람을 내세워서 그것을 통박하며, 「집안의 어려움」에서는 아내의 편지에 답장을 하는 형식을 취하여 자신의 뜻을 드러낸다. 평소에 글을 읽느라고 집안을 돌보지 않는 남편을 원망하지 않고 오직 남편의 입신양명을 바라며 모든 것을 희생해온 아내에게, 남편의 귀양은 얼마나 충격적이었겠는가. 높은 벼슬을 해서 부귀영화를 누리기는커녕 국법에 저촉되어 몸은 귀양살이에 병들어가고 가문은 몰락했으니, 이게 도대체 어떻게 된 일이냐고 묻는 아내의 편지는 남편의 가슴을 저리게 했을 것이다. 이에 대해 그는 선비로서 갖춰야 할 기본자세를 진술함으로써 답장을 마련한다. 당신이 집안을 근심하듯이 선비는 나라를 근심해야 하는 것이며, 성패나 영욕, 득실은 하늘이 주는 것이니 인간의 영역이 아니라는 것이다.

나주 생활은 정도전의 몸을 힘들게 만들기는 했지만, 자기를 돌아보는 시간을 보내고 민중들의 에너지를 새롭게 발견함으로써 새 세계를 만들어 나갈 희망을 찾았다는 점에서 중요한 사건이었다. 이성계를 만난 후 자신의 생각을 현실화시킴으로써 조선이라는 나라를 계획한다. 왕을 추대할 때도 적극적이었고, 예악전장(禮樂典章)과 제도문물(制度文物)을 만들어내는 데에도 앞장섰다. 그는 언제나 과감하게 결정하고 힘차게 추진하여 새로운 나라를 건설하는 데 선봉에 섰다. 그의 혁명가적 면모는 바로 여기서 잉태된다. 조선이라는 나라에서, 정도전은 명실상부한 개국 1등공신이었다.

악장에서도 여전히 그러한 면모를 살필 수 있다. 정도전의 악장은 주로 조선 건국의 합리성, 혹은 건국과정에서 태조 이성계가 보여준 영웅적인 활약상에 주로 초점이 맞추어진다. 그것은 정도전이 1383년 이래 이성계의 충실한 보조자로서 행보를 함께해오면서, 건국의 과정에 적극적으로 참여한 사실과 직접 연관된다. 구왕조를 무너뜨리고 새로운 왕조를 세운 주도세력으로서 겪은 저간의 체험을 새로운 왕조의 수립을 노래하고 후세에 전하기 위한 악장에 그대로 반영한 것이다.

이들 노래에서는 주로 태조 이성계의 영웅적인 모습을 형상화함으로써, 새로운 왕조의 탄생이 비범한 능력과 민심의 회귀라는 측면에 힘입어 이루어진 것이라는 사실을 드러냈다. 이러한 일련의 악장 속에서 이성계는 북쪽 오랑캐 장수의 군대를 격파하며, 지리산까지 쳐들어온 왜구를 순식간에 물리치고, 꿈에 신인(神人)으로부터 금척(金尺)을 하사받는 등 새로운 왕조를 탄생시키기 위한 여러 가지 요소들을 갖춘 것으로 묘사된다. 물론 이러한 모습들이 훨씬 더 발전된 형태의 영웅서사시로 발전하기 위해서는 「용비어천가」를 기다려야 했지만, 이미 정도전의 악장에서 그 기본구도가 제시되었다고 할 수 있다.

① 궁지에 빠진 짐승, 험한 산 속으로 달아나자
우리 군사가 덮치니, 좌우로 흩어졌네.
어떤 놈은 죽고 어떤 놈은 사로잡히고
어떤 놈은 달아나고 어떤 놈은 숨어서
죽은 놈은 가루 되고, 산 놈은 혼을 날렸도다.
하루아침도 다 못되어, 활짝 트여 맑고 밝아져,

승리의 노래 부르며 돌아오니, 동쪽 백성들 편안해지도다.

② 우리 동방은 바닷가 구석, 저 교활한 아이가 천기를 훔쳤도다.

아! 동왕의 덕이 성대하시리이다!

미친 꾀를 부리어 군대를 일으키니, 극에 달한 재앙, 평정할 자 그 뉘신가.

아! 동왕의 덕이 성대하시리이다!

하늘은 덕을 숭상하여 의로운 깃발을 돌이키니, 죄인은 내쫓고 역적은 죽였도다.

아! 동왕의 덕이 성대하시리이다!

황제는 기뻐하시며 큰 은혜를 베푸셔서, 군대로써 나라 세워 우리에게 알리셨네.

아! 동왕의 덕이 성대하시리이다!

아! 백성과 사직 돌아갈 곳 있으니, 천만 년 영원히 전하리.

아! 동왕의 덕이 성대하시리이다!

①은 「궁수분(窮獸奔)」으로, 1380년(우왕 6) 가을, 이성계가 지리산에서 왜구를 대파한 사실을 소재로 취하여 쓴 작품이고, ②는 「정동방곡(靖東方曲)」으로, 1388년(우왕 14) 봄에 우왕이 요동을 정벌하기 위해 군대를 일으키자 이에 반대하여 위화도에서 군대를 돌린 사실을 소재로 취하여 쓴 작품이다. 모두 이성계의 영웅적인 모습을 형상화하고 있으며, 이들 작품의 기본적인 어조 자체가 대단히 동적이며 남성적이다.

①의 표현수법은 정도전의 동적이고 남성적인 어조를 잘 드러내고 있다. 궁지에 빠진 짐승과 같은 왜구와 그들을 쫓는 우리 군사 사이의 역동적인 모습이 잘 표현되어 있다. 정도전은 이 작품의 3분의 2에 해당하는

부분에서 왜구를 쫓으며 그들을 치는 우리 군사들의 힘찬 모습을 형상화하고 있다. 특히 5~8구에서는 왜구들의 처참한 죽음과 살아남은 자들의 넋 빠진 모습 등을 제시함으로써 상대적으로 우리 군사들의 용맹한 측면을 강하게 부각시킨다. 또한 다양한 형상으로 반복되면서 전개되는 왜구들의 모습과, 죽은 자와 산 자 들의 모습 등을 반복적으로 제시함으로써 전체적인 작품의 긴박감과 함께 왜구를 추격하는 우리 군사들의 활동적인 모습을 강조하고 있는 것으로 보인다.

②에서는 "아! 동왕의 덕이 성대하시리이다!"라는 구절이 반복적으로 들어가면서 일종의 후렴구 역할을 하는 특이한 형식을 선보인다. '동왕'은 이성계를 지칭하며, 그의 덕이 천명을 받아 개국하기에 충분하다는 의미를 후렴구에 담고 있다. 널리 알려진 것처럼, 정도전 및 건국 주체세력의 사상적 기반 자체가 유교이고, 임금의 덕을 태평성대를 이룩하는 가장 중요한 요소로 꼽는 것이 일반적이었으므로, 정도전이 '덕'을 후렴구의 중심내용으로 채택한 것은 별반 이상할 것이 없다.

그러나 후렴구를 제외한 다른 부분의 내용을 살펴보면, 정도전이 말하는 덕의 내용이 특징적일 수 있다는 점을 간취하게 된다. ②의 주내용은 위화도 회군이다. 우왕은 '교활한 아이〔狡童〕'[5]로 상징되며, 원나라를 치기 위해 군대를 일으킨 그의 행위는 미친 짓이므로, 이성계가 군사를 돌이켜 이를 평정함으로써 결국 백성과 사직을 평안하게 할 수 있었다고 한다. 요컨대 정도전이 말하는 덕은 무력적인 힘을 포함하는 개념임을 알 수 있다. 그러나 전쟁을 하는 것 자체가 백성을 어려움에 빠뜨리는 것이고, 병기로 사람을 죽이는 것이나 몽둥이로 죽이는 것이나 정치로 죽이는 것이나 백성을 죽이는 것은 마찬가지이므로 항상 신중히 해야 한다는 맹

---

5) '교동(狡童)'은 원래 『시경』의 편명(篇名)으로, 음란한 사내를 상징하는 단어이다.

자의 기본전제를 생각한다면, 정도전의 생각은 자칫 패도적인 경향을 가질 수도 있다는 점을 주목해야 한다.

이 같은 경향이 비록 이성계의 무용을 드러내는 것을 소재로 했기 때문이라는 점을 어느 정도 인정한다 해도, 기본적으로 정도전의 사상적 구도를 반영하는 것이 분명하다. 덕에 대한 정도전의 생각은 이처럼 '무(武)'의 문제와 뗄 수 없는 관계로 형상화된다. 물론 모든 유자(儒者)가 마땅히 문무(文武)의 상보적 관계를 논하지만, 정도전처럼 무의 모습을 동적이고 남성적인 어조로 표현하는 것은 특징적이라고 할 만하다. 정도전의 동적이고 남성적인 어조는 「문덕곡(文德曲)」을 포함한 다른 악장작품에서도 확인할 수 있다.

바로 이러한 점에서 이미 정도전의 비극적 죽음이 예견된 것이나 마찬가지였다. 평범한 한 인간인 이성계를 만나 지우(知遇)를 받고, 그와 동료 혹은 존중하는 사이로 지내던 시절이 있었다. 그러나 시대는 이성계라고 하는 한 인간을 범인에서 만인지상의 자리에 올려놓았다. 정도전은 이성계를 도와서 새로운 세계를 여는 역할을 자임했지만, 새로운 나라를 만들어가는 과정에서 한 역할을 생각해보면 '정도전의 나라'라고 해도 과언이 아닐 만큼 심혈을 기울인다.

그러나 국가체제가 정비되는 순간 정도전의 역사적 역할 혹은 사명이 끝난 것으로 보인다. 혁명의 와중에서 생애를 바친 사람은 그 혁명이 이루어지는 순간에 자신의 목숨을 내놓아야 하는 운명을 지닌 것이 아닐까. 이방원에 의해 살해당하지 않았더라도, 조선의 건국은 결국에 정도전의 순교를 원하고 있었다. 범인과 전혀 다른 차원의 인물로 그려져야 하는 시점에 과거의 인간적 면모를 너무도 잘 알고 있는 인물이 있다면, 더욱이 그러한 사람의 능력이 사회의 구석구석까지 파고들어 있다면, 당연히 왕은 그의 목숨을 요구하게 된다. 역설적이게도 새로운 세상을 꿈꾸며 조선을 건국하는 데 신명을 바친 정도전은, 자신의 죽음으로 조선 건국을 완성한다.

권근, 사대의 문학 혹은 문치(文治)의 중세적 구현

권근의 존재는 고려가 망하고 조선이 건국된 뒤에도 나타나지 않는다. 고려 말 암담한 현실은 그를 아예 은거의 길로 이끌었다. 그가 다시 정계에 복귀한 것은 조선이 건국된 이듬해였다.

권근이 조선의 조정에서 새롭게 부각된 것은 명나라에 조선 건국을 인정받기 위해 사신으로 파견되어 임무를 수행하면서부터이다. 물론 그 이전부터 그의 존재가 자주 감지되기는 하지만 정도전의 활약상에 비하면 미미한 수준이었다. 심지어 정도전에게 여러 가지 점에서 견제를 당하는 것이 아닐까 싶을 정도로 권근의 활약이나 비중은 그렇게 높지 않았다.

일찌감치 조선 건국에 참여한 정도전과 건국 이후에 참여한 권근의 비중이 같을 수는 없는 노릇이다. 현실적으로도 정도전은 이미 개국 1등공신으로 책봉되어 최고의 권력과 특혜를 누리며 국정 전반을 주도하고 있었다. 반면 권근은 태조 5년에 이르러 명나라와 외교 문제가 발생하자 자원하여 중국에 가서 이를 해결한다. 이 사건으로 권근은 자신을 공신에 추가해줄 것을 태조에게 요청했고, 태조가 이를 받아들여 태조 6년에야 비로소 4등 원종공신으로 봉해진다.

마침내 권근이 정계의 주요인물로 부상하는 것은, 정도전의 피살이라는 충격적 사건과 맞물려 있다. 정도전이 살해되자 권근은 즉시 정당문학(政堂文學), 참찬문하부사(參贊門下府事), 대사헌(大司憲) 등을 지내면서 정치적 역량을 발휘한다. 정도전이 맡던 직임을 그대로 물려받아 정치적 영향력을 행사하게 된 것이다. 앞서 그는 표면적으로 정도전과 정치적 입장을 같이하면서 『삼봉집(三峰集)』의 편찬에도 큰 역할을 하는 등 친밀성을 보였다. 그러나 권근이 이성계의 건국사업에 대해 찬성하는 쪽으로 노선을 전환한 이후에도 계속된 정도전의 견제 때문에 자신의 정치적 포부를 제대로 펴기가 어려운 것이 현실이었다.

권근의 시문집 『양촌집(陽村集)』에 실린 한시 작품 중 작품의 형태나 서문 등으로 미루어보아 악장으로 쓰일 것을 상정하고 창작했음 직한 것으로 「화악시(華嶽詩)」, 「천감(天監)」, 「화산(華山)」, 「신묘(新廟)」, 「풍요(風謠)」 다섯 편이 있다.

그의 악장에서 우선 지적할 수 있는 특징은 덕치(德治)를 강조한 데 있다. 여기에서 말하는 덕치는 유학의 전형적인 개념으로서, 표현수법 역시 이에 걸맞게 조정되었다.

① 훌륭하시도다, 우리 임금이여. 삼가고 삼가며 공경하시도다.
덕은 인(仁)으로써 높아졌고, 이에 무력은 평정되었도다.
빛나는 일 돌이키지 않으시어, 하늘의 명을 받으셨도다.
이에 일어나 임금 되시어, 조선 경역을 다스리시도다.

② 출렁출렁 한강 물, 나라를 둘러쌌네.
풍속과 기강이 길러지고, 마음이 완전해졌도다.
왕이 오시어 이에 자리 잡으니, 신하와 백성이 모두 편안해지네.
아! 몇만 년 되도록 길이 삼한을 진정시키시리.

①은 「천감」 6장 중 제3장으로, 조선이 천명을 받은 사실을 찬미하기 위한 목적으로 지은 것이다. 이는 태조 이성계가 천명을 받아 고려를 무

너뜨리고 조선을 건국한 것에 대한 찬미이다. 권근이 보기에, 이성계가 천명을 받은 이유는 덕이 있기 때문이었다. 이는 정도전에게서도 이미 언급된 것이지만, 정도전의 덕의 개념이 그 이면에 어느 정도의 무력적 힘을 상정하는 것이라면, 권근에게서 보이는 덕은 인(仁)에 의해 높아지는 것으로, 정도전의 개념과는 사뭇 다름을 알 수 있다. ①에서 진술한 것처럼 무질서하게 무력이 횡행하던 고려 말기의 상황을 인에 의한 덕으로 진압하였다는 것에서 우리는 그 개념의 일단을 짐작할 수 있다. 이러한 진술은 이성계가 고려 말에 보여준 영웅적 힘에서 나왔겠지만, 그것을 형상화하는 권근의 태도는 대단히 우회적이다.

권근은 이 작품을 쓰면서 유교경전 중의 하나인 『시경(詩經)』을 모범으로 하여 쓴다는 명확한 인식을 가지고 있었던 것으로 추정된다. 결국 권근의 악장 창작태도는 이미 유교적 규준을 충실히 적용한 상태에서 나온 것이므로 표현의 정도가 정도전의 그것에 비해 한층 완화될 수 있었다. 동적이고 현실감 넘치는 표현이 주는 위엄이나 감동을 포기한다는 것은, 또 다른 형태의 위엄이나 감동이 있기 때문이다.

권근의 경우 그 대체물로서 제시한 것이 바로 '인덕(仁德)'이다. 무력적인 힘의 위엄보다 그것을 훌쩍 뛰어넘는 새로운 위엄이 필요하다고 여긴 권근은 인덕에 의한 통치자라는 새로운 위엄을 표현하기에 이른 것이다. 따라서 ①에서 보이는 임금의 모습은 북쪽 오랑캐나 남쪽 왜구를 쫓아 그들을 격파하는 용맹한 장군의 모습이 아니다. 천명을 받들고 하늘의 뜻을 거스르지 않도록 백성을 인덕으로 보호하는, 신중하면서도 위엄이 넘치는 모습인 것이다.

②는 한양에 도읍을 정한 것을 찬미하는 「화산」 4장 중 제3장이다. 한양에 도읍을 정한 이유로 권근이 중시하는 것은 풍속과 기강의 문제이다. 이는 고려 말의 극심한 혼란을 경험한 이후 백성들을 안정시키는 것이 최

우선의 과제였던 탓도 있지만, 백성의 안정된 생활이 국가가 부강해지는 근본이라는 유교적 합리주의에 근원이 닿아 있다. 이는 권근의 악장이 이성계 개인의 영웅적 행위를 강조하는 것이 아니라, 오직 덕으로 인한 천명의 문제에 언술의 초점을 맞추고 있다는 점과 연결시켜 생각할 때 시사하는 바가 크다. 즉 권근은 국가의 이념을 악장에 충실히 재현함으로써 기존의 악장과 다른 새로운 내용을 제시하려 한 것이다. 물론 그 내용은 천명에 의한 건국의 당위성, 임금의 폭정에 의해 그 천명은 언제든지 옮겨갈 수 있다는 점, 정치의 중요한 요소는 백성의 안정이라는 점 등 일반적이고 평범한 듯한 것이다.

그러나 권근이 이러한 내용을 악장에 다루기 시작했다는 것은 결국 국가의 경영이 더 이상 임금 한 개인의 영웅적인 모습으로 이루어질 수 없는 시기가 되었다는 것을 상징적으로 드러낸다. 국가의 제도나 합리적 이념의 적용이 절대적으로 필요하다는 권근의 생각이 반영된 것이라 할 수 있다. 이는 천명을 받들 수 있도록 천리(天理)를 실현한 인간에 대한 예찬이며, 동시에 조선 건국이라는 역사적 사건과 이상을 실현할 현실적 기반을 획득한 사대부의 자긍심이 결합되어 나타난 결과라고도 말할 수 있다.[6)]

이 같은 권근의 생각이 더욱 극명하게 드러난 것이 바로 「상대별곡(霜臺別曲)」이다. 그 중 마지막 연을 살펴보자.

초택성음(楚澤醒吟)이아 너는 됴ᄒᆞ녀
녹문장왕(鹿門長往)이아 너는 됴ᄒᆞ녀
명량상우(明良相遇) 하청성대(河淸盛代)예
총마회집(驄馬會集)이아 난 됴ᄒᆞ이다

---

6) 전수연, 『권근의 객관유심주의적 세계관과 시세계』, 이화여대 박사논문, 1990, 117~119쪽 참조.

잘 알려져 있듯이 「상대별곡」의 제1장은 사헌부의 추상같은 모습, 제2장은 위엄 있는 관리들이 사헌부에 오르는 모습을 노래한다. 그리고 위에서 보는 바와 같이 제3장에서는 사헌부에서 정사(政事)를 집행하는 모습을 노래한다.

각 방에서 절하고 인사를 끝낸 후 이들 관리들이 모여 앉아 행하는 정사의 내용이 제3행에 간략하게 제시되어 있다. 시정(時政)의 득실과 민간의 이로움과 해로움, 여러 가지의 폐단을 구제하는 일이 그것이다. 이것을 위해서는 거침없는 충간(忠諫)이 필요하며, 그 충간을 받아들이는 임금의 태도도 필요하다. 태평성대를 이루는 요건이 바로 '임금은 밝고 신하는 곧아야 함〔君明臣直〕'으로 귀결된 것은 여기에 연유한다.

권근의 이러한 태도는 건국 초기의 상황이 제도적 장치에 의해 자리 잡혀가고, 그 과정에서 자신의 포부를 거침없이 펼치고자 하는 신흥사대부들의 득의에 찬 기상을 반영하는 것이다. 이러한 점에서 이 노래는 경기체가의 정신적 태도를 그대로 계승했다고 할 수 있다. 「상대별곡」의 제1장에서 형상화한 사헌부의 모습(落落長松, 亭亭古栢, 秋霜烏府)이나, 제2장의 힘찬 모습(싁싁ᄒᆞᆫ 뎌 風憲所司), 제4장에서 공사(公事)를 마친 후 의관을 풀어헤치고 여유롭게 술자리를 즐기는 모습 등은 권근이 새로운 왕조에 대해 품는 자신감 넘치는 포부를 반영한 것이다.

그의 이러한 기상은 제4장의 마지막 부분에서 더욱 확연히 표현된다. 위의 인용문 ②가 제4장의 마지막 부분이다. 정상적인 경기체가 형식이 완결된 후 덧붙여진 부분인데, 이는 자기 시대가 얼마나 태평성대인가 하는 점에 주안점을 두고 자신 있게 진술한 것이다. '초택성음'은 굴원의 경우를, '녹문장왕'은 방덕공(龐德公)의 경우를 지칭한다. 굴원은 초나라 삼려대부였으나 참소를 받아 추방되자 「이소(離騷)」를 지어 충간하다가 결국 멱라수에 몸을 던져 자살한다. 방덕공 역시 한나라 말기에 녹문산으로 들어가 은거한 인물이다. 이들은 뛰어난 재주가 있었지만 좋은 임금을 만나지 못해 정치에 참여할 수 없었고, 이 때문에 태평성대를 이룰 수 있는 기회를 잃었다. 좋은 신하가 될 수 있는 것은 밝은 임금이 있기 때문이며, 이들의 좋은 관계가 태평성대를 이루는 중요한 관건이라고 생각한 것이다.

권근은 이러한 시대가 이미 도래하여 자신이 그 시대에 '도를 바로잡고 의를 밝히는〔正其道 明其義〕' 일을 해나가고 있다고 자부했다. 권근의 이 같은 작업은 결국 사직의 영속(永續)과 함께 백성의 즐거움으로 귀결된다. 그것은 결코 힘에 의해 이루어지는 것이 아니라 인덕에 의해 이루어지며, 따라서 유교적 합리주의에 근거한 자상함과 엄숙함이 동시에 필요했다. 특히 새로운 왕조의 엄숙함에 대한 표상이 사헌부였으며, 「상대별곡」은 엄숙함이 작품으로 형상화된 것이다.

이처럼 권근은 자기 시대를 태평성대로 인식하고, 이러한 시대에는 초야에 은거하는 것이 올바른 삶이 아니라면서 관직에 적극 진출하여 자신의 능력을 발휘할 것을 힘써 주장한다. 권근의 이러한 생각은, 그의 외손이면서 학문적 계승자이기도 한 서거정에게 그대로 이어졌고, 그 주변에 있던 관각문인들, 예컨대 신숙주, 최항, 성현 등에게로 이어지면서 관료문학을 담당하던 사람들의 출사(出仕)에 대해 논리적 기반을 제공한다.

라이벌의 탄생

정도전과 권근은 언제나 같은 범주의 일을 놓고 국정을 수행하였다. 악장을 짓고 법전을 손질함으로써 예악과 제도를 정비하고, 조선의 이념적 방향을 결정하는 유교적 성과를 내놓으며, 불교를 이념적으로 비판함으로써 새로 건국된 국가의 입장을 명확히 하는 등의 일을 두 사람 모두 해냈다.

그러나 그 세부적인 부분으로 들어가면 편차는 매우 크다. 예컨대 정도전은 언제나 문무(文武)를 동시에 언급하지만, 권근은 주로 문(文)에 주안점을 두어 논의를 전개한다. 그것은 건국 주체로서 동료이던 한 인물을 영웅화하는 과정에서 문과 무가 반드시 필요한 요소이기도 했고, 그 역할을 바로 정도전이 담당했기 때문이다. 이성계는 뛰어난 용맹과 전쟁 수행능력을 갖춘 인물이어야 했고, 동시에 덕치를 펼칠 수 있는 성군이어야만 했다. 이후 「용비어천가」에서 그 모습을 완전히 드러내게 되지만, 이성계는 한 인간이 영웅으로 탈바꿈하는 과정에서 많은 부분을 정도전에게 기댔다.

정도전의 비극은 바로 거기에 있었다. 한 인간을 영웅으로 바꾼 것까지는 좋았는데, 영웅의 입장에서 보면 정도전의 혁명적이고 정력적인 태도는 분명 부담으로 작용했을 것이다. 이미 그의 역할 속에 비극적인 죽음이 함께 숨어 있었다. 의도하지는 않았지만, 정도전의 죽음을 통해서 이성계와 그의 조선이라고 하는 나라는 비로소 완성된 것이다.

이미 모든 준비를 해놓은 상태에서 정계의 중요한 위치를 차지한 사람이 바로 권근인 셈이다. 물론 권근이 요행수로 그 지위를 차지했다는 말이 아니다. 그도 역할 수행능력을 충분히 갖춘 인물이다. 다만 건국과정에서 기본적으로 해야만 하는 중요한 일들이 마무리된 시점이었기 때문에, 이제 권근의 역할은 어떻게 안정된 체제로 조선을 이끌 것인가를 고민하는 것이었다.

특히 건국이 마무리되면 수성(守成)의 단계로 접어들기 때문에 강력한 무력을 강조하는 것은 불필요한 오해를 불러일으킨다. 이 점 때문에 권근의 논리 속에서는 무용(武勇)을 자랑하는 영웅의 이미지가 사라지고, 문아(文雅)한 이미지의 임금이 등장해야만 했다. 똑같이 문학에 대한 생각을 표현하더라도 정도전이 유학의 철저한 바탕 위에서 재도론(載道論)을 근본적으로 실현하려는 태도를 견지했다면, 권근은 국가의 위엄을 장엄하게 꾸며줄 수 있는 화려하면서도 우아한 태도를 중시했다. 정도전이 현실적 영향력과 힘을 가지고 있던 불교를 비판하는 것에 심혈을 기울였다면, 권근은 유학의 얼개를 짜고 그것을 튼실하게 하는 것에 주력했다.

같은 문하에서 공부하던 두 사람이, 역사의 거대한 힘에 떠밀려 전혀 다른 행보를 걷게 되었을 뿐이다. 그들은 드넓은 역사의 벌판에 새로운 길을 내면서 앞으로 나아갔다고 자부했겠지만, 어쩌면 역사의 거센 바람에 등을 떠밀려 거기까지 간 것이 아닌가 반문해볼 일이다. 죽음으로써 새로운 시대를 맞이한 정도전의 비극은, 권근이라는 인재를 역사의 전면으로 부상하게 하였다.

| 김풍기 |

사대부 문인의 두 초상

서거정 VS 김시습

시대의 격랑이 만들어낸 인물

역사의 전환기엔 숱한 인물 군상이 부침하게 마련이다. 시대의 파랑이 굽이치고 휘몰아드는데 어찌 그렇지 않을 수 있겠는가? 우리에게 친숙한 나말여초와 여말선초 그리고 근대계몽기를 얼핏 떠올려보면, 이 점을 어렵지 않게 확인하게 된다. 우리가 라이벌로 맞세울 서거정(徐居正; 1420~1488)과 김시습(金時習; 1435~1493)이야말로 그런 시대의 격랑이 만들어낸 극단적 인물의 전형이다.

비바람 소슬 불어 낚시터 흔드는데	風雨蕭蕭拂釣磯
위수(渭水)의 물고기와 새 들 세속 잊은 줄만 알았더니,	渭川魚鳥識忘機
어찌 늘그막에 용맹스런 장수되어	如何老作鷹揚將
부질없이 백이와 숙제 굶어 죽게 했는가.	空使夷齊餓採薇

서거정이 김시습에게 강태공이 위수에서 곧은 낚시하는 그림을 그린 「위천조어도(渭川釣魚圖)」을 보여주며 글을 부탁하니, 지어주었다고 전해지는 유명한 시편이다. 서거정은 자신이 비록 벼슬살이에 급급하게 살고 있지만, 강태공처럼 곧은 낚시를 걸어놓고 한가롭게 지내고 싶다는 뜻을 보였던 것이다. 하지만 김시습의 대꾸는 참으로 신랄하다. 무심히 세월만 낚는 줄 알았건만, 강태공은 진정 그게 아니었다. 여기에서 김시습은 강태공이 문왕을 만나 사부가 되더니만, 뒷날 무왕을 도와 은나라를 멸망시킨 사실을 통렬하게 환기시킨다. 그러고 보면 '용맹스런 장수'란 바로 수양대군을 도와 단종을 죽음으로 몰고 간 정난공신(靖難功臣)을 일컬음이요, '굶어죽은 백이와 숙제'란 그런 불의를 용납할 수 없는 자신을 일컬음이다. 결국 서거정은 한동안 넋 놓고 있더니만, "그대의 시는 곧 나의 죄를 밝히는 문건이군" 하고는 입을 다물었다.

이런 이야기가 어찌 꼭 있던 사실을 전하는 것이겠는가? 뒷사람들이 서거정과 김시습의 관계를 인식하는 정황을 일러주는 훌륭한 일화 중 하나겠다. 실제로 김시습이 위의 시를 통해 꾸짖은 상대역이 『지봉유설』에서는 한명회, 『병자록』에서는 신숙주, 『어우야담』에서는 권람으로 설정되어 있다. 그들 가운데 누구라도 상관없는 것이다. 중요한 것은 서거정이 세조의 불의(不義)에 동조한 이들과 같은 부류로 묶여, 세조의 불의를 온몸으로 거부한 김시습에게 조롱을 당했다고 믿어졌다는 사실이다.

그들의 운명을 갈라놓은 사건, 그리하여 그들을 라이벌로 두고두고 기억하게 만든 사건은 바로 조선 건국기에 권력을 둘러싸고 벌어진 피비린내 나는 골육상잔인 세조의 왕위찬탈이었다. 그때, 그들은 각기 정반대의 길을 선택했다. 그리하여 서거정은 원종공신(原從功臣) 반열에 올라 탄탄대로 같은 정치역정을 밟아갔고, 김시습은 생육신(生六臣)의 한 사람으로 평생 전국의 산사를 떠돌았다.

천재적인 재능으로 이름을 떨치다

'사계절의 흥취' 또는 '달빛 어린 매화꽃'

서거정의 자는 강중(剛中), 호는 사가(四佳) 또는 정정정(亭亭亭)이다. 그리고 김시습의 자는 열경(悅卿), 호는 매월당(梅月堂) 혹은 청한자(淸寒子)이다. 그들 삶의 행로를 더듬어보려는 즈음, 진부하게 이름과 자, 호를 번다하게 늘어놓는 이유는 여기에 그들 삶의 역정이 흥미롭게 아로새겨져 있다는 생각 때문이다. '거정(居正)'이라는 이름은 『공양전(公羊傳)』에 나오는 "君子大居正"이라는 구절에서 따온 것으로, 항시 정도를 지키며 살라는 당부였겠다. 그리하여 또한 『주역(周易)』의 괘에서 양(陽)이 가운데 있는 것을 가리키는 '강중(剛中)'으로 자를 삼았으니, 바르게 살아야 한다는 것은 그에게 부과된 삶의 지침이었다. 그러나 적어도 수양대군이 불의로 권력을 찬탈하는 일련의 과정에서 침묵으로 일관한 그의 행로를 본다면 절의를 생명처럼 여기는 유자(儒者)의 길을 걸었다고 말하기는 어렵겠다.

김시습은 어떠한가? 이름인 '시습(時習)'과 자인 '열경(悅卿)'은 너무나 잘 알려진 『논어(論語)』의 첫 구절 "學而時習之, 不亦悅乎"에서 따온 것이니, 길게 설명할 필요가 없다. 학문에 정진하고, 그로부터 기쁨을 찾아야 한다는 것이 그에게 부과된 삶의 지침이었다. 그러나 김시습은 계유정난(癸酉靖難)으로부터 이어진 사태들을 목도한 뒤 읽던 책을 모두 불살라버리고 승려의 행색으로 전국을 떠돌아다녔으니, 배우고 배우며 그것에서 기쁨을 구하는 유자의 삶과는 먼 길을 살아야 했다.

그렇게 본다면 그들의 삶을 정확하게 함축하고 있는 것은 호인지도 모르겠다. '사가(四佳)'란 "사계절의 아름다운 흥취를 여러 사람과 같이 즐긴다〔四時佳興與人同〕"라는 구절에서 따온 것이고, '정정정(亭亭亭)'이란 집의 뒤뜰 정원에 연못을 파고 곳곳에 세운 정자(亭子)'들'에서 도서를 읽어가며 담박하게 생활하는 자신의 삶을 가리키는 것이다. 자기 스스로 읊은 시구에 "잠 깨니 대낮 창이 정히 고요한데, 누가 조정과 시장 사이에 산림이 있음을 알리오〔睡覺午窓人政靜, 雖知朝市有山林〕"라 했으니, 운치 있는 정원의 규모와 그곳에서 지내는 유유자적한 삶을 짐작하고도 남음이 있다. 물론 그런 흥취를 혼자만 즐긴 것은 아니다. 그가 즐긴 흥취의 주변에는 권람, 한명회, 신숙주 같은 떵떵거리는 권신들은 물론, 유성원, 강희맹·강희안 형제, 성임·성간·성현 형제, 홍일동, 손순효, 김뉴 같은 시우(詩友)들이 항시 같이했으니 말이다! 말이 나온 김에 그가 '여민동락(與民同樂)'하던 한 장면을 엿보기로 하자.

> 오늘 봄바람이 화창하고, 때맞게 비가 내려 만물을 적시고 있다. 재상 고령군(신숙주)과 길창군(권람), 남원군(황수신), 상당군(한명회) 등 현달한 여러 분이 일시에 모였다. 마음씀은 대궐로 향하지만, 애오라지 강호에서 서로 업무에 시달림을 잊었으니 그 즐거움이 어떠하리오. 대개 그 기상은 무우(舞雩)와, 행락(行樂)은 난정(蘭亭)과, 문아(文雅)는 적벽(赤壁)과 같지만, 풍류와 부귀는 그보다 더 낫다.
>
> —서거정, 「한강루연집서(漢江樓讌集序)」

영의정이던 한명회의 한강루 잔치에 초대받아 참석한 서거정 자신이 남긴 보고서이다. 이처럼 흥겹게 잔치를 하며 지내던 것이 세조 7년(1461)이었는데, 그 즈음 김시습은 어디에서 무엇을 하고 있었는가? 그는 삼각산 중흥사에 머물며 독서하던 중 수양대군이 왕위를 찬탈한 사건을 접하고, 3일 동안 문을 닫고 통곡한 뒤, 마침내 머리를 깎고 행운유수(行

雲流水)처럼 관서 · 관동 · 호남 등 전국을 방랑하고 있었다. 그간의 자취가 『시사유록(詩四遊錄)』으로 수습되었는데, 그때 그의 생각을 들어보자.

> 일찍이 과거에 나선 벗들이 부질없이 나를 벼슬길에 추천해준 적도 있었으나, 그런 것은 아예 관심조차 두지 않았다. 하루는 문득 개탄스런 일을 당했다. 나는 생각했다. '남자가 이 세상에 태어나 자기의 도를 실천할 수 있는데도 물러나 인륜을 저버린다면 수치가 되겠지만, 도를 실천할 수 없을 바에는 차라리 제 한 몸이나 깨끗이 하는 것이 낫지 않겠는가?' 하고. …… 어떻게 할 것인가, 좀처럼 결정할 수 없었다. 그러다가 하룻밤에 문득 깨달은 바가 있었다. 차라리 승려의 옷으로 갈아입고 산사람 노릇을 한다면 자기 염원을 이룩할 수 있을 것이라고. …… 만일 내가 벼슬길에 나아갔더라면 이와 같은 깨끗한 생활을 누릴 수 없었을 뿐 아니라 자유롭게 강산 유람도 못하였을 것이 아닌가? 아! 인간이 천지간에 태어나서 명예와 이익에만 얽매이고 생업에만 급급하여, 뱁새가 둥지를 떠나지 못하듯 박 넝쿨이 섶에 얽히듯 자기 몸을 얽매어버린다면 어찌 괴로운 일이 아니랴? 그래서 이 글을 적어 세속 선비들을 격동시키려 하노라.
>
> —김시습, 「탕유관서록후지(宕遊關西錄後識)」

첫 방랑지인 관서지방을 유람하고 난 뒤, 자신의 소회를 밝히고 있는 대목이다. 이후 관동 · 호남으로 발길을 돌려 10년을 전전하던 그는 세조 11년(1465)에 드디어 경주 금오산 중턱에 있는 용장사(茸長寺)에 정착한다. 그러고는 그때 그곳에서 느낀 감회를 다음과 같이 읊었다.

용장산은 깊고 으슥하여	茸長山洞窈
찾아오는 사람이 없네.	不見有人來

가랑비는 시냇가 대숲 사이로 흘러가고	細雨移溪竹
살랑대는 바람은 들판 매화가 막아주네.	斜風護野梅
작은 창 아래 사슴과 함께 잠들고	小窓眠共鹿
마른나무 의자에 먼지와 함께 앉았다.	枯椅坐同灰
어느새 처마 아래	不覺茅簷畔
뜨락의 꽃이 졌다가 또 피네.	庭花落又開

—김시습, 「거용장사경실유회(居茸長寺經室有懷)」

비분강개하던 저 격동의 연대기를 거쳐 인적 없는 산사에 안착한 그는, 먼먼 뒤안길을 돌아 다시 거울 앞에 선 누님과 같이 지친 심신에 평안을 되찾았다. 인적 없는 금오산 계곡, 안온하기 그지없는 산사, 사슴을 벗 삼아 싸늘하게 식은 재처럼 얻은 적막한 휴식, 그곳에서 그는 시간의 흐름조차 잊는다. 그런 중에도 마음 산란하게 할지도 모를 살랑대는 바람을 막아주는 산사 주변의 들매화를 본다. 추호의 일렁거림도 용납하지 않으려는 곧은 마음을 매화에 담았을 터, 그리하여 '매월(梅月)'이라는 호는 그의 삶을 요약한다. 그리고 그런 삶이야말로 '맑다 못해 차디차다'는 뜻의 '청한(淸寒)'이라는 호와도 어울리지 않는가?

그들의 엇갈린 운명과 행로

사람들은 그들 두 사람의 운명이 자기 눈앞에서 벌어진 역사적 사건에 대해 '선택'한 결과인 것으로 이야기하곤 한다. 그도 그럴 것이 서거정과 김시습이 연배의 차이가 있기는 하지만, 둘 다 어릴 때부터 세상을 놀라게 할 신동으로 이름을 떨쳤는가 하면 실제로 당대 최고의 스승인 이계전(李季甸; 1404~1459) 문하에서 동문수학하기까지 했으니 그런 판단에 일리가 없지는 않다. 이계전이 누구던가? 조선 초 최고의 학문과 문벌을 자랑하던 이색(李穡)의 손자인데다가 권근(權近)의 외손자이며, 당대 문단을 좌지우지하던 대제학까지 역임했을 정도이니, 그의 무게를 더 이상 덧붙일 필요가 없다. 이런 후광을 그는 삼고 있었으니, 세상에 큰 이변이 없다면 그들의 출세가도는 똑같이 보장된 것이나 다름없었을 터다. 그걸, 서거정이 몸소 보여주지 않았던가?

> 우리 외조부 권근은 도덕과 문장이 백세의 사범이 되었는데, 일찍이 예문응교(藝文應敎)를 거쳐 마침내 문형(文衡)에 으르렀다. 그의 아들 권제(權踶)가 아버지의 업을 잘 이어받았고 권제는 이계전에게 전하였으니, 이계전은 권근의 외손자이다. 이계전은 최항(崔恒)에게 전하였으니 최항은 또한 권근의 외손서(外孫壻)이다. 내가 그 자리를 이어 받아 최항의 뒤를 이었으니 비록 불초하지만 또한 권근의 외손자이다. 한 집안에서 80~90년간 아버지와 아들, 그리고 외손 세 명이 서로 연이어 예문응교가 되어 마침내 문병(文柄)을 잡아 관직이 일품(一品)에 오른 것은 천고에 드문 일이다.
>
> —서거정, 「증채응교수(贈蔡應敎壽)」

권근은 조선 건국기에 모든 문물을 정비하는 일을 담당한 인물로서, 문학 · 역사 · 철학 등에 그가 미친 영향이 참으로 지대했다. 특히 초대 대제학을 역임하였기에 그의 문하에서 배출된 조선 초기 사대부 문인 중에는 그의 영향을 받지 않은 사람이 거의 없다 해도 과언이 아니다. 대제학이란 과거시험을 총 주관하는 좌주(座主)로서 당락에 결정적인 영향을 주기 마련이다. 과거에 응시하는 사람이라면 누구나 좌주가 선호하는 문예사조의 영향을 따를 수밖에 없었는데, 그런 대제학을 한 집안에서 80~90년간 독점하고 있었으니 권근 일가의 위세는 우리의 일반적 상상을 훨씬 넘어서는 것이었다. 실제로 권근의 아들과 손자는 자기 집안의 명문의식을 드높이기 위해 『안동권씨가보(安東權氏家譜)』를 편찬하기까지 했으니, 그건 우리나라 최초의 족보로 평가되기도 한다. 그때, 서거정은 그곳에 서문을 썼다.

따지고 보면, 혈연과 학연에 의해 모든 것이 얽혀 있던 중세 봉건사회에서 출신성분은 개인의 능력을 훨씬 넘어서는 의미를 갖는다. 세종 20년(1438)에 생원시와 진사시에 연이어 합격해 성균관에 입학한 서거정은 그 뒤 과거에 낙방해 울분과 유람의 세월을 겪기도 했는데, 결국 세종 26년(1444)에 문과에 3등으로 합격하여 벼슬길로 들어선다. 25세 때였다. 그러나 문과에 급제하던 그때, 자신의 자형이자 젊은 날 스승이기도 한 최항이 대제학을 맡고 있었으니, 각별한 보살핌이 없었다고 말하기 어렵다. 그뿐 아니었다. 서거정이 48세 되던 해인 세조 13년(1467)에 대제학에 오르게 되는데, 그때는 최항이 영의정으로 있었다. 최항은 서거정이 삶의 고비를 지날 때마다 지켜준 수호천사였을까? 서거정은 그런 그의 죽음 앞에게 다음과 같은 헌사를 올린다.

> 처음 공(최항)이 우리 집에 장가들 때 나는 아직 나이가 어렸다. 내가 일찍 고아가 된 것을 어여삐 여겨 타이르고 인도하여 나의 어리석음을 깨우쳐주었다. 그리고 내가 과거에 급제하여 외람되게 집현전의 동료가 된 것이 10여 년이었으며, 또 관각에서 모신 지도 수십여 년이나 된다. 내가 부족한 재주로 공을 이어 사문(斯文)을 주관하고 의발(衣鉢)로써 일가를 전하니, 당시 사람들이 칭찬하나 나는 감당하지 못하겠다. 그러나 공은 부끄러움이 없을 것이다.
>
> —서거정, 「최문정공비명병서(崔文靖公碑銘幷序)」

물론 서거정이 출세가도를 달린 것이 전적으로 가문의 후광 때문이라는 것은 아니다. 서거정은 여섯 살 때 이미 글을 지을 줄 알아 신동이라는 소리를 들은 인물이다. 어릴 때의 글 솜씨를 보여주는 다음과 같은 일화가 전한다. 서거정은 어릴 때 중국 사신이 머물던 태평관에 들어가 창문을 손가락으로 뚫고 엿보곤 했다. 중국 사신이 서거정을 잡고 글씨를 아느냐고 묻자, 그것이 뭐 어려우냐고 대꾸했다. 이에 사신이 "손으로 종이창을 뚫으니 구멍〔孔子〕이 났구나〔指觸紙窓成孔子〕"라 하자, 서거정은 "손에 밝은 거울을 쥐고 얼굴 돌려〔顔回〕 비춰본다〔手持明鏡對顔回〕"라 답했다. '공자'에 '안회'로 대구를 맞춘 솜씨가 여간이 아니다. 그러기에 뒷날 정조(正祖)는 서거정의 문학적 성취를 한껏 칭찬하면서, 그가 여섯 살 때 이미 글을 지을 줄 알았기에 20년간 문병을 잡고 그 문집이 살아생전에 나올 수 있었다고 인정했을 정도였다. 하지만 그런 천재성과 관련된 일화라면, 김시습을 따라갈 수 없다. 너무나 많아 이루 열거하기 어렵지만, 가장 널리 알려진 '오세(五歲)'와 관련된 일화는 이러하다.

> 세종께서 들으시고 승정원에 불러들여 시로 시험하였는데, 과연 민첩하고 훌륭하였다. 하교하시기를 "내가 친히 보고 싶지만 세간 사람들이 듣고서 놀랄까 염려된다. 재주를 밖으로 드러내지 말게 하고 그 집에서 가르치고 기르게 하라. 학문이 성취되기를 기다렸다가 장차 크게 쓰겠다" 하시고, 비단을 주어 집으로 돌아가게 했다. 이에 명성이 온 나라에 떨쳐졌고, 모두 그를 '오세'라고 부르고 이름을 부르지 않았다.
>
> —이이(李珥), 「김시습전」

이것 말고도 외할아버지에게 한시를 배울 때의 일화, 유모가 맷돌을 갈 때의 일화, 정승 허조(許稠)가 방문했을 때의 일화, 승지 박이창(朴以昌)

이 불러 능부(能否)를 확인할 때의 일화 등등. 숱한 기행을 도처에 남기고 다닌 그답게 어릴 때의 일화도 참으로 많다. 김시습 자신도 "여덟 달 만에 말을 알아들었고, 두 돌에 글 지을 줄 알았다"(「서민(敍悶)」 3)거나 "세종께서 아시고 궁궐로 부르시매, 큰 붓 휘둘러 날아갈 듯 글씨 썼도다"(「동봉육가(東峰六歌)」 3)라고 밝히고 있다. 그걸 보면, 어릴 때부터 천재적 재능으로 이름을 떨쳤다는 것이 뒷사람의 허황된 전언만은 아닌 듯하다. 그러기에 당대 명망가로 손꼽히던 이계전에게 수학하는 영예를 누릴 수 있었겠다.

이색의 손자이자 권근의 외손인 이계전의 문하에 들어갔다는 것은 당대 최고의 학맥과 인연을 맺음을 뜻했다. 하지만 그는 이들과 특별한 관계를 맺거나 우호적인 친분을 지속시키지 못했다. 이계전이 세조가 왕위를 찬탈할 때 협력한 공으로 공신록에 이름을 올린 까닭에 발길을 끊었으리라 추측되기도 하지만 알 수 없는 일이다.

하지만 김시습이 걸어간 삶의 여정을 좀더 냉정하게 따져보기 위해서는 당대 그가 살았던 현실을 직시할 일이다. 김시습이 살던 시대는 고려말 이래로 안동 권씨와 한산 이씨를 중심으로 한 구 귀족가문과 개국공신 및 정사(定社)·좌명공신(佐命功臣) 그리고 그 자손들이 혼척(婚戚)을 맺어 두터운 권력층을 형성했다. 게다가 세조의 즉위와 관련하여 공을 세운 정난공신(靖難功臣)·좌익공신(左翼功臣)과 이시애(李施愛)의 난을 평정하는 데 공을 세운 적개공신(敵愾功臣)이 친인척 관계를 맺었다. 한편 성종 연간에 이르면 김종직(金宗直; 1431~1492)을 중심으로 한 영남 사림이 학맥과 혈연을 형성하기 시작했다.

그러나 대대로 낮은 무반직을 지낸 변변찮은 가문 출신인 김시습은 당시 이들 명문가와 친척관계에 있지도 않았고, 그들과 혼척관계를 맺지도 못했다. 그렇다고 새롭게 떠오르는 학맥과 연결되지도 못했다. 그런 사회적 · 정치적 여건은 천재적인 재능을 자부하던, 또한 당대의 불의를 무심하게 보아 넘길 수 없던 그의 삶을 점점 궁핍한 곳으로 몰아갔으리라 짐작된다.

떠돌아다니는 삶과 만날 기약 없는 이별

김시습은 양양부사 유자한(柳自漢; ?~1504)에게 긴 편지를 보내면서 자신의 오랜 벗으로 세 명을 꼽고 있다. 김수온(1409~1481), 김뉴(1420~?), 그리고 서거정이 그들이다. 김시습이 서거정보다 열다섯 살 적지만, 같은 스승 밑에서 공부한 전력을 들어 오랜 친구로 자처한 듯하다. 하지만 그들의 관계가 그리 오래되었거나, 막역한 것은 아니었다. 그들의 만남이 본격적으로 이루어진 것은 세조 11년(1465)에 불사와 관련된 일로 부름을 받아 서울에 왔을 때이고, 그 다음은 성종 2년(1471)에 스스로 서울을 찾았을 때였다. 두 번째 환경(還京)한 까닭을 그는 이렇게 회고한 바 있다.

> 지금의 성상(성종)께서 등극하셔서 현인을 등용하고 충간의 말을 따르신다 하기에, 처음으로 벼슬길에 나아가볼까 하고 생각하게 되었습니다. 그래서 10여 년 전에 육경(六經)으로 되돌아가 약간 정밀하게 익히고 강론하였습니다. 그리고 저희 종사를 받들어 제사를 지내야 할 막중한 책임을 지고 있기 때문에 장차 벼슬하여 선조의 제사를 모시려 하였습니다. 그렇지만 번번이 몸과 세상이 서로 어긋나서 마치 둥근 구멍에 모난 자루를 박는 것과 같았습니다. 예전의 벗들은 벌써 다 죽고 새로 알게 된 사람들은 아직 친하지 못합니다. 그러니 누가 저의 평소 뜻을 알아주겠습니까? 그래서 다시

산수간을 떠돌게 된 것입니다.

—김시습, 「상유양양진정서(上柳襄陽陳情書)」

이때 김시습의 나이 서른 일곱이었는데, 승려의 생활을 접고 서울로 돌아와 수락산 아래 터를 잡은 것이다. 그러고는 가정을 꾸리고 벼슬도 구했다. 하지만 현실세계란, 이미 돌아오고 싶어도 돌아올 수 없는 곳이 되어버린 뒤였다. 옛 친구가 벌써 다 죽었다고 했지만, 그건 사실이 아니다. 자신이 벗으로 꼽은 김수온 · 서거정 · 김뉴가 김시습이 돌아온 그 즈음 그야말로 혁혁한 권세를 드날리고 있었으니 말이다. 이들과 만났음을 증거하는 일화와 시편도 상당수 전한다. 그런데도 그들이 이미 죽었다고 한 것은 무슨 까닭인가?

작은 모래톱을 굽어보는 정정정,	亭亭亭壓小蘋洲
붉은 꽃 다 지고 잎은 수심 띠었네.	落盡紅衣葉帶愁
험난한 벼슬살이 이다지도 좋습니까,	九折名途如許好
서너 칸 초가살이에 나는 근심 없습니다.	數間茅屋我無憂
나그네 십 년에 천리강산 다 보았고	江山滿眼十年客
가을 풍광은 초가에 가득 들어오지요.	風月一窩千里秋
성 동쪽 비폭에 지팡이 걸어놓고 있는데,	掛錫城東飛瀑上
그대는 이즈음 나를 생각하고 계신지요.	君侯當日憶儂不

—김시습, 「서회상사가정(書懷上四佳亭)」

김시습이 서거정의 집에 세운 정자 '정정정'을 찾아간 모양이다. 그 화려한 곳에서 김시습은 가을의 쓸쓸함을 읽고, 벼슬살이에 매어 있는 서거정의 삶을 넌지시 조롱한다. 초가의 누추한 삶일망정 떠돌이의 삶일망정 아무 근심 없이 자유자재로, 떠돌아다니는 자신의 삶과 견주면서! 자신의 삶에 대한 자존심을 잃지 않으려는 마음을 읽을 수 있지만, 그러면서도 서울로 돌아와 수락산에 머물고 있는 자신을 기억해달라는 김시습의 목소리는 안쓰럽기 짝이 없다. 서거정은 무어라 답했을까? 그에 대한 답을 확인할 수 없지만, 필경 "나도 지긋지긋한 벼슬살이에 이젠 신물이 난다네. 나도 자네처럼 모든 것 훨훨 벗어던지고 전국을 유람하고 싶네, 그려!" 라고 말했으리라. 다음의 시에서 서거정의 그런 답변을 읽어낼 수 있다.

나는 잠선(김시습)이란 분의	我愛岑禪者
참된 본래 면목을 사랑하네.	本來面目眞
도는 육조 혜능에서 나왔고	道從惠能出
시는 무본 스님과 벗하며	詩與無本親
높은 꾸짖음은 이미 군주에게 알려지고	高誚已聞主
청담은 능히 사람을 감동시키네.	淸談能動人
그대와의 교유는 너무나 행운이구려.	交遊多自幸
후생의 인연을 다시 맺고 싶으오.	更結後生因

— 서거정, 「기청한(寄淸寒)」

천진한 바탕을 잃지 않은 김시습에 대한 최고의 찬사이리라. 도(道), 시(詩), 고초(高誚), 청담(淸談) 등 무엇 하나 나무랄 데 없이 최고이니 말이다. 사실 이 즈음 김시습은 서거정을 자주 찾았다. 어느 때는 차를, 어느 때는 부채를 예물로 부치기도 했다. 그런가 하면 시를 지어 보내기도 했다. 옛 정분을 다시 확인하고자 한 것이었으리라.

하지만 서거정은 김시습이 불교의 이치에 밝다거나 그의 담박한 삶이 좋다는 식의 반응을 보였을 뿐이다. 100여 편이 넘는 많은 시를 주고받았지만, 그뿐이었다. 서거정은 김시습과 심정적으로 거리감을 느꼈으며, 결국 그를 시승(詩僧) 이상으로 대하지 않았던 듯하다. 벼슬을 구하기 위해 다시 서울에 돌아왔다는 김시습의 진술을 진실로 받아들인다면, 그때 그의 심경은 참담했을 터다. 자신은 벼슬자리를 주선해주기를 바라고 있는데, 그는 모른 척하며 속세를 멀리하는 승려로만 치켜세우고 있으니 말이다. 그래서 옛 친구들을 가슴에서 지운 것이리라.

결국 성종 14년(1483)에 김시습은 다시 서울 생활을 접은 채 탁발승의 모습으로 관동으로 방랑의 길을 떠났다. 그의 나이 49세 되던 늦은 봄이었다. 그때, 중년 이후 가장 오랫동안 지기로 남아 있던 남효온(南孝溫; 1454~1492)만이 동대문 밖까지 탁주를 갖고 전송을 나와 다시 만날 기약 없는 이별에 눈물을 흘렸다.

넉넉함과 치열함의 시세계

> 천지의 정영(精英)한 기운이 사람에게 모여 문장이 되니 문장이라는 것은 사람의 말 중에 가장 정화(精華)한 것이다. 이런 까닭에 태평성대를 만나 군신이 서로 노래한 것은 마치 별들이 하늘에서 밝게 빛나는 것과 같고, 반대로 시대를 만나지 못하여 산림에서 읊조려 부질없는 말에 의탁한 것은 곧 그 문장의 환하기가 마치 구슬을 산골짜기에 던져놓은 것과 같다. 그러나 밝게 빛나 끝내 그 빛을 가리지 못하는 것은 같다. 이처럼 한 시대의 이목을 놀라게 하고, 명성을 길이 드리우는 것은 마찬가지다.
>
> —서거정, 「태재집서(泰齋集序)」

서거정이 자신의 스승인 유방선(柳方善)의 문집 서문에서 한 말이다. 시대를 만나 조정에서 노래한 문장과 시대를 만나지 못해 산림에서 읊조린 문장의 우열을 따질 수 없다고 했다. 하지만 평생 초야에 묻혀 지내던 스승에게 바친 헌사라는 점을 감안하고 읽어야만 한다. 아니, 이들 둘이 같다고 하는 문맥의 행간을 읽어야 한다. 본디 시를 논함에 있어 "생활이 여유로운 사람들이 짓는 글은 공교롭기가 어렵고, 곤궁한 처지에서 지은 글은 공교롭기가 쉽다"는 말이 있다. 이른바 '궁이후공(窮而後工)'이라는 말로, 지금도 궁핍해야 좋은 글이 나온다는 식으로 종종 통용된다. 하지만 서거정은 이런 견해를 부정한다. "어찌 곤궁하다고 해서 공교해지고, 곤궁하지 않다고 해서 공교하지 않은 법이 있겠는가?"라고 반문하면서, 만약 자기 스승이 드러난 지위에 올라 국가의 성대함을 울리게 했다면 현재의 모습에 그치지 않았으리라는 것이다.

이런 문학관이 현재 자신의 처지를 강력하게 대변하는 것이라는 사실을 간파하기란 어렵지 않다. 육조(六曹)의 판서를 두루 역임하고, 23년간 대제학에 있으면서 당대 문단을 주도한 그로서는 그런 말을 할 만도 했다. 실제로 그에게 바쳐진 헌사는 참으로 대단했다. 그런 지위와 평가에 걸맞게 서거정은 참으로 시 짓기를 좋아했다. 현재 문집에 전하는 것만 해도 6,000수가 넘고, 그 자신이 시벽(詩癖)이 있다고 자처할 정도였다. 하지만 그런 시벽은 김시습도 마찬가지였다. 서거정이 조정대각(朝廷臺閣)의 시를 대변했다면, 김시습은 산림초야(山林草野)의 시를 대변했다 하겠다. 이런 그들의 작품세계를 뒷사람은 각각 이렇게 평했다.

> 우리 조선조 이래 문인과 시인이 수백 명에 달한다. 그러나 혹 시에 능하면 문에 능하지 못하고, 혹 문이 뛰어나면 시는 그다지 뛰어나지 못하다. 이들 둘에 능해야 집대성했다 할 것인데, 그렇게 부를 만한 인물로는 오직 목은(牧

隱) 이색(李穡)이 있을 뿐이다. …… 그런데 선생은 문에 있어서 어느 일가만을 주로 하지 않고 여러 문체를 겸비하였으며, 시는 비록 여러 체에 능통했으나 스스로 일가를 이루었다. 고금을 두루 꿰뚫어 변화가 무궁하여 천년 이래 홀로 목은 선생과 나란하니 마땅히 조선 제일의 대가라 할 수 있다.

— 임사홍(任士洪), 「사가집서(四佳集序)」

대저 세간의 풍월운우(風月雲雨), 산림천석(山林泉石), 궁실의식(宮室衣食), 화과조수(花果鳥獸), 인사(人事)의 시비득실, 부귀빈천, 사생질병, 희로애락, 성명이기(性命理氣), 음양유현(陰陽幽顯), 유형무형에 이르기까지 가리켜 표현할 수 있는 것은 모두 문장에 붙였다. …… 성률(聲律), 격조(格調)에는 심히 유의하지 않았지만, 의경(意境)이 고원하여 보통의 정회(情懷)를 훨씬 뛰어넘어 조전(雕篆)하는 자들로서는 바라볼 수 없는 경지였다.

— 이이, 「김시습전」

앞의 것은 서거정, 뒤의 것은 김시습이 얼마나 문학적 능력에 탁월했는가를 웅변하는 당대인의 증언이다. 하지만 이런 추상적 평가 또는 사실적 보고만 가지고 이들의 작품세계를 실감하기는 어렵다. 그보다는 당대인의 시적 감식안을 빌려 이들의 시를 비교하여 감상해보기로 하자.

금빛은 버들에 들고 옥빛은 매화를 떠나는데	金入垂楊玉謝梅
작은 못의 봄물은 이끼보다 푸르다.	小池春水碧於苔
봄 근심과 봄 흥취 가운데 어느 것이 깊은가?	春愁春興誰深淺
제비가 오지 않아 꽃이 아직 피지 않았네.	燕子未來花不開

역대의 시선집류는 물론 중국의 전겸익(錢謙益)이 편찬한 『열조시집(列朝詩集)』에까지 오른 서거정의 대표작이다. 1~2구에서 금빛과 옥빛, 푸른빛의 대비가 화려하게 펼쳐지는데, 금빛 반짝이며 물이 오른 노란 버들과 흰 매화가 지는 모습이 무척이나 감각적이다. 또한 3구에서 봄 시름과 봄 흥취를 함께 견주고 있지만, 생동하는 이미지에 시름의 의미는 뒷전으로 밀려난다. 이런 까닭에 조선시대를 통틀어 시에 대한 감식안이 가장 높다는 허균이 이 시를 두고 매우 참신하다고 칭찬해 마지 않은 것이겠다. 더구나 그는 한 작품 내에서 '춘(春)'이라는 글자가 세 번씩 반복되는 것도 피하지 않았다. 한시를 지을 때, 한 작품 안에 같은 글자를 거듭 사용해서는 안 된다는 작시원리가 있는데도 노숙한 대가만이 이런 격식을 넘어설 수 있는 것이리라. 오히려 '춘수(春愁)'와 '춘흥(春興)'이라는 반복적 표현에서 경쾌한 리듬감을 제시하는가 하면, '未'와 '不', '來'와 '開'의 절묘한 대비도 봄 흥취를 돋우는 데 한몫하고 있다.

새 나는 바깥에 하늘은 다하건만	鳥外天將盡
근심결에 한은 하염없구나.	愁邊恨不休
산은 대부분 북쪽에서 굽이쳐 오고	山多從北轉
강은 절로 서쪽을 향해 흘러라.	江自向西流
기러기 내려앉은 모래펄은 아스라이 깔렸고	鴈下沙汀遠
배 돌아오는 옛 기슭은 그윽하여라.	舟回古岸幽
어느 때에야 세상 그물 벗어나	何時抛世網
흥을 타고 여기서 다시 노닐 수 있으려나.	乘興此重遊

—김시습, 「소양정(昭陽亭)」

세상 바깥으로 초월하려는 마음을 담은 위의 시는, 김시습이 서울에 환멸을 느끼고 관동지방을 유람하다가 춘천 청평사에 머물던 시절에 지은 작품이다. 허균은 이 시를 김시습의 시 가운데 일두(一頭), 곧 최고의 절창으로 꼽은 바 있다. 푸른 하늘을 자유로이 날고 있는 새를 보면서 세상의 그물에 얽매어 있는 자신을 되돌아보는 그는 참으로 근심 많은 사람이었음에 분명하리라. 게다가 자신은 서울을 등지고 동쪽으로 가려는데 험준한 산들이 앞을 가로막고 서 있고, 강물은 자신이 머물던 서울을 향해 서쪽으로 흐르고 있다는 데서 김시습의 흔들리던 심사를 가늠하기에 충분하다. 그리고 그것이 서거정이 구가한 시세계와 얼마만 한 거리를 두고 있는지 쉽게 이해할 수 있다. 이들의 이런 대비적 면모를 시세계에서 찾기란 어려운 일이 아니다. 직접적 이해를 돕기 위해 한 수 더 비교해보기로 한다.

홍진에 묻혀 백발이 되도록 세상을 살아왔는데	白髮紅塵閱世間
세상살이 가운데 어떤 즐거움이 한가로움만 같으리.	世間何樂得如閑
한가로이 읊조리고 한가로이 술 마시며 또 한가로이 거닐고	閑吟閑酌仍閑步
한가로이 앉고 한가로이 잠자며 한가로이 산을 사랑한다네.	閑坐閑眠閑愛山

—서거정, 「한중(閑中)」

마음과 세상일이 서로 어긋나니	心與事相反
시를 짓지 않고서는 즐길 일이 없다네.	除詩無以娛
술에 취한 즐거움도 눈 깜짝할 새의 일	醉鄕如瞬息
잠자는 즐거움도 다만 잠깐 사이라.	睡味只須臾
송곳 끝 다투는 장사치엔 이가 갈리고	切齒爭錐賈

말이나 먹일 오랑캐는 한심하기만 해라.	寒心牧馬胡
인연 없어 나랏님께 몸 바칠 수도 없으니	無因獻明薦
눈물 닦으며, 아, 탄식이나 하리라.	抿淚永嗚呼

—김시습, 「서민(敍悶) 1」

서거정과 김시습의 가장 큰 공통점은 모두 술과 시를 지독히 좋아했다는 것인지도 모른다. 술 마시는 일과 시 짓는 일이 그들의 가장 큰 일상이었음을 그들 자신의 글에서 쉽게 찾아볼 수 있다. 그러나 그 실상은 이처럼 판이했다. 한 사람은 향기로운 술과 한가로운 시 짓기, 다른 한 사람은 쓰디쓴 술과 괴로운 시 짓기!

위의 몇 편만 가지고서도 서거정의 시세계에서 '성세를 찬미하는 대각적(臺閣的) 성향', '귀족적 정감의 화려한 표출', 그리고 '포즈로서의 귀전의식(歸田意識)'을 쉽게 읽어낼 수 있다. 한편 김시습의 시세계는 주로 봉건적 모순과 그에 따른 수탈에 신음하는 민중의 고통을 대변하는 내용에 주목하곤 했다. 이를테면 다음과 같은 작품이 그것이다.

농부는 한 해가 다가도록 땀 흘려 애쓰고,	農夫揮汗勤終年
누에치는 아낙네는 봄내 쑥대머리가 되어 고생하는데,	蠶婦蓬頭苦一春
취하고 배부르고 좋은 옷 입은 무리들이 성시에 가득해,	醉飽輕裘滿城市
만나는 사람마다 편안한 분들뿐이로구나.	相逢盡時自安人

—김시습, 「영산가고(詠山家苦)」 일부

하지만 "매월당의 시는 맑고 호매(豪邁)하고 세속을 초탈하였다. 타고난 재주가 뛰어나서 다듬고 꾸미는 데 마음을 두지 않았다. 더러는 마음을 쓰지 않고 지은 것이 많기 때문에 잡박한 것도 있으니, 결국 정시(正

始)의 음(音)은 아니다"라는 허균의 평가를 염두에 둔다면, 민중의 고통을 대변하는 시만을 주로 지은 것은 아니다. 그의 시세계는 자기 연민과 갈등, 자기 정체성에 대한 실존적 · 존재론적 고민, 정신적 방황 속에서도 심적 평정을 잃지 않으려는 자세, 불합리한 현실의 횡포에 유린당한 자신의 삶에 대한 통한과 고뇌, 부조리한 세상을 조롱하고 자조하는 완세(玩世)의 정조, 사회 현실의 불합리를 규탄하는 분세(憤世)의 정서 등을 담은 작품이 다양하게 펼쳐져 있다.

웃음과 화락함의 지향, 현실에 대한 울분과 분노

> 우리나라에는 소설이 매우 적다. 오직 고려조에 이인로의 『파한집』, 최자의 『보한집』, 이제현의 『역옹패설』, 조선조에는 …… 서거정의 『태평한화』, 강희맹의 『촌담해이』, 김시습의 『금오신화』, 이륙의 『청파극담』, 성현의 『용재총화』, 남효온의 『육신전』·『추강냉화』, 조위의 『매계총화』, 최부의 『표해기』, …… 등이 세상에 유행하였다.
>
> —어숙권(魚叔權), 『패관잡기(稗官雜記)』 권4

조선 초는 우리 문학사에서 그 유례를 찾기 어려울 정도로 사대부 문인이 자기 주변에 떠돌던 이야기를 기록한 필기(筆記)와 패설(稗說)을 편찬하는 일이 일대 성황을 이루었다. 그리고 그곳에 우리가 주목하고 있는 두 문인, 서거정과 김시습의 저작물도 포함되어 있다. 『태평한화골계전(太平閑話滑稽傳)』과 『금오신화(金鰲新話)』가 그것이다. 근대문학적 관점에서는 명확히 갈라질 법한 이들 두 저작물을 당대인들은 '소설'이라는 이름으로 함께 포괄했다. 말 그대로 '자질구레한 이야기'라는 점에서 같이 취급한 것이리라. 도대체 무슨 일이 있었기에 이런 유행이 불어닥친 것일까?

거기에는 몇 가지 내적 · 외적 계기가 있었다. 『파한집』 · 『보한집』 · 『역옹패설』과 같은 고려 후기의 시화 · 잡록류가 내적 계기로 작동했다면, 『태평광기』 · 『전등신화』와 같은 중국의 서사 · 잡록류는 외적 계기로 작동한 것이다.

서거정이 전자의 전통을 계승하여 필기류인 『필원잡기』, 시화류인 『동인시화』, 그리고 골계류인 『태평한화골계전』을 편찬한 것이라면, 김시습은 후자의 전통을 계승하여 전기소설집 『금오신화』를 창작한 것이다. 좀 더 넓은 시각에서 조망한다면, 그건 이들이 경직된 재도론적 문학관에 아직 크게 오염되지 않은 시대를 살았기에 가능한 일이었다고 평가할 수 있다. 16세기에 확고하게 뿌리를 내리기 시작한 전형적인 사림파 문인들은 이들이 남긴 필기 · 패설류를 극도로 꺼리기 시작했기 때문이다. 문학은 모름지기 성현의 도(道)를 담아야 한다고 여겼으니, 이런 소설들이 성에 찰 리 없었던 것이다. 그렇다고 해서 서거정과 김시습이 소설류를 대하는 자세마저 동일한 것은 아니었다.

> 그대는 '우스갯소리를 잘 한다'라고 하거나 '문왕과 무왕이 이장(弛張)의 도를 행한다'고 하는 말을 듣지 못했는가? '제해(齊諧)'는 『남화경(南華經)』에 기록된 것이고, '골계'는 사마천의 『사기』에 전한 것이다. 내가 이 골계전을 지은 것은 애초부터 후세에 전하려는 뜻이 아니었고, 다만 세상의 근심을 없애고자 함이니 일단 이대로 둘 뿐이다. 하물며 공자도 "장기나 바둑을 두는 것이 아무것에도 마음을 쓰지 않는 것보다 낫다"고 했으니, 이는 또한 내가 마음을 쓰는 것이 없음을 스스로 경계하는 것일 따름이다.
>
> —서거정, 「태평한화골계전 서」

옥당에서 붓을 휘두르는 데엔 이미 마음 없고　　玉堂揮翰已無心
소나무 어리는 창가에 단정히 앉아 있노라니 밤 정히 깊네.　　端坐松窓夜正深
구리 향로에 향을 꽂고 검은 책상 정결히 하여　　香插銅罏烏几淨
풍류 있는 기이한 이야기를 세세하게 찾노라.　　風流奇話細搜尋

—김시습, 「제금오신화 2」

그들의 시세계에서 확인할 수 있는 넉넉함과 치열함을 여기서도 감지할 수 있다. 아무것도 하지 않는 것보다는 낫지 않겠냐는 서거정의 너그러운 자세와, 옥당(홍문관)에서 문재를 뽐내는 젊은 시절의 꿈을 접을 수밖에 없던 문인지식인의 내면을 쏟아 붓고 있는 김시습의 고독한 자세란 판이할 수밖에 없다.

유가적 삶을 사는 데 교훈도 주고 담소를 나누는 데도 도움을 주는 서거정의 『태평한화골계전』과 강호에 묻혀 살면서 신기하고도 이상한 이야기를 지어내는 김시습의 『금오신화』를 명확하게 구분한 것이다. 실제로 서거정의 『태평한화골계전』에는 넉넉한 웃음이 흘러넘치는 작품이 참으로 많다. 맛보기로 하나만 같이 읽어보기로 하자.

근자에 호사자가 '계집종 훔치는 여덟 가지 광경〔竊婢八景〕'을 말하였다. 첫째, 굶주린 호랑이가 고기를 탐하는 광경이니, 주인이 계집종을 탐함을 말함이다. 둘째, 물을 건너는 여우가 얼음 밑으로 흘러가는 물소리를 듣는 광경이니, 아내에게 들킬까 엿봄을 말함이다. 셋째, 추운 매미가 허물을 벗는 광경이니, 옷과 이불을 벗음을 말함이다. 넷째, 탐욕스런 이리가 소리를 듣는 광경이니, 늦지 않을까 두려워함을 말함이다. 다섯째, 백로가 물고기를 엿보는 광경이니, 계집종을 엿보는 모양을 형용한 것이다. 여섯째, 보라매가 꿩을 잡는 광경이니, 계집종을 낚아채는 모양을 형용한 것이다. 일곱째, 옥

토끼가 방아를 찧는 광경이니, 계집종과 재미 보는 모양을 말함이다. 여덟째, 금닭이 발톱을 들고 싸우는 광경이니, 아내와 서로 싸움을 말함이다.

이보다 고상한 골계담이 적지 않지만, 모두 웃음과 화락함을 지향한다는 점에서는 같다. 거기에 비해 우리가 최초의 한문소설로 손꼽는 『금오신화』는 비극적 정조가 주조를 이룬다. 여기에는 모두 다섯 편의 작품이 실려 있다. 남원 만복사에서 왜구에게 죽은 여인의 환신(幻身)과 사랑을 나누는 내용의 「만복사저포기」, 홍건적에게 죽은 부인의 원혼과 애틋한 사랑을 나누는 내용의 「이생규장전」, 평양 부벽루에서 기자조선의 기씨녀(箕氏女)를 만나 시를 주고받으며 하룻밤을 지내는 내용의 「취유부벽정기」, 꿈속에 염라대왕을 만나 정치의 득실을 토론하고 돌아오는 내용의 「남염부주지」, 용왕의 초청으로 용궁에 가서 상량문을 지어주고 오는 내용의 「용궁부연록」이 그것이다. 여기서 이들 각 편을 길게 감상할 겨를은 없다. 다만 등장하는 남성 주인공의 행로에 초점을 맞추기로 하자.

이들 모두는 뛰어난 재주를 품고 있는데도 현실에서 소외된 젊은 지식인들이다. 그 때문에 이들은 깊은 고독에 빠져 있는가 하면, 깊은 울분을 품고 있기도 하다. 김시습은 이들의 울울한 심사를 때론 죽은 여자의 환신과 사랑을 나누는 것으로, 때론 염라대왕이나 용왕과 같은 비현실적 존재와 만나 회포를 토로하는 것으로 해소시키기도 한다.

하지만 귀신과 만나는 것이든 비현실적 존재와 교섭하는 것이든, 그 모두가 현실에서는 실현하기 어려운 상황을 설정했다는 점에서는 공통된다. 비현실적인 방법으로 풀어버릴 수밖에 없던, 현실과의 저 두터운 장벽과 깊은 단절! 이로 인해 작품 전편에는 비극적 정조가 곳곳에 배어 있다. 그러나 이를 더욱 분명하게 드러내고 있는 대목은 비극으로 끝나는 주인공의 결말이다. 비현실적인 경험을 하고 난 남성 주인공들은 한결같이 스스로 죽음을 택하거나, 세상과 인연을 끊고 자신의 자취를 감추어버리고 만다.

이런 『금오신화』의 비극적 결말은 작가 김시습이 보여준 세계와의 불화와 무관하지 않다. 김시습은 현실과 화합할 수 없는, 그리하여 평생을 비분과 방랑으로 지내야 했던, 그러다가 결국 관동지방을 거쳐 충남 부여의 무량사라는 조그만 절간에서 59세를 일기로 생을 마감했다. 이런 김시습의 삶, 그것은 자신이 쓴 소설 속 주인공의 삶과 너무도 닮았다. 『금오신화』를 석실(石室)에 감추고서 훗날을 기약했다는 일화는, 아마도 자신이 품고 있던 현실에 대한 울분과 분노를 이해해줄 수 있는 지기를 기다렸다는 뜻일 터다.

잊혀지는 자, 되살아나는 자

서거정이 조선 건국기에 담당한 역할은 참으로 다대했다. 그가 남긴 개인적인 시문을 제외하고, 왕명으로 찬진(撰進)한 책만 해도 법전, 역사, 지리, 문학 등의 분야에 걸쳐 총 9종으로 그 분량이 수백 권에 달한다. 『경국대전(經國大典)』 8권(1469), 『삼국사절요(三國史節要)』 14권(1476), 『동문선(東文選)』 133권(1478), 『역어지남(譯語指南)』(1478), 『오자주해(五子註解)』 1권(1480), 『역대연표(歷代年表)』(1480), 『신증동국여지승람(新增東國輿地勝覽)』 50권(1481), 『동국통감(東國通鑑)』 57권(1485), 『오행총괄(五行總括)』 1권(1459?)이 그것이다. 그런데도 후대인의 평가가 꼭 긍정적인 것만은 아니었다.

조정에서 가장 선진인데 명망이 자기보다 뒤에 있는 자가 종종 정승의 자리에 뛰어오르면, 서거정이 치우친 마음이 없지 아니하였다. 서거정에게 명하여 후생들과 더불어 같이 시문을 지어 올리게 한 것이 한두 번이 아닌데, 서거정이 불평해 말하기를, "내가 비록 자격이 없을지라도 사문(斯文)의 맹주로 있은 지 30여 년인데, 입에서 젖내 나는 소생과 더불어 재주 겨루기를 마음으로 달게 여기겠는가? 조정이 이에 체통을 잃었다"라고 하였다. 서거정은 그릇이 좁아서 사람을 용납하는 양(量)이 없고, 또 일찍이 후생을 장려해 기른 바가 없으니, 세상에서 이로써 작게 여겼다.

성종 19년, 서거정의 죽음을 『조선왕조실록』에 기록한 당시 사관의 평가이다. 살아생전에 혁혁한 공업을 세웠는데도 그 사람됨에 대해 이렇게 야박하게 평가한 것을 액면 그대로 받아들이기는 어렵다. 하지만 이후의 역사가 서거정이 산 시대와 다른 맥락으로 전개될 것임을 시사한다는 점에서는 음미해볼 만한 충분한 의의가 있다. 바로 사림의 시대가 열리면서 서거정은 점차 잊혀진다. 사림파 문인들은 기질적으로 조선 초 관각파 문인들이 보여준 화려하고 넉넉한 삶과 합치될 수 없는 부류였다. 그들은 이른바 명분에 살고 절의에 죽어야 한다고 믿었던 그야말로 '꼬장꼬장한' 선비였던 것이다.

그런 까닭에 살아생전 한 번도 그다지 주목받지 못했던 김시습의 고난에 찬 삶이 새롭게 주목받기 시작했다. 김시습이란 이름 석 자가 『조선왕조실록』에 처음 거론되는 것도 그가 죽은 뒤, 좀더 정확하게 말하면 사림파 문인이 중앙 정계의 권력을 장악하기 시작한 뒤부터다. 중종 6년에 김시습과 남효온의 유고를 수습하여 간행해야 한다는 주청으로부터 시작된 '김시습 되살리기'는 명종, 선조, 숙종, 정조 대를 지나며 거듭 증폭된다. 이이와 같은 도학자가 "전신은 바로 김시습이었는데, 금세에는 가도가 되었구나〔前身定是金時習, 今世仍爲賈浪仙〕"라는 시를 지었는가 하면, 윤춘

년과 같은 사람은 김시습을 추존하여 공자에 비유하기에 이르렀다. 물론 그런 추존의 분위기는 김시습이 생전에 보인 절의의 진정성에 주목한 사림의 정치적 책략이 작동했기 때문이었다.

이런 까닭에 김시습 되살리기에 앞장선 유가인들은 그가 승려로서의 삶을 살다갔건만, '行儒而跡佛'(이자[李耔], 「매월당집서(梅月堂集序)」) 또는 '心儒跡佛'(이이, 「김시습전」)로 옹호하곤 했다. 그리하여 마침내 김시습의 이름이 선조의 귀에까지 들어가 정식으로 '김시습의 전'을 지어 바칠 것을 이이에게 명령하게 되고, 그 뒤 정조는 김시습에게 이조판서를 추증하는 한편 '청간공(淸簡公)'이라는 시호를 내린다.

서거정과 김시습, 그들은 이렇듯 살아서도 또 죽어서도 명암이 엇갈리는 삶을 살았다.

| 정출헌 |

가문소설의 시대를 연 선의의 경쟁자
김만중VS 조성기

거리의 정치가와 골방의 병든 서생

서포(西浦) 김만중(金萬重; 1637~1692)은 「구운몽(九夢雲)」의 작가로 잘 알려져 있다. 그러나 졸수재(拙修齋) 조성기(趙聖期; 1638~1689)는 우리에게 낯선 인물이다. 왜 그럴까? 아마도 그것은 같은 시대를 살아간, 문벌로 보면 같은 서인(西人) 출신인 당대 최고 수준의 지식인이지만, 그 삶의 모습이 달랐기 때문일 것이다. 김만중이 당쟁의 피바람이 부는 거리의 정치가였다면 조성기는 골방의 병든 서생이었다. 김만중이 당대에도 유명인사였다면 조성기는 당대에도 그저 몇 사람만 알아주는 사색가일 뿐이었다.

김만중은 누구인가? 잘 알려진 대로 부친 익겸이 정축호란(1637) 때 강화도에서 순절했기 때문에 유복자로 홀어머니 아래서 자랐지만, 그는 조선조 예학(禮學)의 대가인 김장생(金長生)의 증손이고, 이조참판 윤지의 외손자다. 형 만기(萬基)는 광성부원군(光城府院君)이 되었고, 조카는 숙종의 원비 인경왕후(仁敬王后) 민씨였다. 이쯤 되면 그가 얼마나 대단한 핏줄을 타고났는지 짐작이 간다. 김만중은 이 출신성분의 줄을 타고 과거를 거쳐 스물아홉에 관직에 나가 서른아홉에 동부승지에 이르기까지 이른바 출세가도를 달린다.

그러나 효종의 비인 인선대비(仁宣大妃)의 상복문제로 야기된, '예송(禮訟)'이라는 이름의 정치적 쟁투에서 그의 문벌이 속한 서인이 패하자 고난의 길로 접어든다. 그 뒤 그는 1692년에 남해의 유배지에서 56세로 생을 마감할 때까지 정계 복귀와 유배의 길을 오르내렸다. 정치적 풍운아, 좀 통속적이기는 하지만 이렇게 불러주는 것이 그의 삶에 대한 적절한 수사일 것이다.

조성기의 삶은, 김만중과 비교한다면 이야깃거리가 그리 많지 않다. 군수를 지낸 시형(時馨)의 아들로 태어나 아버지의 뜻에 따라 과거에 나가 여러 차례 급제했지만, 문제는 허약한 신체였다. 「행장(行狀)」에 따르면 그는 어려서부터 병약해 병치레를 많이 했는데, 특히 낙마(落馬)로 인해 팔이 부러질 정도로 다치고 나서부터 옛 증상이 더 심해졌다고 한다. 그의 병이 결정적으로 깊어진 것은 20세 때인데, 조수삼의 『송남잡지(松南雜識)』에는 이 병이 곱사등이였다고 기록되어 있다. 아마도 낙마와 관계가 있거나, 원인이 밝혀지지 않았으나 20대 남성들에게 잘 발병하는 강직성 척추염 같은 질병과 무관하지 않으리라고 추측된다. 더구나 그의 편지들을 보면 그는 나이 들어 위비(痿痺, 중풍)를 앓은 것으로 보인다.

말하자면 그는 평생을 신체가 주는 고통 속에서 자신의 삶을 밀고 나갈 수밖에 없었다. 병이 그를 어쩔 수 없이 골방에 유폐시켰고, 유폐는 그를 콤플렉스를 지닌 정신으로 만들었지만, 한편으로는 그 콤플렉스가 그를 몸을 돌보지 않는 성취욕으로 밀고 간 것으로 보인다. 그는 "남아가 학문에 평생의 뜻을 두었는데 2인자가 되기는 부끄럽다"[1]고 할 정도로 독서와 사색에 매진했다. 병 때문에 3백 년 동안 대대로 녹을 받은 신하 집안[2]의 후손이면서도 관직에 나가지 못한 채 유폐의 세월을 견딜 수밖에 없던 것은 그에게 불행이었으나, 오히려 그 때문에 정치적 소용돌이에 휘말리지 않고 학문에 전념할 수 있던 것은 그에게나 우리에게나 행운이 아니었을까? 이런 설의(設疑)에 졸수재는 필경 화를 버럭 내겠지만.

이처럼 두 사람은 삶의 형식이 달랐다. 그리고 김창협 형제를 매개로 간접적으로 접촉하지 않았을까 추정될 뿐 직접적인 교류가 있었다는 기록도 없다. 그런데도 우리가 두 사람을 라이벌로 부를 수 있다면 그 이유는 어디에 있는 것일까? 아마도 그것은 소설이라는 '자질구레한' 이야기 때문일 것이다.

사물의 조적(粗迹), 그 하나의 접점

앞에서 김만중을 정치적 풍운아라고 불렀지만 그를 그저 정치적 쟁투에 목을 맨 인물로만 치부하는 것은 옳지 않다. 그가 정치적으로 벌열가문의 일원으로서 당파적 이익을 위해 행동하기는 했지만, 그의 사상은 그리 편벽한 것으로 보이지 않는다. 우리가 너무나 잘 알고 있듯이 그는 사대부 일반의 태도와 달리 정철이 지은 「관동별곡」, 「사미인곡」 같은 국문가사에 대한 비평을 통해 국문문학의 가치를 옹호하는 민족어 문학론을 주창했다. 풀 베는 아이나 물 긷는 아낙의 노래가 사대부들의 시부(詩賦)보다 낫다는 그에게 국문문학은 한문문학과 대등한 것이었다.

---

1) "男兒勤學平生志, 羞作人間第二人." (『졸수재집』 권1, 「독서유감(讀書有感)」)
2) "吾雖一寒士, 而卽三百年世祿之臣也." (『졸수재집』, 「행장」)

김만중은 불교에 대해서도 유연한 태도를 지니고 있었다. 『서포만필(西浦漫筆)』을 보면 불교를 옹호하는 문장이 여기저기 눈에 띄는데, 이는 당대의 일반 사대부들이 쉽게 발설할 수 없는 부분이었다. 예를 들어 송시열(1607~1689)이 주자의 절대성과 무오류성을 주장했다면, 그는 부처의 설법과 성리학의 인심도심설(人心道心說)이 별 차이가 없다고 했다.[3)]정주학이 선학(禪學)의 영향을 받았으면서도 불교를 비판한 것은 송유(宋儒)들의 편벽된 의식의 소산이라고 그는 생각했다.

이와 함께 또 한 가지 주목해야 할 것은 그가 사물 자체에 큰 관심을 기울였다는 점이다. 그는 천문 역법에 대해 해박한 지식을 가지고 있었고, 지리에도 밝아 38세 때에는 홍문관에서 조선 지도를 정리하여 편찬하는 일을 지도하기도 했다. 그는 이미 32세에 『지구고증(地球考證)』이라는 책을 통해 지구설(地球說)을 주장했는데, 이는 '천원지방(天圓地方)'이라는 전통적인 우주관을 벗어난 것이었다. 고금의 천문을 말한 사람들이 코끼리의 한 부분만을 각각 만졌다면 서양 역법은 비로소 그 전체를 만졌다고도 했다. 그는 16세기 서양의 코페르니쿠스적 전회를 이미 수용하고 있던 셈이다. 그의 이런 자연과학적 관심에 우리는 '실학적(實學的)'이라는 수사를 부여할 수도 있을 것이다.

그런데 바로 이 실학적 태도라는 맥락에서 조성기는 김만중과 만난다. 조성기 역시 사물의 실질을 긴요하게 여겼다. "우리 유가의 학문은 항상 사물의 조적(粗迹)에서 말미암아 일원무간(一原無間)의 실(實)을 다합니다. 이런 까닭에 비록 그 근본을 궁구해도 말단을 버리지 않고 그 정밀함

3) "대저 사람의 한 몸 안에는 마치 두 가지 마음이 있는 것 같을 때가 있다. 그때는 방편으로 말을 해야 사람들이 쉽게 이해하는데, 이 또한 한 가지 방법이다. 이것이 바로 석씨(釋氏)가 마음으로써 마음을 살핀다고 하는 것인데 군이 주자에게 배척을 당한 것이다. 마음으로써 마음을 살핀다는 것은 스스로 그 마음을 점검한다는 것이고, 인심(人心)이 도심(道心)에게서 명을 듣는다는 것은 그 마음으로써 그 마음을 점검받는다는 것인데, 그 사이에 차이가 있음을 발견할 수 없다."(『서포만필』)

을 궁구해도 그 거친 것을 생략하지 않습니다. 이제 만약 드러난 형상의 조적을 싫어하여 본원을 궁구하는 데만 힘을 쓴다면, 이는 만 가지 특수한 현상을 버리고 일원(一原)의 묘(妙)에만 빠지는 것입니다. 그러나 이른바 '한 근원의 오묘함'이라는 것이 장차 어디서 안돈(安頓)할 것이며 순수의 본체라는 것이 장차 어디로부터 드러나겠습니까? …… 이런 까닭으로 지극한 이치를 살피는 것은 항상 일〔事〕에 달려 있고 하늘의 법칙을 깨닫는 것도 반드시 물(物)에서 말미암는 것입니다. 비록 본원의 묘를 궁구하더라도 사물의 조적에 천착하지 않는다면 후일 높은 곳에 이를 수 있겠습니까?"[4] 이 반문은 본원을 따지는 것이 중요하다는 임영(林泳, 1649~1696)[5]의 편지에 대해 조성기가 쓴 답신의 일부이다. '사물의 조적'이란 사물의 거친 자취, 즉 사물의 다양한 변화를 말하는 것이고, '일원무간의 실을 다한다'는 것은 하나의 원리에 이른다는 뜻이다.

여기서 우리는 졸수재가 사물의 실질을 대단히 중시했음을 알 수 있다. '실학(實學)'이나 '실용(實用)' 등 문장의 도처에서 즐겨 사용하고 있는 이런 용어는 그의 학문적 태도를 요약하고 있다고 해도 좋을 것이다. 이런 졸수재의 학풍이 말년의 교유를 통해 삼연(三淵) 김창흡(金昌翕, 1653~1722)에게 영향을 주었고, 삼연의 사물에 대한 관심이 저 북학파(北學派)의 학풍으로 연결되었다면, 우리는 졸수재의 실학적 태도가 어떤 정

---

4) "盖吾儒之爲學, 常因事物之粗迹, 而極其一原無間之實. 是以雖窮其本而不遺其末, 究其精而不略其粗. 今若厭現形之粗迹, 而務究極其本原, 則是捨萬殊之用, 而耽一原之妙矣. 所謂一原之妙, 將何所安頓, 而純粹之本體, 將何自而可見乎. ……, 是以窺至理者, 常在於事, 悟天則者, 必因於物. 雖究極本原之妙, 而亦何必不累着於事物之粗迹, 而後爲高乎." (『졸수재집』 권6, 「답임덕함서(答林德涵書)」)

5) 조성기의 조카뻘인 임영은 그의 삶과 사색에서 가장 중요한 인물이다. 『숙종실록』의 「졸기(卒記)」에 따르면 졸수재는 경사(經史)에 박식하여 두루 꿰고 있었으며 함께 변론을 하면 쏟아져 나오는 말이 찬연하고 조리가 있어 상대방이 무릎을 꿇지 않을 수 없을 정도였다고 찬탄하고 있지만, 실제로 그는 독설가였고, 유폐자의 괴팍한 심성을 지닌 인물이었다. 임영은 이를 견디며 죽을 때까지 졸수재와 교유했는데, 이 교유를 통해 졸수재의 생각이 세상으로 흘러나올 수 있었던 것이다.

신사적 위상을 갖는지 어렵지 않게 짐작할 수 있을 것이다.

이런 세계관을 지닌 졸수재가 서포와 마찬가지로 불교에 무관심했을 까닭이 없다. 그가 "선가(禪家)와 육상산의 심법(心法)은 제가 한때 우연히 좋아서 부주의하게 관심을 가진 것"[6]이라고 임영에게 고백하고 있지만, 반드시 '부주의'했다고 할 것은 아니다. 그가 후일 양명학으로 이어지는 육상산의 심학에 대해 호의적인 태도를 지녔고, 불교에 대한 공부도 적지 않았음을 그의 글들이 보여주고 있다. 김만중의 소설 「사씨남정기(謝氏南征記)」와 마찬가지로 그의 소설 「창선감의록(彰善感義錄)」이 불교적 세계관을 배제하지 않은 것은 우연이 아닌 셈이다.

사물의 조적을 중시하는 이들의 태도와 이들의 소설 창작은 무관한 것으로 보이지 않는다. 정통 주자학의 입장에 있던 유가(儒家)들에게 소설은, 심성 수양에 별로 도움이 되지 않으며 자질구레한 사물의 조적을 따라가는 이야기에 지나지 않았다. 16세기 채수의 「설공찬전」 분서 사건에서 알 수 있듯이 그것은 '좌도난정(左道亂正)'에 해당하는 것이었고, 예컨대 『삼국지연의(三國志演義)』 같은 소설은 "잡스럽고 무익할 뿐만 아니라 의리를 크게 해치는"[7] 것이기 때문에 왕이 읽어서는 안 되는 것이었다. 그러나 "비록 사이에 우스갯소리를 섞고 조롱과 풍자의 뜻을 부쳐도 오히려 명백하고 통절하게 사리(事理)의 실(實)을 가린다면, 지금의 뜻을 분명하게 하지 않고 살살 아양이나 떨어 천언만어(千言萬語)가 망연히 돌아갈 곳이 없어 마침내는 한바탕 유희의 습성을 면치 못하는 것과는 크게 다르다"[8]는 생각, 곧 자유로운 표현을 통해 사물의 본질을 추궁해야 한다

---

6) "禪陸心法, 僕一時偶有所喜, 而漫及之耳."(『졸수재집』 권3, 「답임덕함서」)
7) "臣後見其册, 定是無賴者裒集雜言, 如成古談. 非但雜駁無益, 甚害義理. 自上偶爾一見, 甚爲未安."(『선조실록』 권3, 2년 6월 20일)
8) "雖間或雜以詼諧, 寓以嘲諷, 而猶必明白痛截洞下事理之實, 則與今之含糊幽闇, 依阿模稜, 千言萬語, 茫無歸宿, 終不免一場遊戲之習者, 大不侔矣."(『졸수재집』 권7 「답임덕함서」)

는 문장관을 가지고 있던 졸수재에게 소설은 언어유희 이상의 '실질'을 지닌 문장이었을 것이다.

여기에 『삼국지연의』를 강력하게 변호한 서포의 통속소설 옹호론[9]을 보태면 우리는 소설의 창작, 특히 17세기 장편가문소설의 창작이 어떤 정신사적 흐름 속에서 산출된 것인가를 어렵지 않게 이해할 수 있다.

소설의 시대 17세기, 그리고 어머니라는 이름의 독자

우리 고전문학사에서 17세기는 '소설의 시대'로 불린다. 이 시기에 그 이름에 걸맞게 많은 작품들이 쏟아져 나왔다. 「최척전(崔陟傳)」·「주생전(周生傳)」·「위경천전(韋敬天傳)」 같은 전기(傳奇) 소설이나 허균의 「엄처사전(嚴處士傳)」·「손곡산인전(蓀谷山人傳)」·「장산인전(張山人傳)」·「남궁선생전(南宮先生傳)」·「장생전(蔣生傳)」 같은 전계(傳系) 소설이 이 시기에 창작되었고, 저 유명한 「홍길동전」이 나타난 것도 이 무렵의 일이다. 또 이 시기에는 앞 시대의 많은 소설 작품들이 국문으로 번역되어 읽혔고, 『삼국지연의』 등 적지 않은 중국소설들이 이미 16세기부터 들어와 번역되고 번안되어 이 시대에 적지 않은 독자들을 확보해나가고 있었다. 김만중이 「구운몽」과 「사씨남정기」를, 조성기가 「창선감의록」을 창작한 것도 바로 이 시기의 일이다.

---

9) 『동파지림(東坡志林)』에 이르기를 거리의 어리석은 아이들은 그 집에서 싫어하고 괴롭게 여기는 바이다. 문득 돈을 주고 모여 앉게 해서는 옛날이야기를 들려준다. 삼국의 일을 말하는데 이르러 유현덕이 패했다는 말을 들으면 얼굴을 찡그리고 눈물을 흘리는 아이도 있으며 조조가 패했다는 말을 들으면 즉시 기뻐 소리치니, 이것이 나씨의 『삼국지연의』가 가진 힘이다. 이제 진수의 『사전』과 온공의 『통감』을 가지고 무리를 모아 가르친다면 반드시 눈물 흘릴 자가 없을 것이니, 이것이 통속소설을 짓는 까닭이다.(『서포만필』)

왜 17세기에 이런 사태가 벌어졌을까? 여러 가지 문학적 · 사회학적 설명이 가능하겠지만 '독자'야말로 저 소설의 시대를 연 주역 가운데 하나일 것이다. 김만중이나 조성기가 소설의 작가이기 이전에 열렬한 독자였다는 사실을 우리는 잘 알고 있다. 아마도 이들이 열렬한 독자가 아니었다면, 기존의 소설이 지닌 잡스러움과 엉성한 짜임새에 불만을 가지고 스스로 소설의 작가로 나서는 일은 없었을 것이다. 그런데 이들 사대부 독자들 말고 더 관심을 가져야 할 또 다른 독자가 있었으니, 바로 이들의 어머니로 대표되는 규방의 여성들이었다. 「창선감의록」이나 「사씨남정기」 등을 두고 '규방소설'이라고 부른 것도 여기에 까닭이 있었다.

김만중이나 조성기가 왜 소설을 지었는가? 거기에는 분명 당대의 정치현실에 대한 우의(寓意)라는 숨겨진 목적이 있었지만, 일차적으로는 소설을 좋아하는 어머니를 즐겁게 하기 위한 것이었다. 김만중이 효심이 지극해 모친을 위해 옛이야기 책을 모아 밤낮으로 읽어드렸고 「구운몽」도 그래서 지었다는 것은 이미 상식에 속하는 이야기지만, 조성기 역시 다르지 않았다. 조카 조정위(趙正緯)가 쓴 「졸수재행장(拙修齋行狀)」을 보면 "태부인은 총명하고 슬기로워 고금의 사적(史籍)이나 전기(傳奇)를 모르는 것이 없을 만큼 널리 듣고 잘 알았는데, 만년에는 누워서 소설 듣기를 좋아해 졸음을 그치고 시름을 쫓는 자료로 삼았고 늘 그것을 계속하지 못할까 걱정하였다. 부군(府君, 조성기)이 남의 집에 못 본 책이 있다는 말을 들으면 반드시 힘을 다해 얻었고, 또한 자신의 고설(古說)에 의거해 여러 책을 지어 드리기도 하였다"[10]는 기록이 남아 있다.

기실 소설의 독자는 이미 16세기부터 상당히 확산되고 있었다. 1531년 「오륜전전(五倫全傳)」이라는 소설집에 낙서거사(洛西居士)라는 이가 쓴

10) "太夫人聰明睿哲, 於古今史籍傳奇, 無不博聞慣識, 晩又好臥聽小說, 以爲止睡遣悶之資, 而常患無以繼之. 府君每聞人家有未見之書, 必竭力求之得之而後已. 又自依演古說, 搆出數册以進."

서문이 그 사정을 잘 요약해준다. "내가 보니 여항의 무식쟁이들이 언문을 배워 노인들이 전하는 이야기를 베껴 밤낮으로 떠들고 있는데, 이석서나 취취 이야기 같은 것은 허탄하고 음탕함이 심하여 도무지 볼 것이 없다"[11]라는 그의 소설에 대한 부정적 언사의 이면에 있는 것은, 16세기 중엽에 이미 중국소설들이 국문으로 번역되어 하층의 민중들까지 독자로 확보해가고 있었다는 사실이다. 이런 분위기가 더 확산되어 사대부가의 부녀자들까지 소설의 독자로 나선 것이 17세기가 아닐까 생각한다.

17세기에 소설의 시대가 열리고 조성기와 김만중이 서로 경쟁하듯이 긴 소설을 써낸 것은, 바로 이들의 어머니와 같이 소설을 좋아하는 사대부가의 부녀자들이 있었기 때문이다. 조성기와 김만중을 경쟁자로 만든 「창선감의록」과 「사씨남정기」는 이들과 뗄 수 없는 관계에 있었다고 해도 좋을 것이다.

「창선감의록」 대 「사씨남정기」

조성기보다 김만중이 유명하듯이 「창선감의록」보다 「사씨남정기」가 더 잘 알려져 있다. 「사씨남정기」의 유명세에는 이 소설이 장희빈 사건과 긴밀히 얽혀 있다는 사실도 큰 몫을 했을 것이다. 그러나 정작 「사씨남정기」가 「창선감의록」의 모작(模作)일 가능성이 농후하다는 사실은 잘 알려져 있지 않은 것 같다.

조성기는 17세기 후반에 중국소설을 참조하고, 명나라를 배경으로 삼아 문벌가문의 내부 갈등과 정국의 변화에 따른 화씨(和氏) 가문의 흥망

11) "余觀閭巷無識之人, 習傳諺字, 謄書古老相傳之語, 日夜談論. 如李石端翠翠之說, 淫褻妄誕, 固不足取觀."

을 다룬 장편소설을 내놓았다. 주지하다시피 어머니의 시름을 위로하기 위한 효심의 소산이었다. 그러나 소설의 이면에는 당대의 현실에 대한 저 골방 선비의 비판과 구상이 아로새겨져 있다. 「창선감의록」은 화욱과 엄숭의 정치적 갈등이 화욱의 아들인 화진과 엄숭의 갈등으로 반복되는 모습을 보여주고 있는데, 이는 예론(禮論)을 두고 벌어진 남인(南人)과 서인(西人)의 두 차례에 걸친 학문적 논쟁과 정치적 투쟁에 대한 우의였다고 할 수 있다. 이 예송에서 남인은 왕의 예는 사대부나 서민의 예와 다르다〔王者禮不同士庶〕는 논조, 곧 '비주이종설(卑主貳宗說)'로 왕권을 강화하려 했지만, 서인은 천하의 예가 같다〔天下同禮〕는 주장, 다시 말해 주자가례(朱子家禮)에 입각한 '정체설(正體說)'을 통해 신권(臣權)을 강화하려고 한 셈인데, 「창선감의록」은 엄숭에 대해 화진이 최종적 승리를 거둠으로써 현실에서는 패배한 서인의 공도(公道)·공치(公治)의 사상을 옹호한 것이다.

말하자면 소인과 군자의 대립을 통해 군자의 공도와 공론(公論)이 결국은 승리한다는 구도로써 공론과 공치의 정치를 주장한 것으로 볼 수 있다.[12] 조성기는 소설을 부녀자들이 좋아하는 흥밋거리로만이 아니라 '역사를 반추하는 거울'로 사용한 것이다.

그런데 「창선감의록」에는 정치적 갈등 이외에도, 정치적 알레고리의 혐의를 지니는 계후(繼後) 문제가 부각되어 있다. 즉 어머니가 다른 두 아들 가운데 누가 후계자가 될 것인가 하는 가문의 종통(宗統) 확립을 둘러싸고 벌어지는 가문 구성원들 사이의 온갖 갈등, 그 과정에서 일어나는 가족간의 별리와 기이한 상봉, 악인에 대한 징치 같은 가문 내부의 문제

12) 천자가 엄숭과 엄무경의 말만 듣고 화진을 서인(庶人)으로 만들고 남부인의 작호를 강등시킨 것을 두고, 작가가 개입하여 "아, 한쪽 말만 들으면 거짓을 낳고, 한 사람만 신임하면 난을 부르는 법이다. 대명 조정이 또한 위태롭게 되었구나!〔噫, 偏聽生奸, 獨任成亂. 大明朝廷, 吁亦殆哉〕" 라고 한 대목에서 이른바 공론 부재에 대한 작가의 비판적 시선을 읽을 수 있다.

가 이야기의 많은 부분을 차지하고 있다.

주지하듯이 이 계후 문제의 배후에는 17세기에 들어서면서 강화되기 시작한 문중의 조직화라는 문제가 게재되어 있다. 예학의 발전, 족보의 수보(修補), 행장(行狀) 의식의 강화, 가전(家傳)의 편찬, 열녀전의 보급과 유행, 서원의 사우(祠宇) 남설 등과 같은 사회현상은 이런 문제와 연관된 것이었다. 요컨대 가문의 확립과 유지가 당대 상층의 강렬한 욕망이었다고 해도 좋을 것이다. 「창선감의록」과 같은 초기 가문소설은 바로 이 욕망과 관련된 문예적 대응물이며, 그런 사회적 흐름을 반영한 것이라고 할 수 있다.

그런데 가문을 확립하고 유지하기 위해 무엇보다도 긴요한 것이 종통을 확립하는 일이다. 후계자가 문제가 되는 이유도 여기에 있다. 이와 관련하여 「창선감의록」이 설정한 문제의식은 후계자가 되어 가문을 번성시켜야 할 의무를 지고 있는 맏아들의 어리석음이다. 화욱의 첫째 부인 심씨의 소생 화춘이 바로 그런 인물인데, 그는 대단히 불민하게 그려지고 있다. 그에 비해 둘째 부인의 소생인 화진은 화씨 가문의 '복성(福星)'이라는 칭찬을 받는다. 그래서 아버지는 입만 열면 "우리 집을 망하게 할 자는 춘이요, 흥하게 할 자는 진이다"라고 말하여, 듣는 사람들이 심하다고 힐책할 정도로 둘째 아들을 편애한다. 사실 화욱으로서는 큰 고민이었을 것이다. 어리석은 적장자를 폐하고 차자를 후계자로 삼자니 가부장제 체제 자체를 뒤흔드는 정치적 위험이 뒤따르고, 어리석은 장자에게 가문을 맡기자니 그것도 불안한 노릇이었다. 이런 불안 속에서 화욱이 화진을 계후로 삼으려는 심사를 드러내는데, 화씨 가문의 분란의 씨앗은 바로 거기서 싹을 틔우고 있었다. 계후가 불안해진 춘의 어머니 심씨의 악행이 고개를 들고, 형 역시 동생을 원망하는 마음을 키우기 시작한 것이다.

소설의 이러한 문제 설정에는 작가가 보내는, 화욱에 대한 일단의 비판적 시선이 도사리고 있는 것 같다. 외조카인 성준의 입을 통해 화욱의 편애를 지적하는 대목에서 우리는 그런 시선을 읽어낼 수 있다. 말하자면 장자가 어리석더라도 차자의 영민함으로 그것을 보완하면서 가문을 이끌도록 하면 종통의 문제도 손상을 입지 않고 가문도 건사할 수 있을 터인데, 화욱의 지나친 욕심과 차자에 대한 편애가 문제를 오히려 악화시켰을 수도 있다는 가정을 독자들에게 던지고 있는 것이다. 우리는 이 대목에서 인조의 차자인 효종이 왕위를 계승한 상황에서 종법질서를 고수해야 한다고 주장하고 나선 서인 조성기의 시각을 어느 정도 감지할 수 있다.

그렇다면 「창선감의록」은 이 난감한 문제를 어떻게 해결하고 있는가? 장자의 개과천선과 차자의 입공(立功)이 문제를 해결하는 방식이다. 사실 화춘이 현부(賢婦) 임씨를 내쫓고 요녀(妖女) 조녀(趙女)를 정실로 삼은 일이나 어머니 심씨와 함께 동생을 핍박하고 가문을 일대 혼란이 빠뜨린 잘못으로 치자면 당연히 응징을 받아야 할 인물이지만, 「창선감의록」은 그에게 감옥에 갇히는 고초를 겪게 한 뒤 "아, 사람은 곤궁하면 본연의 착한 심성으로 돌아가는 법이다"라는 작가의 해설을 앞세워 개과천선으로 인도한다. "그때 화춘은 이미 뼈에 사무치도록 지난 잘못을 후회하고 있었다. 그는 슬피 울며 자신을 꾸짖었다. …… '내가 혼암(昏暗)하고 불초(不肖)하여 저런 무리에게 빠져 훌륭한 동생과 어진 아내로 하여금 한을 품게 했고 집을 떠나게 만든 것이야. 내 죄는 죽어야 마땅하지. 무슨 면목으로 다시 형옥(화진)과 임씨를 만날 수 있겠는가?'" 이런 화춘의 개과에는 적장자의 권위를 훼손할 수 없다는 소설 외적 논리, 곧 작가의 정치적 입장이 개입되어 있다. 종법질서를 어지럽힐 수는 없다는 것이다.

그러나 작가를 포함한 '공론파(公論派)' 서인들에게는 또 한 가지 문제가 있었다. 자신들의 이념이 타당하다고 믿었지만 현실은 이미 그렇지가 않았다. 서인의 주장이 '선왕의 은공을 저버리는 것'이라고 못마땅하게 여기던 숙종의 지지 속에서 2차 예송이 남인의 승리로 귀착된 상황이었다. 이런 상황에서 모순을 극복하는 소설적 방식은 차자를 계후로 밀어붙이는 것이 아니라, 공을 세워 가문을 드높이게 만드는 것이었다. 말하자면 장자와 차자가 각각 가문의 내적 질서와 외적 확산의 과제를 분담하도록 함으로써 종법질서도 유지하고 가문의 창달도 이루도록 하는 방법이었다. 우리는 이런 타협적 결말 속에서 정치적으로 패배한 서인의 고민과 주장을 어느 정도 엿볼 수 있다.

「사씨남정기」는 「창선감의록」의 두 가지 갈등 가운데 계후 갈등이라는 가문 내의 문제를 계승한다. 「사씨남정기」는 바로 가문 내 갈등을 부각시키되 후계를 둘러싼 부인들 사이의 갈등을 처첩 사이의 갈등으로 전환시킨다. 민비와 장희빈을 빗댄 양처(良妻) 사정옥과 악첩(惡妾) 교채란이 벌이는 갈등의 드라마가 여기서 탄생한 것이다. 김만중이 남해의 유배지에서 장희빈이 왕비로 책봉되었다는 소식을 듣고 숙종에 대해 원망하고 비판하는 마음을 담아 아직 오지 않은 미래를 미리 체험하는 가상의 드라마를 창조한 셈이다.

「창선감의록」의 화욱에 비견되는 인물이 「사씨남정기」의 유연수이다. 화욱이 가문 창달이라는 과도한 욕망 때문에 둘째 아들을 싸고돌아 스스로 가문 내에 분란을 조장했다면, 유연수는 후사에 대한 욕망 때문에 가정 내에 분란의 씨앗을 뿌린다. 유연수는 사씨의 청을 만류하지 못하고 아들을 낳기 위해 첩을 들이게 되는데, 그 결과 발생한 처첩 사이의 갈등 속에서 "안으로는 간악한 첩에게 미혹을 당하고 밖으로는 부정한 사람과 교유하는" 무기력하고 무능력한 모습을 보여줌으로써 가문(가정)을 어둠 속으로 몰고 간다. 유연수는 결국 가부장으로서 무능력함 때문에 교씨와 안팎으로 결탁한 동청의 모해로 행주로 유배되는 처지에 빠지자 "사씨가 애초 나에게 동청은 단정한 사람이 아니니 가까이 하지 말라고 했지. 내가 그 말을 따르지 않다가 스스로 화를 부르고 말았어. 이로 본다면 사씨는 본디 좋은 사람이었지. 장차 지하에서 선군(先君)을 무슨 면목으로 뵐 수 있겠는가?" 하고 후회한다.

말하자면 「창선감의록」의 화춘이 시련을 통해 개과천선했듯이 유연수 역시 고난을 통해 유능한 가부장으로 거듭나는 것이다. 이렇게 본다면 「사씨남정기」는 유연수의 '가부장 되기'라는 일종의 통과의례를 보여주는 것으로도 읽을 수 있다.

유연수의 이런 형상과 변화에서 장희빈과 그 세력들에 미혹되어 민비를 폐비시켰다가 10여 년 만에 다시 맞아들인 숙종의 모습을 읽기란 어려운 일이 아니다. 김만중이 「사씨남정기」를 창작한 시점은 여러 정황으로 보아 장희빈이 왕비에 책봉되던 무렵이라고 보는 것이 가장 타당하다. 말하자면 당시 앞이 보이지 않는 유배지의 암담한 현실 속에 있던 셈인데, 서포는 그런 현실 속에서 유연수의 '가부장 되기'를 통해 한편으로 숙종을 비판하면서 다른 한편으로는 결국 숙종이 후회하고 정도(正道)로 돌아오리라는 강력한 기대를 드러내고 있는 것이다. 요컨대 「창선감의록」이 계후의 문제를 중심으로 한 가장권 확립에 초점을 맞추고 있다면, 「사씨남정기」는 처첩의 문제를 중심으로 한 규방의 안돈에 좀더 깊은 관심을 두었다고 할 수 있다. 물론 이 둘은 가문의식의 관점에서 볼 때 동일한 비중을 갖는 것이지만 작가의 관심에 따라 비중이 달랐던 셈이다.

그런데 이들의 상이한 관심의 방향은, 이들 초기 가문소설이 이후의 소설사와 어떻게 만나는지를 가늠할 수 있는 하나의 잣대가 된다. 말하자면 「창신감의록」이 후계의 문제를 다뤘다는 점에서 후대의 가문소설에 더 많은 영향을 주었다면, 「사씨남정기」는 처첩의 문제에 초점이 있었다는 점에서 후대에 가정소설이 형성되는 데 더 많은 영향을 주었을 것이라는 점이다. 두 작품의 소설사적 위상을 짐작할 수 있게 해주는 대목이다.

우리가 「창선감의록」과 「사씨남정기」에서 또 하나 주목해야 할 부분은 여성들의 형상이다. 두 작품은 모두 현녀(賢女)와 악녀(惡女)를 등장시키고 양자를 대립시킴으로써 이야기의 흥미를 이끌어낸다. 소설 속에서 현녀란 유교적 교양에 충실한 여성들이고, 악녀는 유교적 교양을 내면화하지 않고 욕망에 충실한 여성들이다. 말하자면 이들 소설은 이 양자를 선악으로 구분함으로써 소설을 선악의 대결이라는 지극히 통속적인 이야기로 이끌어가고 있는 것이다. 아마도 독자들은, 특히 서포나 졸수재의 모친들 같은 사대부가의 여성들은 이 대결이 주는 재미에 끌려 열심히 책을 돌려보고 베꼈을 것이다.

현녀와 악녀 가운데서 우리의 관심을 더 끄는 존재는 역시 악녀이다. 그런데 흥미로운 것은 우리 소설사에서 악녀의 존재와 서사적 기능이 그리 오랜 연원을 가지고 있지 않다는 점이다. 우리 문학사에서 악녀는 조선 초기에 유통되던 불교계 소설에 이르러 서사를 구성하는 주요한 인물로 부각되기 시작한다. 「목련태자전」의 청제 부인, 혹은 「금우태자전」의 수승 부인(첫째 왕후)과 정덕 부인(둘째 왕후) 등이 그런 악녀들이다.

우리는 「창선감의록」 등의 가문소설들이 중국소설의 영향 아래 있었다는 것을 잘 알고 있다. 따라서 악녀의 형상도 중국소설에 연원을 두고 있지 않을까 하는 추정을 해볼 수도 있겠지만, 현재의 자료들을 근거로 판단하기에 악녀의 형상에 관한 한 좀더 직접적인 연원은 불교계 소설들이 아닌가 생각한다. 15, 16세기 불교계 소설에서 주목되기 시작한 악녀가 17세기 장편가문소설에 와서 활개를 치기 시작했다고 해도 좋을 것이다. 선악의 선명한 대립과 악한 인물, 특히 악녀의 창조는 대중의 흥미를 고양시키고 모종의 이념을 전달하기에 아주 좋은 서사기법이다. 불교계 서사물들이 악인과 악녀를 등장시켜 그 악을 통해 불법을 깨우치게 하는 서사구조를 선택한 것도 그 때문일 것이다. 그렇다면 가문소설들은 악녀의 형상을 창조함으로써 무엇을 말하려고 했을까?

「창선감의록」에서 악녀에 해당하는 인물은 화욱의 첫째 부인 심씨와 화춘의 첩이었다가 나중에 정실이 된 조녀이다. 그리고 이들에 대응되는 「사씨남정기」의 악녀는 악첩 교채란이다. 교채란은 심씨와 조녀를 적절히 조합한 인물이라고 해도 좋을 듯하다. 그런데 우리가 정작 주목해야 할 것은 이들이 악녀라는 사실이 아니라, 이들이 어떻게 악녀가 되었는가 하는 점이다.

심씨나 교씨는 악녀로 태어난 인물이 아니었다. 사실 이 점에서는 「창선감의록」과 「사씨남정기」 사이에 다소 차이가 있다. 심씨는 "말을 잘하고 용모가 아름다웠으나 시기심이 많고 음험"했고, 교씨는 "그 여자의 미모는 하간 지방에서 유명했다. 그리고 비단 여공(女工)에만 능할 뿐 아니라 또한 능히 책을 읽고 고인(古人)의 행실도 본받았다"고 묘사하고 있다. 말하자면 심씨의 악행은 그의 기질에서 촉발된 것이지만 교씨의 악행은 기질과 무관하다는 것이다. 그러나 이들이 처한 '조건'은 다소간 기질의 차이가 있음에도 이들을 모두 악녀로 만들어간다. 조건이란 다름 아닌 17세기 이후 사대부 가문의 최대 현안으로 떠오른 후계 혹은 후사의 문제였다. 심씨의 기질은 남편 화욱이 화진을 편애하자 촉발된 것이고, 교씨의 고인을 본받은 행실은 임신을 하고 아들을 낳으면서 변질된다. 교씨는 유연수 가문에 아들을 낳아주기 위해 들어온 첩의 처지였기 때문이다. 그렇다면 우리는 심씨와 교씨를 악녀로 탄생시킨 것이 곧 17세기 후반 가문의 벌열화와 그에 따른 남아 선호, 적장자 중심의 사회체제였음을 쉽게 짐작할 수 있다.

그런데 문제는 17세기 조선 가부장제 사회의 모순이 만들어낸 악녀가 모순 자체를 은폐하는 이데올로기적 기능을 수행한다는 데 있다. 「창선감의록」은 심씨의 악행과 그의 아들 화춘의 어리석음을 섞어 무수한 분란을 만들어냄으로써 소설의 흥미를 고조시키다가 마침내 심씨를 후회하게 만든다. 사실 심씨는 응분의 벌을 받아야 마땅하겠지만 화문의 첫째 부인이고 적장자를 낳은 생모이기 때문에 응징하기 어려웠을 것이다. 대신 그 응징은 또 다른 악녀 조녀에게로 이전된다. 사세가 불리해진 것을 알게 된 악인 범한과 야반도주한 조녀는 결국 서울로 압송되어 저잣거리에서 죽음을 당한다. 「사씨남정기」의 교씨 역시 동청과 붙어 도망쳤다가 기생 신세로 전락하고, 결국 잡혀와 죽음을 맞는다. 악녀들이 화의 근원으로 징치됨으로써 정작 화의 근원인 제도의 모순은 은닉된다. 일종의 희생양 논리가 가문소설의 내부에 작동하고 있는 것이다.

이데올로기 기능을 수행하는 것은 악녀만이 아니다. 사실 악의 반대편에 있는 선도 무기력할 만큼 현실을 감내하고 천명에 순응하면서 충과 효라는 원칙을 묵수한다. 예를 들어 화진의 부인 남채봉은 화춘의 요부 조녀가 갖은 핍박을 가하는데도 모든 것을 "운명에 맡겨둔 채 여전히 태연자약하게 지내고 있었다." 「사씨남정기」의 사정옥도 다르지 않다. 그녀 역시 교채란의 준동 앞에서 자신을 변호하지 않는다. 부도(婦道)라는 원칙을 지키며 답답할 정도로 당하기만 하면서 독자들에게 무한한 연민의 감정을 불러일으킨다. 이런 형상은 남성 주인공의 경우에도 마찬가지다. 화진은 누명을 쓰고 죽을 지경에 빠지지만 "운명이로구나, 운명이야. 내가 이 무고(誣告)를 자복하지 않는다면 어머니와 형은 장차 어떤 처지가 되시겠는가?"라면서 자신을 무고한 심씨와 화춘을 오히려 감싼다. 말하자면 화진은 하늘이 낸 효자라는 것이다.

참으로 이해하기 어려운 태도이지만 우리는 이런 선인(善人)들의 태도에서 천명에 순응하면서 여성으로서의 도리를 충실히 지킨다면, 또 고난을 감내하면서 효를 실천한다면 현재의 간난(艱難)은 필연적으로 극복된다는 논리, 다시 말해 천명론(天命論)이라는 이름의 이상주의적 낙관론을 어렵지 않게 발견할 수 있다. 이 낙관론이야말로 은폐와 왜곡을 통해 현실을 긍정하는 이데올로기의 다른 얼굴일 것이다.

조성기와 김만중은, 한 사람은 거리에 있었고 한 사람은 골방에 있었지만, 임병양란 이후의 흔들리는 사회질서를 국가적으로는 왕통의 확립, 가문 내적으로는 가부장권의 확립을 통해 재조직해야 한다는 같은 생각을 가지고 있었다. 이런 생각을 소설로 풀어내려 한 두 사람의 교감과 선의의 경쟁이 17세기 소설사에 장편가문소설이라는 화려한 꽃을 피워낸 것이다.

| 조현설 |

유쾌한 노마디즘과 치열한 앙가주망 사이
박지원 VS 정약용

1792년 10월 19일 정조는 동지정사 박종악과 대사성 김방행을 궁으로 불러들인다. 중국으로부터 유입되던 명청소품(明淸小品) 및 패관잡서(稗官雜書)에 대해 강경하게 수입을 금지하는 조처를 내리기 위해서다. 그와 더불어 과거를 포함하여 사대부 계층의 글쓰기 전반에 대한 대대적인 검열이 실시된다. 타락한 문풍을 바로잡고 고문(古文)을 부흥시킨다는 명분을 둘러싸고 국왕 정조와 노론계 문인들이 첨예하게 대립한 이 사건이 바로 '문체반정(文體反正)'이다. 사건의 정점에서 정조는 문풍을 타락시킨 원흉으로 연암(燕巖) 박지원(朴趾源)의 『열하일기』를 지목한다. 당시 연암은 개성 근처의 연암협에서 조용한 노년을 보내고 있었다.

그럼, 그때 다산(茶山) 정약용(丁若鏞)은 어디에 있었는가? 혈기방장한 20대 후반을 지나면서 관료로서 경력을 쌓고 있던 다산은 그 즈음 패관잡서를 천지간에 비할 데 없는 재앙이라 규정지으며 책자를 모두 모아 불사르고, 북경에서 이를 사들여오는 자를 중벌로 다스려야 한다는 책문

(「문체책(文體策)」)을 지어 올린다. 거기에 담긴 어조는 강경하다 못해 마치 "불순분자들을 발본색원해야 한다"고 외치는 공안검사가 연상될 정도다.

연암협에 은거하면서 배후조종자로 낙인찍힌 연암과 최선봉에서 '타락한 문장과의 전쟁'을 외치는 다산. 한 사람이 부(富)도 권세도 없는 50대 문장가라면, 또 한 사람은 생의 하이라이트를 맞이한 젊은 관료였다. 18세기 지성사의 빛나는 두 별, 연암 박지원(1737~1805)과 다산 정약용(1762~1836)은 이렇듯 한 치의 양보도 없이 맞섰다. 문체반정은 정치노선 및 기득권을 둘러싸고 벌어진 평범한 당파싸움이 아니다. 문체와 국가장치의 첨예한 접점이자 세계에 대한 시각의 근원적 차이가 노정된 사건이다. 따라서 이 사건의 '양 극점'에 두 사람이 있었다는 건 그들 사이에 도저히 화해할 수 없는 차이가 있다는 걸 뜻하는 셈이다.

그런데 어째서 그동안 이 둘은 마치 인접항처럼 간주돼온 것일까? 그 이유는 간단하다. 둘을 비춘 렌즈의 균질성이 차이들을 평면화했기 때문이다. '중세 체제의 모순에 대해 비판했고, 조선의 주체성을 자각했으며, 근대 리얼리즘의 맹아를 선취했다'는 식으로. 실학담론으로 불리는 이런 평가의 저변에 '근대, 민족, 문학'이라는 '트라이앵글'이 작동하고 있음은 말할 것도 없다. 그것은 비단 연암과 다산뿐 아니라, 조선 후기의 온갖 징후들을 근대성으로 재영토화하는 동일성의 기제이기도 하다. 이 장에 들어오는 한, 차이와 이질성이 예각화되기란 불가능하다. 모든 텍스트가 '근대적인 것'에 근접하는가 아닌가 하는 척도로 계량화되는 까닭이다. 말하자면, 거기에는 근대적 사유가 지닌 '오만과 편견'이 함께 작용하고 있다.

연암이 25년 정도 선배 격이긴 하나 둘은 모두 18세기 후반 지성사를 장식한 위대한 거장이다. 그들의 시대는 영조와 정조라는 탁월한 군주의 치세였을 뿐 아니라, 도처에서 크고 작은 별들이 명멸한 '르네상스'이기도 했다. 그런가 하면, 중세 체제 전반에 걸쳐 심각하게 균열이 일어나는 한편, 서학이 유입되는 것을 신호탄으로 서구문명이 동양에 긴 그림자를 드리우기 시작한 시대이기도 했다. 말하자면, 자기 시대와 정면으로 마주하고자 하는 지성인이라면 바야흐로 체제의 저편 혹은 '외부'를 사유해야 할 시점이 도래한 것이다.

하지만 연암과 다산, 그들은 각기 다른 방식으로 '중세의 외부'를 사유하고 실천했으며, 또 전혀 상이한 방식으로 근대와 접속했다. 근대적 척도로부터 벗어날 수만 있다면, 지금까지 봉쇄돼온 그 차이와 이질성 들을 자유롭게 뛰어놀게 할 수 있을 터, 자, 이제 그 장으로 들어가보기로 하자.

유목민 혹은 정착민

> 지난 계유 · 갑술년 사이에 내 나이는 열에 일고여덟 살이었다. 병에 오랫동안 시달리어 음악, 서화 혹은 칼, 거문고, 골동 등 모든 잡물을 제법 좋아했을 뿐더러 더욱이 지나는 손님을 모아놓고 익살스럽고 우스꽝스러운 옛이야기로써 마음을 여러모로 위안시켰으나, 그 깊숙이 스며든 울적한 증세는 어떻게 할 수 없었다.
>
> — 박지원, 『방경각외전』 「민옹전」

연암 박지원은 당대의 집권층인 노론 경화사족 출신이다. 게다가 일찌감치 천재성으로 가문의 스포트라이트를 한 몸에 받고 자랐다. 그런데 그의 십대는 이토록 꿀꿀했다. 거식증에 불면증을 수반한 우울증이라니. 대체 뭐가 부족해서? 그런데 더욱 기이한 건 그 치유책이다. 익살꾼들 혹은 선인(仙人)들, 그리고 거지, 부랑자, 분뇨장사 등 역사의 뒷골목을 누비다 조용히 사라져간 소수자들, 권력의 외부지대에서 자유의 새로운 공간을 꿈꾼 탈주자들을 찾아나선 것. 과거공부에 전념해야 할 10대에 벌써 이런 존재들과 허물없이 뒤섞였으니, 그의 앞날은 한마디로 '싹수가 노랬다'. 이때의 체험이 고전소설사의 거대한 산맥이기도 한 『방경각외전』(그 유명한 「양반전」이 여기 실렸다)을 낳기는 하였으되, 그거야 근대 이후 소설이 특권적 지위를 차지하고 난 뒤의 평가일 뿐, 정작 연암 자신에게는 그저 울적함을 씻기 위한 '유희문자'였을 뿐이다. 모르긴 몰라도 연암은 이 책이 자신의 저작이라는 걸 곧 잊었을 것이다.

어쨌든 연암은 이후 과거를 통한 입신양명이라는 '홈 패인 공간'에서 탈주한다. 우울증이 그를 전혀 다른 삶의 방식으로 이끈 것이다. 이후 생계가 어려워 만년에 잠시 지방관을 맡은 것 말고는 평생 동안 권력의 외부지대에서 자유롭게 '노닐었다'. 하지만 그렇다고 그에게서 방달(放達)한 아웃사이더나 낭만적이고 퇴폐적인 천재의 실루엣을 기대해서는 곤란하다.

기대 밖으로 그의 생애는 범상하다.[1] 생의 하이라이트라고 해야 중년에 백탑 근처에서 이른바 이덕무, 박제가, 홍대용, 이서구 등 연암그룹 문인들과 '찐하게' 우정을 나눈 것[2]과 1780년에 마흔넷의 늙다리로 삼종형 박명원을 따라 건륭제의 만수절(70세 생일) 기념 사절단에 합류해 꿈에 그리던 중국여행을 했다는 것 정도가 고작이다. 아무리 되새겨 봐도 이건 한 시대를 풍미한 문장가의 생애라고 하기에는 밋밋하기 짝이 없다. 이름깨나 날리는 사대부들이 한 번쯤 겪곤 하는 유배행도 없고, 노론과 남인 사이의 갈등이나 정조의 즉위를 둘러싸고 갈라진 시파(時派)와 벽파(僻派)의 대결에 연루된 적도 없다. 정조 즉위 초에 홍국영이 세도를 잡았을

1) 연암의 생애에 대해서는 고미숙, 『열하일기, 웃음과 역설의 유쾌한 시공간』(그린비, 2003), 제1장 참고.
2) 박제가의 「백탑청연집서(白塔淸緣集序)」에 이 시절에 대한 생생한 기록이 담겨 있다.

때, 잠시 위기에 처한 적이 있긴 하나 그것도 여러 친구들의 엄호 덕택에 무사히 통과했다. 게다가 일생을 정처 없이 떠돈 풍류남아였는데도 그 흔한 기생과의 스캔들 하나 없다. 상처한 뒤엔 후처도 들이지 않고 여생을 독신으로 지냈다. 그렇게 '심심하게' 살았는데, 대체 그의 텍스트는 어찌하여 그토록 엄청난 파문을 일으켰는가. 『열하일기』는 왜 그토록 오랫동안 '언더'에서 맴돌아야 했는가. 어째서 그의 문집은 20세기나 되어서야 공간될 수 있었는가?[3] 이렇게 따지고 들어가면, 그의 생애는 '미스터리투성이'다. 너무나 평범하기 때문에 신비로움에 감싸이는 역설 혹은 아이러니.

그럼 평행선 이쪽을 달리고 있는 다산 정약용의 경우는 어떤가?

> 스무 살 무렵에 처음으로 과거공부에 전력을 기울였더니 소과에 합격하여 태학에 들어가게 되었다. 여기서 또다시 대과 응시과목인 사자구(四字句)나 육자구(六字句) 등의 변려문에 골몰하다가, 규장각으로 옮겨가서는 그 과제에 응하느라고 한갓 글귀만을 다듬는 공부에 거의 10년이나 몰두하였다. 그 뒤로 또 책을 교열하고 펴내는 일에 분주하다가 곡산부사가 되어서는 백성을 다스리는 일에 오로지 정신을 쏟았다. 다시 서울로 돌아와서는 신헌조와 민명혁 두 사람의 탄핵을 받았고, 이듬해 정조대왕이 승하하신 비통함을 당해 서울과 시골을 바삐 오르내리다가 지난봄에 유배형을 받기에 이르렀으니, 거의 하루도 오로지 독서에만 마음 쓸 겨를이 없었다. 그러므로 내가 지은 시나 문장은 아무리 맑은 물로 많이 씻어낸다 해도 끝내 과거시험 답안 같은 틀을 벗어날 수 없고 조금 괜찮은 것일지라도 관각체의 기운을 면할 수 없는 것이다.
>
> —정약용, 「기이아(寄二兒)」

3) 『연암집』은 1900년에 창강 김택영의 주도로 처음 출판되었고, 『열하일기』가 단독으로 출간된 것은 1911년에 최남선이 창설한 조선광문회에서였다.

그는 일단 남인 경화사족이다. 그 중에서도 성호 이익과 녹암 권철신으로 이어지는 성호좌파 계열이다. 연암이 속한 집단이 직간접적으로 명말청초 양명좌파에 연계되어 있다면, 이들은 당시 막 유입되기 시작한 서학을 통해 새로운 사유의 구축을 꾀한 집단에 속한다. 한마디로 비주류인데다 '이단'에 물든 셈. 따라서 정조의 탕평책이 아니었다면 아무리 천재라 해도 초야에 묻혀 글이나 썼어야 하는 처지다. 이런 악조건을 뚫고 다산은 스물두 살에 과거에 합격했고, 스물세 살에 정조의 80조목으로 된 『중용』의 질문에 답변을 올린 뒤 두터운 신임을 받는다. 이후 정조가 관료들을 상대로 시험을 치를 때마다 다산은 번번이 1등을 했다. 그는 진정 우등생이었다. 문제만 잘 푼 게 아니라, 품행마저 방정했으므로. 왕의 사랑을 받는다는 것, 그건 축복일까, 아닐까? 사랑은 기쁨을 주는 만큼 대가를 요구한다. 그 대가는 때로 가혹한 것일 수도 있다. "갈수록 거미줄이 친친 얽히어 / 재갈 물린 말 신세 면하지 못하리. / 친하던 벗들 뒤얽혀 멀어져만 가고 / 세상살이 구불구불 위험해지네〔故多蛛布網 / 未免馬銜羈 / 錯落親交遠 / 迂回世道危〕."[4] 이 시는 성균관 직강(直講, 정오품)에 임명되고 나서 지은 것이다. 왕의 사랑이 깊어질수록 세상살이는 난마처럼 얽혀들었다.

연암의 생애가 아련한 운무에 휩싸여 있다면, 다산의 생애는 그 상승과 하강이 한눈에 포착된다. 정조가 살아 있을 때가 눈부신 도약의 시절이었다면, 정조의 죽음과 더불어 그는 나락을 향해 곤두박질친다. 천주교 대박해의 서장을 장식한 신유사옥(1801)으로 인해 가문이 풍비박산 났고, 가까스로 목숨을 건진 다산은 이후 18년간을 장기와 강진의 유배지에서 보내야 했다. 하지만 역사는 늘 구비마다 경이로운 역설을 마련해두는 법. 이 신산(辛酸)하기 이를 데 없는 시기에 조선 후기 지성사를 찬연하게

4) 「성균관 직강으로 부임하여[除國子直講赴官]」라는 시의 일부이다. 1794년 작품이다.

빛낼 다산학이 완성되었으니 말이다. 연암의 생애가 너무나 평이해서 의문투성이라면, 다산의 생애는 극적인 만큼이나 투명하다.

그리고 그러한 차이는 그들의 역사 및 세계상의 이질성과도 그대로 이어진다. 연암은 기본적으로 외부자다. 권력 바깥에 있다는 뜻에서가 아니라, 주어진 배치를 끊임없이 미끄러지면서 우발적인 지점들을 만들어낸다는 의미에서 그렇다. 당연한 말이지만, 그에게는 고정된 중심이나 귀환해야 할 기원 따위는 없다. 중요한 건 사건이나 대상들이 놓인 자리, 곧 관계망일 뿐이다.

그 유명한 「백이론(伯夷論)」에는 연암의 그러한 특이성이 생생하게 담겨 있다. 사실 백이(숙제를 포함하여)와 무왕의 에피소드는 동아시아 지식인들의 공동화두였다. 백이를 따르자니 폭군을 용납해야 하고 폭군을 친 무왕을 따르자니 백이의 절개를 무시할 수밖에 없고. 이 딜레마를 규명하는 연암의 방식은 실로 독특하다. 연암은 백이에다 미자, 기자, 태공, 비간까지 이어 새로운 계열을 만든다. 계열이 달라지면 의미망이 전혀 다르게 구성된다는 걸 겨냥한 것이다. 은나라가 망할 때 이들은 모두 각기 다른 노선을 택한 인물들이다. '미자는 은의 제사를 보존하겠다고 떠난 이며, 비간은 은나라가 망해 없어져 내가 간할 수 없어 간하지 못하느니 차라리 더욱 간하겠다 하고 이에 간하다가 참혹하게 죽임을 당한 이며, 기자는 은나라가 망해 없어지면 누가 도를 전하겠는가 하고 이에 거짓 미친 척하고 노예가 된 이다.' 그러자 태공은 "은나라가 망해 없어져 소사(小師) 미자는 떠났고, 왕자 비간은 죽었고, 태사 기자는 갇혔다. 내가 그 백성을 구하지 않는다면 장차 천하는 어떻게 되겠는가?" 하며 이에 무왕을 도와 주를 정벌하였다. 이런 조건이 있었기 때문에 백이는 마침내 그 의로움을 밝힐 수 있었다는 것이다.

이것 사이의 경중이나 시비를 따지면 단순한 위계가 설정되거나 딜레마만 가중된다. 그렇기 때문에 연암은 시비분별을 떠남과 동시에 이들을 상호의존적 관계라는 배치 속에 밀어 넣는다. 그렇게 하면 각자는 나름대로 최선의 길을 갔을 뿐이라고 볼 수 있다. 하지만 그것은 고립된 결단이 아니라, 전적으로 외부에 의해 규정된 것이다. 미자는 비간을 믿고, 기자는 태공을 믿고, 또 백이는 기자를 믿고. 더 확대하면 무왕도 백이를 믿고 '이폭역폭(以暴易暴)'의 길을 간 것이다. 연암의 표현을 빌리면, "서로 의지한다면 인(仁)이 되고, 서로 의지하지 않으면 인이 되지 못한다"이다. 따라서 그 어느 것도 다른 것을 무화시킬 수 없다. 세계를 구성하는 건 절대적인 척도가 아니라, 차이들의 역동적인 공존, 그것들이 만들어내는 우발성일 뿐이다. 결국 세계는 그때그때 새롭게 구성되어야 한다. 이 텍스트를 비롯하여 그의 글들이 거의 대부분 '주름들'의 뒤엉킴처럼 느껴지는 건 바로 그 때문이다.

그런가 하면 다산의 「탕론(蕩論)」도 「백이론」과 유사한 주제를 다루고 있는데, 물론 논의를 전개하는 방식이나 결론은 전혀 다르다. 다산에게는 도달하고자 하는 명료한 세계상이 있다. 곧 원시시대에 구현된, 하위조직으로부터 장을 추대해 올라가 마침내 천자를 세우는 시스템이 그것이다. 따라서 천자가 천자답지 못하면 인민들에 의해 소환되어야 마땅하다. 그러니 탕왕이든 무왕이든 폭군을 친 것은 너무나 당연하다. 그럼 무왕을 말리다 실패하여 수양산에 들어가 굶어죽은 백이와 숙제는? 이에 대한 질문은 생략되었다. 그에게는 근본주의적 비폭력, 이런 식의 문제 설정은 없다. 원망과 분노를 정치적 동력으로 긍정하고 있기 때문이다. 미자나 비간, 태공에 대한 고려 역시 불필요하다. 실제로 이 사건에 그들을 덧붙인다 해도 별로 달라질 건 없다. 왜냐하면 그에게는 역사상의 인물들, 사건들의 의미를 평가하는 잣대가 명약관화한 까닭이다. 따라서 지금, 이 세계를 구성하는 부조리와 그에 대한 실천적 전략 또한 투명하기 이를 데 없다.

연암이 지향하는 바는 궁극적으로 권력 외부의 장을 확대하는 것이다. 아니, 좀더 구체적으로 말하면 권력의 안팎을 가로지르며 사유의 새로운 장을 여는 것이다. 이 장에선 늘 생성과 변이의 자유로운 실험이 벌어진다. 따라서 그것은 마치 어린아이의 놀이처럼 유쾌하다. 연암에게서 고독한 천재의 음울한 분위기를 느낄 수 없는 건 그 때문이다. 그에 반해 후자에게 권력 외부는 없다. 오직 권력을 가장 근원적이고 본질적인 모습으로 되돌려 놓는다는 유토피아적 목표만이 있을 뿐이다. 하지만 현실은 결코 그것을 용납하지 않는다. 그러므로 이 장에선 숙명적으로 시대와의 치열한 대결과 비극적 편력이 일어날 수밖에 없다.

요컨대, 연암이 사방을 매끄럽게 활주한 유쾌한 노마드라면, 다산은 저 높은 이상을 향해 치열하게 질주해간 비운의 정착민인 것이다.

치열한 앙가주망 혹은 전위적 스타일리스트

다산의 작품들은 주로 강진 유배지의 산물이다. 강제로 유폐된 땅에서 오직 자신의 천재성과 지구력에 의거하여 구축한 담론인 셈. 그래서인가. 그의 글은 견고한 성벽에 둘러싸여 있다. 단호한 만큼 비장하고, 거대한 만큼 완결되어 있다. 추방당한 자가 고독한 섬에서 하늘을 향해 쏘아 올리는 섬광에 비유할 수 있을까. 그래서 그의 텍스트 앞에서는 일단 옷깃을 여미게 된다.

대표작 「애절양(哀絶陽)」만 해도 그렇다. 애절양이란 말 그대로 '생식기를 자른 것을 슬퍼한다'는 뜻이다. 다산은 이 작품을 창작한 동기를 다음과 같이 밝히고 있다. '이것은 가경(嘉慶) 계해년 가을에 내가 강진에 있으면서 지은 시이다. 노전(蘆田)에 사는 한 백성이, 아이를 낳은 지 사흘 만에 군보(軍保)에 등록되고 이정에게 소를 빼앗기자 칼을 뽑아 자기의 생식기를 스스로 베면서 하는 말이 "내가 이것 때문에 곤액을 당한다" 하였다. 그 아내가 관가에 가서 아직 피가 뚝뚝 떨어지는 생식기를 들고 울며 하소연하였으나 문지기가 막아버렸다. 내가 그 사연을 듣고 이 시를 지었다.' 사실 자체도 충격적이지만, 그것을 직서적으로 담아낸 다산의 '뚝심'이 더 경이롭다. 그런 점에서 민중성, 리얼리즘, 전형성 등이 풍미한 '불의 연대'인 1980년대 비평공간에서 다산의 시가 집중적으로 조명을 받은 건 결코 우연이 아니다.

물론 그도 상징과 우의(寓意) 같은 수사법을 구사하기는 한다. 예컨대, 다음 「시랑(豺狼)」이라는 시를 보자.

승냥이여, 이리여	豺兮狼兮
송아지 이미 채어갔으니	旣取我犢
양일랑 물지 마라.	毋噬我羊
장롱엔 속옷도 없고	笥旣無襦
시렁엔 치마도 없다.	椸旣無裳
장독엔 젓갈 한 톨 남지 않고	甕無餘醢
뒤주엔 쌀 한 톨 없노라.	瓶無餘糧
큰 솥, 작은 솥 다 앗아가고	錡釜旣奪
숟가락, 젓가락 다 훔쳐갔네.	匕筯旣攘

도적도 아니고 원수도 아닌데　　匪盜匪寇
어쩌면 이다지 못살게 구나.　　何爲不臧

살인자 이미 자살했는데　　殺人者死
또 누구를 죽이려느냐.　　又誰戕兮

이리여, 승냥이여　　狼兮豺兮
삽살개 이미 빼앗아갔으니　　旣取我尨
닭일랑 묶지 마라.　　毋縛我雞

자식 이미 팔려갔고　　子旣粥矣
내 아낸들 누가 사랴.　　誰買吾妻

내 가죽 다 벗기고　　爾剝我膚
뼈마저 부수려나.　　而槌我骸

우리의 논밭을 바라보아라　　視我田疇
얼마나 크나큰 슬픔이더냐.　　亦孔之哀

강아지풀도 못 자라니　　稂莠不生
쑥인들 자랄손가.　　其有蒿萊

살인자 이미 자살했는데　　殺人者死
또 누구를 해치려느냐.　　又誰災兮

승냥이여, 호랑이여　　豺兮虎兮
말한들 무엇하리.　　不可以語

금수 같은 놈들이여　　禽兮獸兮
나무란들 무엇하리.　　不可以詬

사또 부모 있다지만　　亦有父母
그를 어찌 믿을 건가.　　不可以恃

달려가 호소하나　　薄言往愬
들은 체도 하지 않네.　　褎如充耳

이 시 역시 강진 유배지에서 지은 걸작 「전간기사(田間紀事)」 여섯 편 가운데 다섯째 작품이다. 당시 큰 가뭄이 들어 들에 풀 한 포기 자라지 않았고, 유랑민들이 길을 메웠다. 굶주림보다 더 무서운 건 학정(虐政)이었다. 이 작품에는 이런 사연이 붙어 있다. "남쪽에 두 마을이 있어 하나는 용촌(龍村)이고 또 하나는 봉촌(鳳村)인데, 용촌에 갑이 살고 봉촌에 을이 살았다. 두 사람이 우연히 장난하며 다투다가 을이 병들어 죽었다. 두 마을 사람들이 관검(官檢)이 두려워 갑에게 자살할 것을 권하자 갑은 흔연히 자기 목숨을 끊어 마을을 평안하게 했다. 몇 개월 뒤에 아전들이 이를 알고 두 마을의 죄상을 물어 돈 3만 냥을 토색질해갔다. 한 치 베, 한 톨 곡식도 남지 않았다. 그 지독함이 흉년보다 더 심해 아전들이 돌아가는 날 두 마을 사람들도 모두 떠나갔다."

그러니까 이 작품에서 승냥이와 이리는 은유나 우화적 표현이 아니다. 민초들을 바로 옆 '근거리'에서 지켜본 이의 슬픔과 분노의 격정적 표현일 뿐이다. 다산은 이렇듯 에둘러가는 우회를 알지 못한다. 그렇게 보면, 그가 남긴 수천 편의 시들은 더 이상 '시가 아니다'. 그 자신 스스로 천명했듯이, "임금을 사랑하고 나라를 근심하는 내용이 아니면 그런 시는 시가 아니며, 시대를 아파하고 세속을 분개하는 내용이 아니면 시가 될 수 없"(「기연아(寄淵兒)」)다. 따라서 다산에게 시란 시대와 대결하는 혹은 민초의 고난에 동참하는 치열한 앙가주망의 무기이자 전략적 거점인 것.

거기에 비하면 연암은 상당한 '기교파'에 속한다. '레토릭'에 기댄다는 뜻이 아니라, 의미를 몇 겹으로 둘러치거나 다방면으로 분사하는 방식을 취한다는 점에서 그렇다. 세계 최고의 여행기이자 조선왕조가 나은 최고의 텍스트인 『열하일기』를 떠올리면 쉽게 이해될 수 있을 것이다. 단적으로 말해, 『열하일기』는 차이들이 분수처럼 분출하는 지대다. 강약고저 장단뿐 아니라 희노애락애오욕까지 뒤엉켜 있다. 애간장을 끊이는 애상곡과 포복절도의 해프닝이, 중후한 고담준론과 경쾌한 위트가 태연하게 공존한다. 그것은 비장과 골계의 반복적 변주(판소리의 미학)와도 같지 않다. 그것은 비장과 골계, 슬픔과 기쁨 사이에서 구성되는 다양한 변이형들의 매끄러운 흐름 같은 것이다. 이 흐름에는 목적도, 방향도 없다. 그때그때 마주치는 사건과 의미 '들'이 있을 뿐, 그것이 어디로 이어질지는 그 누구도 예측할 수 없다.

그것은 무엇보다 이 텍스트가 길 위에서 탄생되었기 때문이다. 연암은 서재에 앉아 머리로 사유하지 않았다. 거리에서나 말 위에서, 또는 산정이나 벌판에서 단어와 문장 들을 만났다. 그가 지나갈 때마다 중원 천지에 고요히 스며 있던 말들이, 그리고 이야기들이 문득 잠을 깨어 웅성거리기 시작했다. 그는 한편 집요하게, 또 한편 무심하게 그것들을 '절단'하여 '채취'했다. 그런 점에서 「호질」이 표절이냐 아니냐 같은 논란은 한마디로 헛다리 짚는 것이다. 왜냐하면 그는 모든 텍스트를 그런 식으로 구성했기 때문이다. 점포에 걸린 기문(奇文)을 베껴 쓰는 거나 지나가는 행인 혹은 마두배 들과 수작을 하는 거나, 하룻밤에 강을 아홉 번 건너는 사투를 벌이는 거나 그에게는 근본적으로 다르지 않다. 즉 그의 작품에서 텍스트의 안과 밖을 구별해내기란 정말 하늘의 별 따기만큼이나 어렵다. 말하자면, '안팎이 없는 것' 그 자체가 바로 『열하일기』의 특이성인 셈이다. 『열하일기』가 지금까지 계속 물음을 던지는 원천도 거기에 있으리라.

또 하나, 그의 텍스트는 하나의 의미망에 가두어지지 않는다. 그 유명한 「허생전」을 보자. 사실 「허생전」이라는 텍스트가 따로 있는 건 아니다. 『열하일기』의 한 장인 「옥갑야화」 속에 실린 '허생 이야기'가 있을 뿐이지. 다시 말해 이른바 「허생전」은 연암이 옥갑에서 비장들과 '밤들이' 주고받은 역관들의 치부담 중 하나인 것이다. 그러므로 「허생전」을 제대로 음미하려면 「옥갑야화」 전체의 흐름을 주시해야 한다. 그러면 연암이라는 이야기꾼이 이 전체의 흐름을 어떻게 끌어가는지, 어느 대목에서 어떻게 그 흐름을 비트는지, 또 거기서 어떤 변주가 일어나는지를 생생하게 감지할 수 있다. 또 그것과 별도로 '허생 이야기'로 초점을 압축한다 해도 상황은 전혀 예사롭지 않다. 그 안에는 돈과 덕의 관계, 유토피아에 대한 표상, 그리고 북벌론의 안팎을 가로지르는 담론적 전략 등이 흥미진진하게 펼쳐지기 때문이다. 게다가 초반부에 등장하는 '허생 아내'의 개성 넘치는 캐릭터와 변 부자의 지인지감(知人之鑑)은 무협지 뺨치는 서사를 제공한다.

특이하게도 허생 이야기에는 후지(後識)가 두 개나 붙어 있다. 보통 후지는 서사 동기나 작자의 의미 등을 파악할 수 있는 근거들을 제공하지만, 이 경우엔 전혀 그렇지 않다. 「후지 1」은 '황명(皇明)의 유민(遺民)'으로 추정되는 괴승 두 명의 기이한 행각들을 소개하고 있다. 읽으면 읽을수록 온통 수수께끼투성이인 글이다. 그나마 「후지 2」는 「후지 1」보다는 좀 낫다. 허생 이야기가 어떻게 탄생되었는지에 대한 설명으로 시작되기 때문이다. 거기에 따르면, 연암은 나이 스무 살 무렵 봉원사에서 글을 읽다가 윤영이라는, 신선술을 익히는 기인을 만난다. 그는 신기하게도 허생, 염시도, 배시황, 완흥군 부인에 대한 이야기를 들려준다. 신선이 되려는 사람이 무슨 말이 그리 많은지 이야기가 시작되면 '몇만 언으로써 며칠 밤을 걸쳐 끊이지 않았다'. 그러니까 '허생 이야기'는 그 여러 이야기들 가운데 하나인 것.

그럼, 이 대목에서 다시 솟구치는 의문 하나. 허생 이야기는 사실인가? 허구인가? 그는 실존인물인가? 그런데 거기에 몰두할 틈도 없이 텍스트는 또 다른 상황으로 넘어가고 만다. 18년쯤 지나 다시 윤영을 만났는데, 나이가 여든이 넘었음에도 걸음이 나는 듯하였다. 하지만 윤영은 자신의 성이 윤이 아니라고 우긴다. 잠행자들이 대개 그러하듯, 이름과 얼굴을 바꾼 것이다. 한참을 지나 연암은 또 다른 곳에서 그에 대한 풍문을 듣는다. 아흔 살이 넘었는데도 힘으로 범을 제압하고, 이야기에 능한 노인이 있다는. 연암은 그가 윤영이리라 짐작한다. 그러고 보면 이 후지는 또 한 편의 이야기인 셈이다. 윤영이라는 기인에 대한 이야기.

그러면 「후지 1」과 「후지 2」는 어떤 연관성이 있는가? 전혀 없다! 아니, 아주 없지는 않다. 괴승들과 윤영은 모두 비범하고 기이한 존재라는 것, 이름과 얼굴을 감추고 잠행하는 이들이라는 것. 조선의 역사에서 침묵, 봉쇄된 마이너들이라는 것. 하지만 그들이 허생 이야기와 맺고 있는 관계는 아주 판이하다. 괴승들이 주로 북벌론과 관련된 데 반해, 윤영은 그렇지 않다. 윤영이 연암에게 던진 마지막 멘트는 우리의 예상을 또 한 번 뒤집는다. "허생의 아내 말씀이요, 참 가엾더군요. 그는 마침내 다시 주릴 거요." 느닷없이 왜 허생 아내가 등장하는 것일까? 되짚어보면, 초반에 그토록 위풍당당하던 허생의 아내는 작품 후반부에 들어 홀연 사라진다. 돌연한 증발도 황당하지만, 후지에서 이렇게 느닷없이 나오는 건 더욱 황당무계하지 않은가.

결국 후지는 본문의 의미들을 충실히 해명해주는 '부록'이 아니라, 또 하나의 새로운 텍스트인 것이다. 출구가 다시 입구가 되는 뫼비우스의 띠처럼. 애초에 연암에게 중요한 건 허공에 가득 찬 무수한 풍문들일 뿐이다. 그는 언제나 떠도는 풍문들 속에 있다. 그 공간을 이리저리 옮겨다니면서 단어와 문장 들에 새로운 의미를 덧붙여 자유분방하게 쏘아 보내고 있다. 어떤 포스트모던한 작품도 이렇게 의미를 종횡으로 분사하기는 쉽지 않을 터, 그런 점에서 그는 끊임없이 문체적 실험을 시도한 일종의 '전위(avant-garde)'인 셈이다.

열정의 패러독스 혹은 혁명의 파토스

전위적 스타일리스트답게 연암은 유머와 패러독스를 즐겨 구사하였다. 그와 달리 다산은 분노와 슬픔을 뜨겁게 표출하는 파토스를 특장으로 한다. 유머와 패러독스가 기존의 익숙한 관념을 전복하면서 예기치 않은 사건과 감응을 만들어내는 유목적 여정이라면, 비장한 파토스에는 낡고 부조리한 것에 맞서 강력한 대항의미를 구축하고자 하는 혁명적 열정이 담겨 있다. 이런 이질성 뒤에는 결코 간과할 수 없는 인식론적 접점들이 자리하고 있다.

가장 두드러진 것이 '말과 사물'에 대한 것이다. 이것은 조선 후기 비평담론에서 핵심적 논제이기도 했다. 논점은 크게 두 가지로 압축될 수 있다. 하나는 낡은 상투성의 체계로부터 탈주하여 예측하기 어려운 표상들을 증식해가는 것이고, 다른 하나는 기존의 통사법을 오염시킨 먼지를 털어내고 최대한 투명하게 만드는 것이다. 연암이 전자의 방향을 취한다면, 다산은 후자의 방향을 취한다.

연암에게 진정 중요한 것은 소품이나 소설 따위 같은 새로운 형식이 아니라, 어떻게 하면 문장에 생의 약동하는 기운을 불어넣을 것인가였다. "남을 아프게 하지도 가렵게 하지도 못하고, 구절마다 범범하고 데면데면하여 우유부단하기만 하다면 이런 글을 대체 어디다 쓰겠는가?" 말하자면, 글이란 읽는 이들로 하여금 신체적 변화를 촉발할 수 있는 '공명통'이어야 한다는 것이다. "새 조(鳥) 자에는 '날아가고 날아오는', '서로 울고 화답하는' 새의 생기발랄한 호흡이 담겨 있지 않다"(「답경지(答京之)」)거나, 또 "하늘은 새파랗기 그지없지만, 하늘 천(天) 자는 전혀 푸르지 않다"(「답창애(答蒼厓)」) 같은 유명한 아포리즘도 그런 열정의 산물이다. 요컨대, '부단히 생생하는 천지'와 '빛이 날로 새로운 일월'을 문자는 온전히 담아내지 못한다. 그러므로 생동하는 변화를 담아내려면 의미의 고정점을 벗어나 증식, 접속, 변이를 거듭해야 한다. '사마천과 나비'의 비유가 말해주듯, 진정한 의미란 대상의 표면에 있는 것이 아니라, 잡았는가 싶으면 날아가버리는 그 순간에 돌연 구성되는 것이기 때문이다. 말하자면, 그에게 중요한 것은 하나의 중심적 기표로 환원되지 않는 수많은 의미들의 산포, 혹은 다층적 표상이다. 그의 글이 항상 유머와 위트, 아이러니와 패러독스로 넘치는 건 그런 점에서 지극히 자연스럽다.

그에 비해 다산은 의미의 명징성을 추구한다. 그는 "인(仁)·의(義)·예(禮)·지(智) 넉 자도 모두 원초의 뜻이 있으니, 먼저 그 원초의 뜻을 알고 나서야 여러 경전에서 한 말의 본지를 파악할 수 있다"고 말한다. 단어 및 개념 들이 본래의 투명한 원의미를 지니고 있는 까닭이다. 따라서 중요한 건 그것을 철저하게 규명하는 일일 뿐이다. 그래야만 사물을 분별하고 이치를 뚜렷이 알게 된다. 다산은 이렇게 성리학적 추상성에 의해 감염된 언어들을 최대한 투명하게 다듬어 본래의 생기를 되찾게 해야 한다는 어원학적 태도를 견지한다. "시에 역사적 사실을 전혀 인용하지 아니하고 음풍영월이나 하고 장기나 두고 술 먹는 이야기를 주제로 하여 시를 짓는다면, 이거야말로 벽지의 서너 집 모여 사는 시골에서 촌선비가 지은 시에 지나지 않는다"(「기연아」)거나, "『사기』를 읽을 때는 반드시 연표를 옆에 두고 하나하나 짚으면서 읽어야 한다"(「기유아(寄遊兒)」)고 하는 깐깐한 태도 역시 같은 맥락에서 이해할 수 있다.

아울러 그가 생각한 시의 도는 철저히 실천에 기반하고 있다. "인의예지라는 것은 행동과 일에서 실천된 후에야 비로소 그 본뜻을 찾을 수 있"(「시양아(示兩兒)」)는 것이기 때문에 시의 근본 또한 "부자나 군신, 부부의 떳떳한 도리를 밝히는 데 있으며, 더러는 그 즐거운 뜻을 펴기도 하고 더러는 그 원망하고 사모하는 마음을 펴게 하는 데 있다. 그 다음으로 세상을 걱정하고 백성들을 긍휼히 여겨서 항상 힘없는 사람을 구원해주고 재산 없는 사람을 구제해주고자 마음이 흔들리고 가슴 아파서 차마 그냥 두지 못하는 그런 간절한 뜻을 항상 가져야 바야흐로 시가 되는 것"(「시이아(示二兒)」)이다. 말하자면 그의 맥락에서는 세상의 부조리를 극복하고자 치열하게 투쟁하는 것만이 비로소 '아는 것'이다. 이 투쟁의 원동력은 원망하고 안타까워하는 힘, 곧 슬픔과 분노이다. 실천에 대한 이 불타는 열정이 그로 하여금 요·순·주공·공자가 다스리던 '선진고경(先秦古經)'의 세계로 나아가도록 인도한 것이다.

아이로니컬하게도, 경세가인 다산이 엄청난 양의 시를 쓴 데 비해, 정작 문장가인 연암은 시의 격률이 주는 구속감을 견디지 못해 극히 적은 수의 시를 남겼다. 전자가 시에 혁명적 의미를 부여하는 것을 자신의 사명으로 삼았다면, 후자는 시의 양식적 코드화 자체로부터 탈주하고자 한 것이다. 말하자면 두 사람은 전혀 다른 신체의 파동을 지닌 셈이다.

그들은 만나지 않았다!

세대 차이가 있긴 하지만, 연암과 다산은 동시대인이다. 게다가 둘 다 정조시대가 배출한 최고의 '스타'들이다. 박제가, 이덕무, 정철조 등 연암의 절친한 벗들과 다산은 직간접으로 교류를 나누었다.

그런데, 둘은 만나지 않았다. 몰랐을 리는 없다. 둘 사이에 있던 정조가 연암의 사소한 움직임까지도 체크했는데, 정조에게 지극한 총애를 받던 다산이 어떻게 연암의 존재를 모를 수가 있단 말인가. 그 반대도 마찬가지다. 그렇다면, 결론은 하나다. 그들은 서로 만나지 않았다. 그리고 서로에 대해 침묵했다!(연암은 다산에 대해 단 한마디도 언급한 바가 없고, 다산의 경우는 『열하일기』에 대해 한두 군데에서만 간단히 언급했을 뿐이다.)

연암이 다산처럼 살 수 없듯, 다산 또한 연암의 길을 갈 수 없었으리라. 그런 점에서 그들은 분명 평행선의 운명이었다. 평행선은 결코 만나지 않는다. 하지만 평행선은 결코 헤어지지도 않는다. 치열하게 자신의 길을 가는 강렬도가 바로 평행선의 동력이기 때문이다. 오직 강렬도만으로 교신할 수 있는 관계, 그것이 평행선이다. 차이가 만들어내는 이 팽팽한 흐름이 있었기에 18세기 조선의 사상사는 놀라운 빛을 발할 수 있었으리라. 그 빛은 끊임없이 새로운 장면들을 만들어낸다. 차이가 만들어내는 눈부신 스펙트럼! 여기서는 단지 몇 장면들만 포착했을 뿐이다. 또 다른 장면들을 '절단'하여 '채취'할 수 있다면, 우리는 아마도 연암을 통해 다산을, 다산을 통해 연암의 진면목을 엿보는 행운을 누릴 수 있을 것이다.

| 고미숙 |

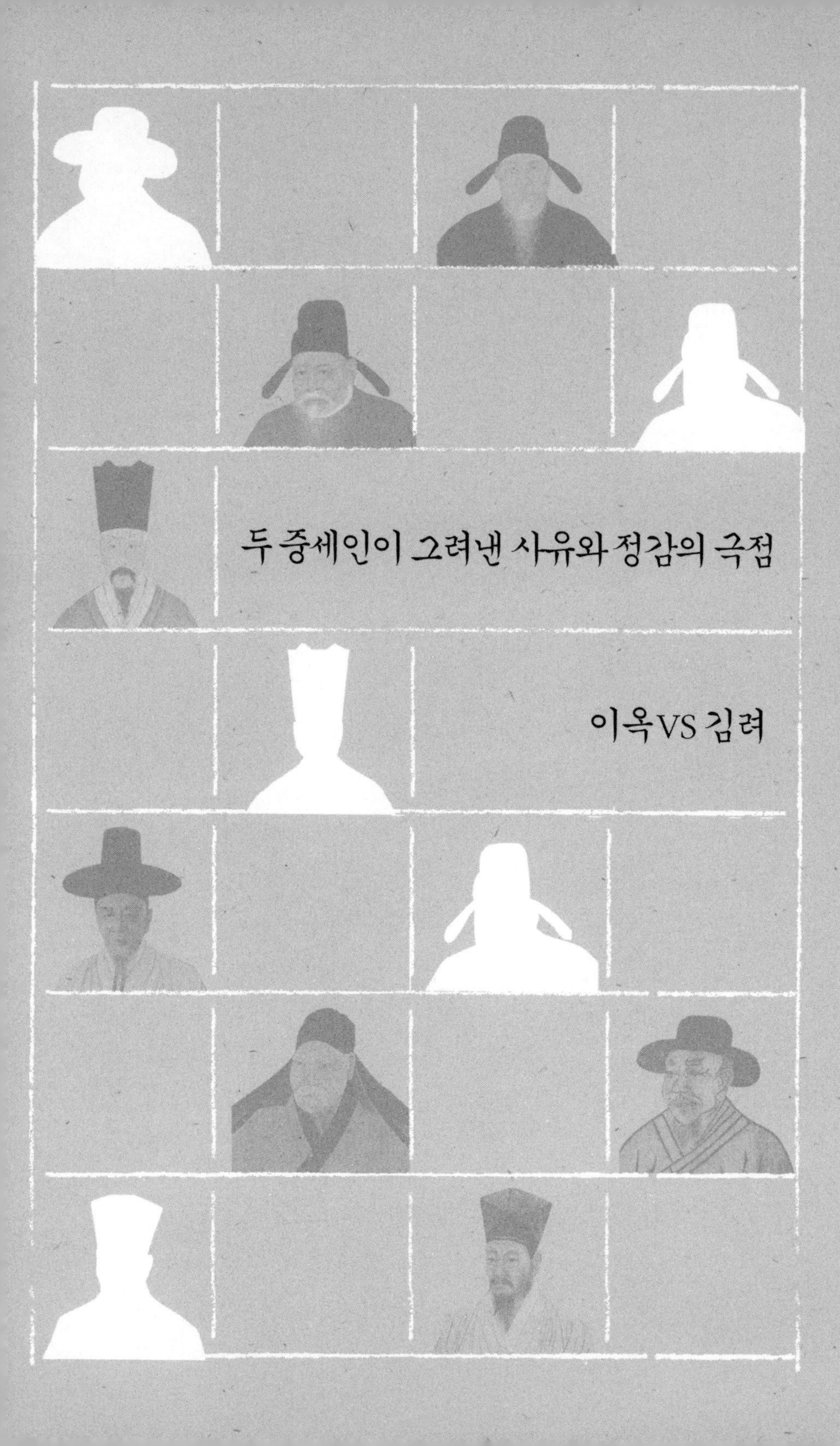
두 중세인이 그려낸 사유와 정감의 극점
이옥VS 김려

우정의 라이벌

1818년, 어떤 젊은이가 어지럽게 쓴 원고 뭉치를 들고 한 노인을 찾았다. 자기 부친이 남긴 유고의 교열을 부탁하기 위해서였다. 성균관에서 함께 과거 공부를 하던 젊은 시절, 아침저녁 틈날 때마다 지은 벗의 글이었다. 원고를 뒤적이다가 문득 그가 죽고 없음을 깨닫고는 자신도 모르는 사이에 눈물이 흘러내렸다. 그리하여 남긴 글을 하나하나 가려 정갈하게 베껴 쓴 뒤, 그 이듬해 오월 단오에 작은 문집으로 엮었다. 어지럽게 쓴 원고만 남긴 채 죽어간 벗은 "나는 요즘 세상의 사람이다. 내 스스로 나의 시, 나의 문장을 짓는데, 선진양한(先秦兩漢)과 무슨 관계가 있으며, 위진삼당(魏晉三唐)에 무어 얽매일 필요가 있는가?"라 자부하던 문무자(文無子) 이옥(李鈺; 1760~1815)이라는 인물이다. 그리고 그런 벗의 유고를 눈물로 갈무리하여 오늘날 우리에게 전해준 인물은 담정(藫庭) 김려(金鑢;

1766~1821)이다.

다산 정약용과 연암 박지원 같은 조선시대 최고의 지성들이 활동하던 정조 때, 그들 두 사람은 또 다른 빛깔의 글쓰기로 문단을 수놓은 글벗이었다. 김려는 죽기 1년 전, 자신과 이옥의 관계를 이렇게 고백한 바 있다.

> 내가 어려서부터 문장을 지어 여러 어른들 사이에 다니니, 자못 머리를 숙이면서 남의 아래에 있으려는 뜻이 없었다. 그러나 공령문(功令文)에 있어서는 김성지(金性之)를 두려워하고, 사부(詞賦)에 있어서는 이옥을 두려워했다. 매양 자리에 임해 마주할 적에 종이를 펴고 붓을 빨면 으레 쩔쩔매며 불안해 기를 펴지 못했다. …… 지금 이옥이 이미 죽고 김성지도 늙었으며 나도 쇠하고 또 병들었으니, 끝내 남의 아래가 되고 말 것인가? 아, 우습도다! 마침 이옥이 남긴 「경금부초(絅錦賦草)」를 얻었기에 이를 장정해 한 권으로 만들고 그 책 끝에 쓴다.
>
> — 김려, 「제경금부초권후(題絅錦賦草卷後)」

문장이라면 누구에게도 뒤지지 않는다는 자부심에 가득 차 있던 김려 자신도, 사(詞)라든가 부(賦)에서는 끝내 이옥을 넘어설 수 없었음을 토로하고 있다. 그러면서도 그가 남긴 글을 정성스레 수습했다. 여기에서 우리는 당대의 탁월한 두 문인으로 자부하던 이옥과 김려 사이에 흐르는 '경쟁'과 '우정'의 아슬아슬한 긴장을 읽게 된다. 이옥과 김려는 살아서도 절친한 글벗이었는데 죽어서도 이토록 각별한 글벗으로 남았으니, 이들의 관계는 진정 '우정의 라이벌'인 셈이다.

새로운 글쓰기로 맞선 중세 지식인

당돌한 선언과 도전적 글쓰기

다소 생소할지 모르겠다, 이옥이라는 이름이. 하지만 이옥은 조선 후기 문학사에서 참으로 문제적 인물이다. 그건, 자신은 지금 사람이니 선진양한이나 위진삼당의 글에 구애받지 않겠다는 다짐에서 직감할 수 있다. '문장은 반드시 선진양한을 본받고, 시는 반드시 성당을 본받아야 한다〔文必秦漢, 詩必盛唐〕'는 말은 당시 문인들에게 불변의 진리에 가까웠다. 그때의 문인 대부분은 한나라 때 사마천이 지은 『사기』의 문장이라든가 당나라 때 이백과 두보가 지은 시를 본받고자 노력했으니, 그런 글쓰기야말로 진정한 문장, 곧 고문에 이르는 왕도라 여긴 것이다. 그런데 '지금 여기'에 살고 있는 자신은 '과거 거기'에 연연하지 않겠다며 거부하고 있으니, 참으로 당차다. 정말 그러했다. 그런 당돌한 선언과 도전적 글쓰기로 말미암아 그의 인생은 온통 뒤죽박죽되고 만 것이다.

단초는 별것 아닌 듯했다. 성균관에 입학하여 꿈을 키워가던 유생 이옥은, 정조 16년에 임금의 명을 받아 글 한 편을 지어 바치게 되었다. 임금의 지우(知遇)를 입었으니, 젊은 그로서는 참으로 영광스러웠겠다. 그런데 그게 문제였다. 정조가 받아보니, 이옥의 글은 성인의 순정한 글쓰기가 아니라 경박한 소설식 문체를 구사하고 있었다. 소품체(小品體)라 일컫기도 하는 그것은 사회적 소외현상과 그러한 소재의 인물을 선호하고, 개인의 내면세계를 섬세하게 묘사하여 독특하고도 개성적인 면모를 드러내는 데 치중하는 특징을 지닌다. 국가와 정치, 우주와 성명(性命)과 같은 거대담론을 지향하던 기존의 고문과는 판이한 글쓰기였다.

특히 이옥은 감정을 과도하게 노출하는 것을 바람직하지 않게 여겨 절제를 미덕으로 여기던 조선시대 사대부 문학에서 시정이 풍부하면서도 자기 고백적인 감성적 글쓰기를 추구함으로써 당대 문단에 참신한 돌풍을 일으켰다. 이옥의 그런 글쓰기를 김려는 이렇게 회고한 바 있다.

> 이옥의 산문은 섬세하여 정사(情思)가 샘물처럼 용솟음치고, 그의 시는 가볍고 맑아 격조가 초각(峭刻)하다. 이옥의 말은 이렇다. "나는 지금 사람이다. 나는 스스로 나의 시와 나의 산문을 쓴다. 선진양한과 무슨 관계가 있고, 위진삼당과 하등 상관이 있는가?" 이옥은 사(詞)를 짓는 데 더욱 능하였는데, 나는 그것을 별로 탐탁하게 여기지 않았다. …… 지금 이옥이 죽은 지 이미 5년이 된다. 우연히 상자를 뒤적이다가 이것(「묵토향」)을 발견하고, 그가 평생 부지런히 힘쓴 뜻을 슬퍼하여 붓으로 베껴 한 권 책으로 만들었다.
>
> —김려, 「제묵토향초본권후(題墨吐香草本卷後)」

이옥이 즐겨 써서 일대 유행을 불러일으킨 소품체는 명말청초의 청언소품(淸言小品)·척독소품(尺牘小品) 등에서 두루 발견되는데, 전통적인 고문의 입장에서 본다면 감상적이고 시시콜콜하고 쇄설(瑣屑)하기 그지없어 그 가치를 인정하기 어려웠다. 정조 역시 마찬가지였다. 다시는 그런 문체를 쓰지 못하도록 경고했지만, 이옥의 문체는 고쳐지지 않았다.

사륙문(四六文) 50수를 지어 바치라든가 매일 10편씩 열흘 동안 시 100편을 지어 바치라는 엄한 견책을 받기도 했고, 과거에 응시할 수 있는 자격을 아예 박탈당하기도 했으며, 심지어 충청도 정산현(定山縣)이라든가 경상도 삼가현(三嘉縣)에 충군(充軍)되는 조처에 취해지기도 했건만, 그는 자신의 글쓰기를 끝까지 고집했다. '충군'이란 천역(賤役)에 해당하는 군대에 편입되는 것으로, 사족에겐 치욕적인 처벌이었다. 사소한 문체에 집요하게 시비를 걸고 있는 정조도 이해하기 어렵거니와 임금의 명령을 끝까지 따르지 않는 이옥도 이해하기 어렵기는 마찬가지다.

문체반정과 이옥

정조와 이옥의 이런 맞섬은 조선 후기 한문학사의 가장 큰 사건으로 기록되는 문체반정의 극적 사례 가운데 하나다. 경박한 문체를 순정한 문체로 바꾸어야겠다는 정조의 방책으로 말미암아 박지원 · 남공철 · 김조순 · 이상황 · 심상규 등 노론(老論) 벌열가문의 일류급 문사들도 줄줄이 곤욕을 치러야 했다. 그 배면에는 노론과 남인을 적절히 통어하기 위한 고도의 정치적 책략이 감춰져 있었지만, 근본적으로는 성리학적 지배질서와 사유체계를 위협하는 조짐들을 잠재우려는 고육지책에 가까웠다. 양명학 · 서학(西學) 같은 사상적 조류와 고증학 · 자연과학 같은 학문 방법론이 위기의 주범인바, 이들 가운데 어떤 것은 성리학의 자체 모순이 초래한 것이고 어떤 것은 낯선 서구와 접촉함으로써 촉발된 것이었다. 중세의 위기는 조선사회의 내부와 외부에서 밀려들었는데, 문제는 그런 위험한 담론이 당대 지식인 사이에서 들불처럼 번져나갔다는 사실이다.

특히 서학의 전파는 성리학적 질서를 근저에서 뒤흔드는 위협적 조짐이었다. 이승훈 · 정약전 · 정약용 · 이벽 등 남인 자제들이 천주교의 교리를 토론하고 의식을 거행하다 발각된 추조적발 사건(秋曹摘發事件, 1785)이라든가 천주교 신자인 윤지충 · 권상연이 조상의 신주를 불살라버린 진산 사건(鎭山事件, 1791)은 조정을 발칵 뒤집어놓는 충격적 사건이었다. 소식을 접한 정조는 해당자를 처벌하고 천주교 서적을 불사르라는 조처를 내렸는데, 이로부터 문체반정의 서막이 시작된 것이다. 정조의 생각은 이러했다.

> 오늘날 문풍이 이와 같은 것은 그 근본을 캐어보건대, 박모(박지원)의 죄가 아님이 없다. 『열하일기』를 내가 이미 읽어보았으니, 어찌 감히 속일 수 있으랴? 이 사람은 그물을 빠져나간 가장 큰 사람이다. 『열하일기』가 세상에 돌아다닌 뒤에 문체가 이와 같아졌으니, 마땅히 결자가 해지해야 할 것이다.
>
> —『연암집』「답남직각공철서(答南直閣公轍書)」

> 내가 일찍이 소품의 해는 사학(邪學)보다 심하다 했으나 사람들은 정말 그런지 몰랐다. 그러다가 얼마 전의 사건이 있게 된 것이다. 사학을 물리쳐야 하고 그 사람을 죽여야 한다는 것을 사람들은 쉽게 알 수 있다. 하지만 소품이란 이른바 문묵필연(文墨筆硯) 사이의 일에 지나지 않는다. 그런 까닭에 어리고 식견이 얕으며 재주가 있는 자들은 일상적인 것을 싫어하고 신기한 것을 좋아하므로, 서로 다투어 모방하여 어느 틈엔가 음성(淫聲)·사색(邪色)이 사람의 심술을 미혹시킨다. 그 폐단은 성인을 그릇되게 여기고 경전에 반대하며 윤리를 무시하고야 말 것이다. 더욱이 소품의 일종은 명물고증학(名物考證學)으로 한 번만 변하면 사학에 들어가게 된다. 그러므로 나는 사학을 제거하려면 마땅히 먼저 소품을 제거해야 한다고 말하는 것이다.
>
> —『홍재전서』「일득록(日得錄)」

정조는 새로운 글쓰기인 소품체가 유행하는 것과 성리학적 질서를 무너뜨리는 서학에 탐닉하는 것을 이렇게 연결짓고 있었으니, "서양학을 금지하려면 먼저 패관잡기를 금지해야 하고, 패관잡기를 금지하려면 먼저 명말청초의 문집부터 금지시켜야 한다"라는 논리가 이에 근거한 것이다. 여기에서 정조가 출발점으로 지목한 명말청초 문집의 당사자는 이탁오(李卓吾)를 비롯한 양명좌파(陽明左派)의 사상을 문학적으로 계승하고 실천한 원굉도(袁宏道) · 김성탄(金聖嘆) 등이다. 그들의 반봉건적 사유와 감각적인 문체가 18세기 후반 조선의 지성과 문인을 깊이 매료시킨 것이다. 그리고 그것은 중세적 질서의 근간을 뒤흔들 만큼 강력했다.

비어 사건과 김려

이런 맥락에서 본다면, 반성하지 않는 이옥의 태도야말로 중세 봉건적 질서를 유지하려는 절대권력에 맞선 한 문인의 분투이기도 했던 셈이다. 그런데 김려는 그런 불온한 인물 이옥을 눈물로 추억하고, 그가 추구한 도전적 글쓰기를 적극적으로 옹호한다.

> 세상 사람들이 '이옥은 고문에 능하지 못하다'고 한다. 이는 이옥 스스로가 한 말이기도 하다. 이옥이 스스로 생각하기에 '고문을 배우면서 허위에 빠지는 것은 금문을 배워 오히려 유용함만 같지 못하다'고 여긴 것이다. 귀로만 듣는 자들이 남들의 말에 따라 부화뇌동하여 '이옥은 고문에 능하지 못하다'라고 한다. 슬프다! 이옥이 저술한 것은 대부분 내 책상자 속에 있는데, 지금 『문무자문초』 한 권을 우선 베껴 써서 세상 사람들에게 보인다. 요컨대 이것으로 세상에서 스스로 고문을 잘한다고 여기는 자들에게 자기의 글을 이것과 비교하여 어느 것이 참이고 어느 것이 거짓인가를 묻고자 하는 것이다.
>
> ―김려, 「제문무자문초권후」

실제로 역사의 뒤편으로 사라질 뻔한 이옥을 건져낸 인물은 바로 생전의 절친한 글벗 김려였다. 그렇다고 그가 이옥의 존재를 드러내는 데 기여한 조역에만 머무른 것은 아니었다. 그 역시 16세에 이미 '김려체'로 불리는 독특한 문체를 확립하여 전국적으로 그 이름을 전파시켰을 정도로 탁월하고도 매력적인 문사였다. 그뿐만 아니라 19세기 세도정권의 핵심인물인 김조순과 함께 중국의 『우초신지(虞初新志)』를 즐겨 읽다가 우리나라 패사소품집인 『우초속지(虞初續志)』를 편찬하기도 했으니, 이옥과 어깨를 견주며 조선 문단에 신선한 바람을 불러일으킨 동지이기도 했던 것이다.

게다가 당대 최고의 문벌 자제들과 막역한 관계를 유지할 정도로 당당한 노론 가문의 일원이었으니, 서계(庶系)이자 실세한 소북(小北) 집안 출신인 이옥과는 비교하기 어려울 정도의 위치에 있었다. 정확히 밝히기 어렵지만, 이옥의 실험적 · 도전적 글쓰기는 김려에게서 적지 않은 영향을 받은 듯도 하다. 여하튼 김려는 새롭게 불기 시작한 문풍의 중심에 서서 지위와 당파를 막론하고 폭넓게 교유관계를 맺던 트인 중세 문인 가운데 한 사람이었다.

하지만 이런 벗들과의 두터운 교유로 말미암아 그의 삶 역시 뒤죽박죽되고 말았다. 이옥이 문체 때문에 지방으로 쫓겨나 전전하고 있을 즈음, 김려는 강이천(姜彝天; 1768~1801)의 비어 사건(飛語事件)에 연루되어 유배를 떠나게 되었다. 사건이 워낙 복잡하게 얽혀 있어 간략하게 정리하기 어렵지만, 서해의 어떤 섬에 신인(神人)이 나타나 새로운 세상을 준비하고 있다는 말을 퍼뜨렸다는 것이 죄목의 골자다. 사건의 진위 여부를 떠나 서학과도 연계된 이런 유언비어 사건에 김려가 연루된 것은, 격변의 시대를 살며 동요하던 중세적 지식인의 단면을 보여주고 있다는 점에서 흥미롭다. 여하튼 이 사건의 주범으로 지목된 강이천은 제주도로 유배 갔다가 신유사옥(辛酉邪獄) 때 불려와 효수되기에 이르고, 김려는 북쪽 끝인 함경도 부령과 남쪽 끝인 경상도 진해에서 10여 년에 이르는 기나긴 유배생활을 보내야만 했다.

그러나 유배를 마치고 돌아온 그는, 자신의 삶을 엉망진창으로 만든 젊은 시절 벗들과의 만남을 결코 지워버리지 않는다. 그러기는커녕 벗들을 헐뜯는 자들에 맞서 그들의 글쓰기를 열렬하게 옹호했을 뿐만 아니라, 젊은 시절에 자신과 문학적 교류를 함께한 이옥 · 김조순 · 이노원 · 이안중 등 10여 명의 글을 모아 『담정총서(薄庭叢書)』라는 책으로 엮어내기에 이른다. 김려는 이들의 진정한 동반자이자 변함없는 후원자였으니, 그런 까닭에 고전문학사에서는 이들을 묶어 '김려그룹'이라 일컫기도 한다.

뉘우치지 않는 자들의 엇갈린 유배길

유배지에서 거둔 이옥의 소품, 『남정십편』과 『봉성문여』

이옥이 패사소품체로 말미암아 정조에게 혹독하게 압제를 받기 시작한 것이 1795년이고 그로부터 풀려난 것이 정조가 죽은 1800년이었으니, 5년이란 기간 동안 견책(譴責), 정거(停擧), 충군이 반복되는 삶을 살아야 했다. 그 가운데 많은 기간을 추방지에서 보내야 했는데, 그곳에서도 그의 도전적 글쓰기는 중단되지 않았다. 경상도 삼가현으로 쫓겨가는 여정에서도 글을 지어 『남정십편(南征十篇)』을 남겼고, 삼가현에 쫓겨가 있으면서도 글을 지어 『봉성문여(鳳城文餘)』를 남겼다. 어쩌면 글밖에 달리 무엇을 할 방도가 없었는지도 모른다.

그럴 즈음, 그는 어떤 생각을 어떻게 글로 담아냈을까? 특히 한양에서 890리에 이르는 유배지로 가는 여정에서 남긴 『남정십편』이야말로 당시 심경이 진솔하게 담겨져 있을 법하다. 실제로 김려가 이 글을 세 번이나 반복해 읽으며 감탄해 마지않았다 하니 궁금증이 더한다. 그건 영남 땅

삼가현으로 가는 길을 노인에게 묻는 「노문(路問)」으로부터 송광사에 들러 지은 「사관(寺觀)」과 「연경(煙經)」, 그리고 영남지방의 사투리 · 계곡물 · 가옥 · 돌 · 고적 · 면화를 보고 남긴 「방언(方言)」 · 「수유(水喩)」 · 「옥변(屋辨)」 · 「석탄(石嘆)」 · 「영혹(嶺惑)」 · 「고적(古蹟)」 · 「면공(棉功)」 10편을 모은 짤막한 산문집이다. 얼핏 보아도, 글의 제목이 예사롭지 않다. 물론 처음 접한 영남의 낯선 경관과 풍속에 눈길이 가지 않을 수 없겠지만, 유배길에 오른 자라면 쉽사리 착목하지 못할 법한 독특한 글감처럼 보이기에 그렇다. 그러나 속을 들여다보면, 더더욱 독특하다.

> 나한전을 보니 나한이 오백을 헤아리는데, 눈은 물고기 같은 것, 속눈썹이 드리워진 것, 봉새처럼 둘러보는 것, 자는 것, 불거진 것, 눈동자가 튀어나온 것, 부릅뜬 것, 흘겨보는 것, 곁눈질하며 웃는 것, 닭처럼 성내며 보는 것, 세모난 것이 있고, 눈썹은 칼을 세운 듯 꼿꼿한 것, 나방의 더듬이 같은 것, 굽은 것, 긴 것, 몽당비 같은 것이 있고, 코는 사자처럼 쳐들린 것, 양처럼 생긴 것, 매부리처럼 굽은 것, 주부코인 것, 밋밋한 것, 빈대 코인 것, 대롱을 잘라놓은 듯한 것이 있고, 입은 입술이 말려 올라간 것, 앵두 끝처럼 생긴 것, 말 주둥이 같은 것, 까마귀 부리 같은 것, 호랑이 입 같은 것, 비뚤어진 것, 물고기처럼 뻐끔대는 것이 있고, 얼굴은 누런 것, 약간 파란 것, 붉은 것, 분처럼 흰 것, 복사꽃 같은 것, 불그스레한 것, 밤색인 것, 기미 낀 것, 사마귀 있는 것, 마비된 듯한 것, 어루러기가 돋은 것, 혹이 난 것이 있으며, 물고기 눈에 사자의 코를 한 것, 양 코에 눈썹이 드리운 것, 사자 코에 부릅뜬 눈에 호랑이 입을 한 것이 있다.
>
> —이옥, 「사관」

그만 인용하자. 계속 이어지는 송광사 나한전에 모셔진 오백나한의 묘사는 참으로 세밀하다 못해 가관이다. 절에 가본 사람이면 알겠지만, 나한전에 빽빽이 모셔진 오백 나한을 이렇듯 지루하게 늘어놓을 이유가 무어 있는가? 모두 그게 그것 같을 뿐인데. 설사 눈 좋은 사람이 그것의 다양함을 용케 분별했다 하더라도 "오백 나한의 모습이 제각각이더군!" 하면 그만인 것을. 종이가 지천으로 널린 요즘에도 한심한 글쓰기이겠는데, '종이가 보배'이던 그때야 말해 무엇하겠는가? 정조가 이옥의 글쓰기에 그토록 화를 낸 이유를 이제야 조금 이해할 법하다.

그러나 그것이 치밀하게 계산된 글쓰기였음을 간과해서는 안 된다. 그건 세상만물 가운데 동일한 것은 하나도 없다는, 다시 말해 모든 사물이 자기 자신만의 고유한 개성을 가지고 있다는 것을 일깨워주고자 한 것이었다. 언뜻 보아 똑같은 모습으로 앉아 있는 것처럼 보이는 오백나한도 자세히 살펴보면 그러한데, 살아 숨쉬는 인간 군상이야 말해 무엇하랴? 그게 이옥의 의도였던 것이다. 나아가 이런 지루해 보이는 글쓰기 행간에 얼핏얼핏 자신의 심경을 은밀하게 담아두는 경우도 있었다.

> ① 물의 성질은 아래로 흘러가는 것이어서 장차 동쪽으로 바다에 다다를 것인데, 양쪽 산이 버티고 있어 나아갈 수 없다. 그리하여 산이 동쪽으로 뻗어 있으면 동쪽으로 가고, 산이 서쪽으로 뻗어 있으면 서쪽으로 흘러 산줄기를 따라 천천히 흘러가서 마치 뻗어나간 산맥의 뒤를 좇는 듯하다. 그리고 흘러가다가 혹 폭포가 되어 튀기도 하고, 혹 파 뒤집어 웅덩이가 되기도 하고, 혹 갇혀서 못이 되기도 하고, 혹 달려나가 개천이 되기도 하고, 혹 쏜살같이 나아가 여울이 되기도 하고, 혹 모여서 소용돌이가 되기도 하고, 혹 샘솟아 간수(澗水)가 되기도 하고, 혹 흩어져 물굽이가 되기도 하지만, 그래도 가로막혀 그 뜻을 얻을 수 없다. 그리하여 물 속의 돌을 만나 그 노함을 쏟아 보낸다. ② 하지만 돌은 굳세고 단단한 것이어서 물의 노함을 받

아도 편안해한다. 누워 있는 것도 있고, 서 있는 것도 있고, 엎드려 있는 것도 있고, 웅크리고 있는 것도 있고, 겨루고 있는 것도 있고, 키처럼 쭉 뻗어 있는 것도 있고, 물에 씻기고 있는 것도 있고, 물을 마시고 있는 것도 있다. ③ 이러니 물이 돌을 어떻게 한단 말인가? 떠들썩하고 벼락 치듯 부딪치고, 휘돌아 뛰어오르고, 들이받아 날뛰고 설치다가도 때때로 거듭 안온하고 정답게 흘러 길 가는 사람과 더불어 서로 앞서거니 뒤서거니 한다.

—이옥, 「수유」

여기서도 여전히 계곡 물이 흐르는 모습 또는 시냇가에 흩어진 돌의 모습을 세세하게 그려내고 있다. 하지만 오백나한의 경우보다는 쉽게 이옥의 생각을 읽어낼 수 있을 법하다. 아래로 흐르는 속성을 지닌 물이 각양각색으로 흘러내리다가 가로막혀 자신의 뜻을 얻을 수 없다는 대목에 꿈이 좌절된 자신의 참혹한 심경을 우의(寓意)하고 있는 것으로 보이기 때문이다. 그러나 딱히 그런 것 같지 않다. 오히려 그 다음 이어지는 대목, 곧 가로막힌 분노를 떨치려는 듯 굽이치는 계곡 물을 의연히 받아들이는 각양각색 돌들의 묘사에 이르면 외부의 어떤 충격에도 흔들리지 않으려는 자세를 다잡고 있는 것처럼 읽히기도 하기 때문이다.

정말 그런가? 그게 아닌 듯하다. 계곡 물의 노함과 돌의 의연함이 어우러져 끝내 유배지를 향해가는 자신과 여정을 함께하는 시냇물의 정겨움에 귀착하고 있는 듯하기 때문이다. 물의 속성을 빌려오고, 돌의 속성을 빌려오고, 다시 그것들의 어울림을 빌려 끝없이 흔들리는 자신의 심경을 담아내려 했는지도 모르겠다. 하여튼 이옥은 궁벽한 영남 산골로 쫓겨가면서도 이처럼 뒤얽히고 낯선 글쓰기 방식으로 글을 지으며 결코 뉘우치지 않는 자신을 보여주었다.

그런 글쓰기는 삼가현에 도착해서도 바뀌지 않았다. 유배지인 삼가현에서 보고들은 자질구레한 토속과 고적을 스케치하듯 담아낸 『봉성필(鳳城筆)』(『봉성문여』)은 그가 추구한 소품세계를 더욱 선명하게 보여준다. 이런 소품을 모아 거둔 이유를 밝히는 자신의 서문을 조금 길지만 직접 느껴보자.

나의 동인(同人)이 근심이 많아 술 좋아하기를 일삼는 사람이 있는데, 술이 맑아도 마시고, 흐려도 마시고, 달아도 마시고, 시어도 마시고, 진해도 마시고, 담백해도 마시고, 많아도 마시고, 적어도 마시고, 친구가 있어도 마시고, 친구가 없어도 마시고, 안주가 있어도 마시고, 안주가 없어도 마신다. 내가 물었다.

"왜 술을 마시는가?"

"내가 마시는 것은 맛을 얻으려 하는 것도 아니요, 취함을 얻으려 하는 것도 아니요, 배부름을 얻으려 하는 것도 아니요, 흥을 얻으려 하는 것도 아니요, 이름을 얻으려 하는 것도 아니요, 근심을 잊기 위하여 마시는 것이다."

어떻게 근심을 치료하느냐고 물었다.

"나는 근심할 만한 몸으로 근심할 만한 땅에 처했고, 근심할 만한 때를 만났습니다. 근심이란 마음 가운데 있는데, 마음이 몸으로 가면 몸을 근심하고, 마음이 처하는 곳에 있으면 처하는 곳을 근심하고, 마음이 때를 만남에 있으면 때를 근심하니, 마음이 있는 곳이 근심이 있는 곳입니다. 그러므로 그 마음을 이동하여 다른 곳으로 가면 근심이 따라올 수 없습니다. 지금 내가 술을 마시면서 술병을 잡고 흔들어보면 마음이 술병에 있게 되고, 잔을 잡아 술이 넘치는 것을 걱정하면 마음이 술잔에 있게 되고, 손님에게 잔을 돌리면서 나이를 따지면 마음이 손님에게 있어, 손을 펴서 입술을 닦는 사이에 근심이 없어집니다. 신변에 근심이 없어지고, 처한 곳에 근심이 없어지고, 때를 잘못 만난 것에 근심이 없어지니, 이것이 내가 술을 마시면서 근심을 잊는 방법이요, 술을 많이 마시는 까닭입니다."

나는 그 말을 옳게 여기고, 그의 심정을 슬프게 생각한다. 아아! 내가 봉성에서 지은 것이 또한 동인이 술을 마시는 것과 같다. 봉성에서 돌아온 후 경신년(1800) 5월 하순에 화석정사(花石精舍)에서 제한다.

— 이옥, 「봉성문여 소서(小敍)」

'나의 동인'이란 이옥의 또 다른 자아일 것이니, 그가 봉성에서 근심을 달래기 위해 얼마나 술을 즐겼는지 알겠다. 하긴 근심을 잊기 위해 술을 마신다는 것은 사실이면서도 상투에 가까울 정도로 진부하다. 요즘도 술꾼에게 물어보면, 그렇게 답하리라.

그러나 이옥의 글을 음미하면 결코 그렇지만은 않다. 술에 취해 근심을 잊으려 한다는 범부의 술 마심과는 거리가 멀다. 마음을 '술병→ 술잔→ 손님'으로 옮겨가는 틈새에서 언뜻언뜻 얻어지는 '근심 잊기'란 근심의 단절과 근심의 지속이 반복되고 있는 것일 터, '나의 동인'이 지닌 근심의 깊이를 헤아릴 수 있을 법하다. 그렇다. 또 다른 자아가 술로 그런 근심 잊기를 한 것과 같이 자신도 글을 짓는 것으로 근심 잊기를 시도한 것이다. 삼가현에 유배되어 견딜 수 없는 근심에, 봉성지방의 풍속 · 사물 · 인물과 같은 자질구레한 것들을 보면 닥치는 대로 글감을 삼아 글을 써야만 했던 것이다. 적어도 글을 쓰는 순간만큼은 근심을 잊을 수 있었으니까.

그에게 글쓰기는 이처럼 중세적 억압을 견뎌내는 삶의 근거였고, 그런 점에서 그는 도문합일(道文合一)을 운운하던 중세적 사대부 문인과 구별되는 근대적 작가의 선구이기도 했다.

유배지에서 거둔 김려의 시편, 『감담일기』와 『사유악부』

이옥이 영남 삼가현에 충군되어 있을 즈음, 서울의 김려 또한 강이천의 비어옥사에 연루되어 함경도 부령으로 유배를 가게 된다. 흥미로운 것은 김려 역시 자신이 유배길에서 겪은 체험을 『감담일기(坎窞日記)』에 꼼꼼하게 거둔 점이다. 1797년 11월 12일에 의금부로 잡혀가는 과정부터 이듬해 1월 11일에 유배지 부령에 도착해 꿈에 고향을 보기까지의 시편을 담아낸 이 글에는, 자신의 삶에 대한 성찰과 반성, 민초들의 궁핍한 생활상 또는 건강한 생활상, 변방의 풍속과 산천에 대한 인식이 다채롭게 그려져 있다.

그런데 그의 여정을 따라가다보면, 자신의 존재 의미를 확인해가는 내면풍경은 물론 자기 주변의 인물과 사물을 대하는 태도가 변화하고 있음을 발견하게 된다. 특히 번화한 도시로 성장해가던 한양에서는 접해보지 못한 변방 백성의 고난에 찬 삶이라든가 낯선 풍속과 문물을 접촉하며 넓혀나간 그에 대한 인식의 심화는 주목할 만하다.

연기 피어나는 작은 마을엔	煙火不成村
초가집 겨우 몇 채뿐.	茅屋纔數區
주인이 나와 인사를 하고는	主人出門揖
길게 탄식을 하네.	感歎一長吁
“해마다 폐정으로 의식이 부족해	歲弊乏衣食
온 집안 항상 울음소리뿐.	渾室恒啼呼
어른이야 겨우 버틴다지만	丈夫有自可
어찌 어린 자식 길러낼지.	安得養衆雛
귀한 손님 멀리서 오셨는데	貴客行遠臨

죽 한 그릇 진실로 없습니다."	饘粥亮所無
"가난한 형세로 그런 것을	艱難勢固然
천한 제가 뭐라 하겠소."	賤子焉敢誣

— 김려, 「과피도고(過皮道峘)」

전근대 시대에 지배계층들이 보인 민초들에 대한 연민은 대부분 그들과 직접적으로 체험(특히 유배되거나 지방관으로 머물면서)함으로써 촉발되고 심화되었거니와 김려 또한 그러했다. 유배의 행로가 지속되면 될수록 하층민의 실상에 대한 이해는 두터움을 더해간 것이다. 물론 유배길에서 마주친 김응하의 무덤, 또는 송시열 · 이항복 · 정충신 · 조헌과 같은 충신열사와 관련이 깊은 곳을 지날 때면, 그들에 빗대어 자신의 억울한 심정을 기탁한다든가 그들이 보여준 충절을 반추하기도 했다. 그 점 또한 여느 사대부들과 크게 다르지 않다. 그런 점에서 하층민의 삶에 대한 연민을 담은 시편들도 그런 맥락에서 보아 넘길 법하다.

그러나 그만의 구별되는 지점을 간과해서는 안 된다. 통치자의 위치에서 내려다보는 여느 사대부의 애민의식과 달리 그들을 마주하는 시선에 유별난 따스함이 배어 있기 때문이다. 김려의 그런 태도는 유배지인 부령에 도착하여 3년간 지내면서 교유한 인물을 그리워하며 지은 시편에서 자주 발견할 수 있다.

무얼 생각하나,	問汝何所思
저 북쪽 바닷가.	所思北海湄
생각나네, 지난겨울 만 길이나 눈이 쌓여	却憶前冬萬丈雪
온 고을 다 묻히고 용마루 부서졌지.	埋盡城中屋瓦截
새벽에 문 밀치자 꿈쩍도 하지 않아	曉起排戶戶不開

눈이 아찔 기가 막혀 문득 서글퍼졌네.	眼矚魂悸翻成哀
그새 길 뚫었는지 설렁줄 소리 들리더니	忽聞鈴索通雪竇
국보가 손수 술병 들고 찾아왔네.	國輔親携白醆來
담수와 전옹도 차례로 이르러	澹叟田翁次第至
칼을 꺼내 삶은 돼지고기 썰었지.	挈刀更割熟彘胾
유배생활 괴로움 몽땅 잊게 해주어서	使我渾忘遷謫苦
미친 듯 노래하며 취하고 또 취했지.	狂歌亂舞醉更醉

김려는 신유사옥의 와중에 거듭 서울로 소환되어 조사를 받은 뒤, 경상도 남쪽 끝 진해로 유배지가 옮겨진다. 그때 그곳에서 부령 시절을 그리워하며 적지 않은 시편을 짓게 되는데, 그게 『사유악부(思牖樂府)』다. 여기에는 모두 290수의 시가 담겨 있으며, 부령에 대한 추억을 담고 있다. 위의 작품도 그 가운데 하나다. 폭설이 내린 어느 날, 그곳 병영의 아전인 국보 · 담수 · 전옹과 술을 마시며 유배객의 설움을 달래던 정경이다. 비록 죄인이지만 지체 높은 서울 명문가문의 허울을 벗어던지고 보잘것없는 그들과 오랜 벗처럼 격의 없는 술자리를 나누는 김려의 태도는 슬프지만 정겹다.

이들 외에도 한미한 양반, 아전, 하급무관, 농사꾼, 상인, 공인, 술집주인, 젊은이와 어린이 등 교유한 부류가 부령의 모든 토착민을 망라할 정도였다. 서울사람 김려는 그들에게서 인간이 간직한 아름다움, 진솔함, 순박함을 발견하고 자신의 시름을 잊은 채 깊이 빠져든 것이다. 그리하여 "부령사람 그리운 마음 덜 수가 없어, 잊고 싶어도 잊히지 않고 늘 눈앞에 어른거리네"라고 읊조리곤 했다. 그런데 그런 그리운 부령사람 가운데 결코 잊지 못한 인물이 있었다. 연희(蓮姬)라는 기생이다.

무얼 생각하나,	問汝何所思
저 북쪽 바닷가.	所思北海湄
연못에 붉은 연꽃 천만 송이 피었는데	塘裏蓮花紅萬蘤
연희가 그리워 보고 또 보네.	蓮姬之故亦愛爾
마음도 같고 생각도 같고 사랑 또한 같다지만	同情同意又同憐
어찌 인간세계에 연꽃과 함께 되기 바라랴.	豈羨人間幷蔕蓮
사랑하던 사람이 원망스런 사람 되고	百年歡家變寃家
좋은 인연이 나쁜 인연 되었구나.	好因緣成惡因緣
하늘 끝 땅 끝에 산과 강으로 막혀 있어	地角天涯隔山河
허공에 그리운 노래 죽도록 불러보네.	畢身空唱離恨歌
전생에 무슨 죄 지어 이런 고통 겪는 건지	前生罪過他生㞒
연희야, 연희야, 어쩌면 좋으냐.	蓮兮蓮兮奈若何

— 김려, 「연꽃을 보며」

유배지가 옮겨져 헤어진 연희라는 기생을 그리워하던 김려의 마음이 연못에 핀 연꽃에서 촉발되어, 끝내 억누를 수 없는 절규로 폭발한다. 사대부와 기생의 만남이란 으레 유흥과 쾌락이 전부일 법하지만, 그에게는 그렇지 않았다. 험난한 유배생활, 특히 부사나 아전들의 감시와 모멸을 받던 그에게 연희는 늘 미더운 동반자였다. 그녀는 김려를 위해 손수 길쌈을 하고 철 따라 의복을 지어주기도 했으며, 부모의 기일을 당하면 직접 제사상을 차려줄 정도로 정성을 다했다. 그런 행위가 단지 기생으로서 바친 헌신이 아니었음은 물론이다.

"연희가 나에게 글 조심 당부하며 / 시끄러운 시빗거리 만들지 말라 했네. …… 북쪽 끝 남쪽 끝에 각각 떨어졌으니 / 아픈 마음 그 누구와 이야기할꺼나"(「연희의 당부」)에서 보듯 조언자이자 말벗이었으며, 그래서 "죽어도 연희만은 못 잊겠으니 / 원한 때문 아니요, 은혜에 느껴서라네. / 나를 도와준 그녀의 의기, 하늘에 닿을 듯 / 여중 협객이 바로 그녀라. …… 어찌하면 사마천의 붓을 빌려다 / 역사 속에 그 이름 대서특필할꼬"(「연희의 은혜」)라는 칭송도 서슴지 않은 것이다.

『사유악부』에는 그녀에게 바치는 이런 헌사가 무척이나 많은데, 그곳에서 우리는 한낱 기생에 지나지 않는 여성을 성적 대상이나 남성의 타자로서가 아니라 독립된 인간으로 그려내고 있음을 본다. 현재 전하지는 않지만, 그녀의 평소 언행을 「연희언행록(蓮姬言行錄)」이라는 제목으로 거둘 정도였다. 기생의 말과 행동을 모은 글에 '언행록'이라는 제목을 붙인 것은 김려의 새로운 글쓰기 취향에서 비롯된 측면도 있겠지만, 성적·신분적 차이를 뛰어넘어 '연희'라는 한 여성을 진정한 인격체로 대했기에 가능했다는 점을 인정해야 옳다.

일상현실에서 일궈낸 글쓰기, 또는 문학적 성취

인정물태에 대한 포착, 글쓰기 전략

이옥과 김려, 그들은 험난한 유배생활을 거치면서도 자신의 글쓰기를 끝내 지켜내고자 했다. 그렇다면 이런 글쓰기를 통해, 그들은 무엇을 말하고자 했는가? 오랜 유배생활로 많은 작품이 유실되어 전모를 온전하게 살피기란 쉽지 않다. 그렇지만 남아 있는 것만 가지고도 그들이 추구한 글쓰기 전략과 거기에 담긴 진정을 읽어내기에 충분하다.

무엇보다 그들은 정통 사대부들이 문장을 통해 구축하고 유지하고자 한 규범적 세계를 해체하거나 전복하기를 꿈꿨다 할 만하다. '문(文)'이란 '도(道)'를 실어 전달하는 도구라는 재도론(載道論)이 기존의 정통 사대부들의 문학관을 대변한다. 여기서 말하는 도란 성인의 언행을 주자가 재규정한 것임은 물론이다.

하지만 이옥과 김려는 그런 불변의, 또는 보편적인 이치의 존재를 인정하지 않는다. "천지만물이란 만 가지 물건이니 진실로 하나로 합할 수 없거니와, 하나의 하늘이라 해도 하루도 서로 같은 하늘이 없고, 하나의 땅이라 해도 한 곳도 서로 같은 땅이 없다"는 이옥의 말이 그런 전복적 세계인식을 극명하게 보여준다. 그런 까닭에 그들은 '지금 여기'에서 자신이 바라보는 천지만물을 자신의 글로 표현해내는 것을 문학적 사명으로 삼았다.

> 대개 주자의 문장은 그 말이 길다. 길기 때문에 자세하다. 그 이치가 참되다. 참되기 때문에 순수하다. 그 기가 곧다. 곧기 때문에 이겨낸다. 그 맛이 담박하다. 담박하기 때문에 싫증나지 않는다. 그 성격이 조화롭다. 조화롭기 때문에 사악함이 없다. 그 힘이 두텁다. 두텁기 때문에 오래간다. 주자에 앞서서 주자만 한 이가 없었고, 주자의 뒤에 또한 주자가 없을 수 없다. …… 주자의 글은 이학가(理學家)가 읽으면 담론을 잘할 수 있고, 벼슬아치가 읽으면 소차(疏箚)에 능숙할 수 있고, 과거시험 보는 자가 읽으면 대책에 뛰어날 수 있고, 시골마을 사람이 읽으면 편지를 잘 쓸 수 있고, 서리가 읽으면 장부를 정리하는 데 익숙할 수 있다. 천하의 글은 이것으로 족하다.
>
> —이옥, 「독주문(讀朱文)」

주자의 글을 읽고 쓴, 일종의 독후감이다. 천하의 글로는 이것 하나로 족하다 했으니, 대단한 칭찬이다. 하지만 주자의 글을 읽으면서 그가 말하고자 한 도에 주목하지 않고, 그것을 실어 전달하는 도구에 지나지 않는 문에 주목하고 있음에 유념한다면 문제는 간단치 않다. 달을 보라는데 손가락을 보고 있는 격이니, 어찌 그렇지 않겠는가? 그러나 이런 독법이야말로 문장가로 자처한 이옥의 면모를 여실히 보여주는 것이겠다. 경전조차 글쓰기 교본 정도로 치부하고 있으니 말이다. 더욱이 '아전들이 읽으면 장부 정리를 잘 할 수 있다'는 대목에 이르면, 성인으로 떠받들어지던 주자의 끝없는 추락 또는 희화적 비소를 간취하게 된다.

주자조차 절대적 전범으로 고정시키지 않으려는 태도를 지니고 있었으니, 그렇고 그런 인물들이야 말할 필요도 없다. 인간을 다루더라도 명망에 휩싸여 거들먹거리는 자들 대신 아무도 돌보지 않는 인간의 내면적 진솔함에 주목하고, 세계를 다루더라도 관념화된 자연이 아니라 보잘것없는 사물의 구체성에 주목했다. 인정물태(人情物態)에 대한 핍진한 묘사는 그들이 추구한 글쓰기 전략의 요체였다. 이옥이 의로움을 견결하게 지켜낸 병졸 · 노복 · 여인, 또는 시정의 기이한 일화를 뿌리던 기인 · 예인 · 사기꾼 등에 주목하고 있었다면, 김려가 포착한 인물 역시 기술자 · 포수 · 의원 · 장사치 · 거지 · 궁녀 등 그저 그런 인물 군상인 것은 그런 이유에서였다. 그들이 다룬 물상(物象)도 다르지 않다. 거개가 개구리 · 벌레 · 물고기 · 봉선화 · 거미 · 벼룩 · 나비 · 나귀 같은 하찮은 미물인 것이다. 하고많은 만물 가운데 이처럼 자질구레한 것을 주목한 데 어떤 의의를 부여할 수 있는가? 무엇보다 소재면에서 이미 탈중심적 사유와 글쓰기를 지향하고 있었다는 것을 꼽을 수 있겠다. 무엇을 소재로 선택하는가에 따라 글의 격식, 문체, 주제조차 달라질 수밖에 없음은 명백하다.

그뿐만 아니라 그들이 그런 탈중심적 글쓰기를 통해 현실에서 소외된 자신의 의식, 나아가 그들과의 연대감을 은밀하게 드러내고 있다는 것을 꼽을 수 있겠다. 희망찬 장래를 설계하던 이들에게 젊은 시절에 불어닥친 중세 권력의 폭력은 치유하기 어려운 상흔을 남겼음에 틀림없다. 문장가로 자처한 것도 이런 깊은 상흔의 하나일 터다.

실제로 이옥은 구양수를 너무나 좋아하여 그의 글을 선문(選文)하면서도 유독 소차(疏箚) 같은 형식의 글은 모두 배제했다. 이유인즉, "임금에게 올리는 글인 소차는 세상에서 버려진 기인(畸人)이 일삼지 않는 바이기 때문에 취하지 않았다"(이옥, 「구문약소서(歐文約小序)」)는 것이다. 변변찮은 인물의 삶을 거두고 있는 그들 글에서 그네들의 정치 · 사회적 소외감과 연대감을 읽어낼 수 있는 것도 그런 이유다.

이옥과 김려는 거창한 명분만 내세우던 자들에게는 쉽사리 눈에 띄지 않던 인물들을 문학사의 전면으로 끌어올려, 그들 행위의 내면에 간직된 진정을 기리고자 했음에 분명하다. 그리고 그것은 그와 대비되는 지배층의 허위의식에 대한 소리 없는 야유이기도 했다.

여성적 삶에 주목, 그들이 도달한 지점

그런 점에서 이옥과 김려가 즐겨 다룬 여성의 삶과 거기에 담겨 있는 여성적 시각은 특기할 만하다. 조선 후기 문인 가운데 그들보다 여성적 정감을 빈번하게, 그리고 곡진하게 그려낸 경우를 찾기란 어렵다.

18세기 말 도시여성의 다채로운 삶을 66편의 절구시로 엮어낸 이옥의 「이언」과 천한 백정 딸의 인생역정을 장편의 서사시로 엮어낸 김려의 「장원경 처 심씨를 위해 지은 시」야말로 최고의 절창이라 할 만하다. 어떤 사람은 왜 천지만물 가운데 여성에 그토록 집착하고 있는지 힐난조로 물었다. 그때 이옥은 이렇게 답한다. "대개 천지만물에 대한 관찰은 사람을 관찰하는 것보다 더 큰 것이 없고, 사람에 대한 관찰은 정(情)을 살펴보는 것보다 더 묘한 것이 없고, 정에 대한 관찰은 남녀의 정을 살펴보는 것보다 더 진실된 것이 없다"라고! 천지만물의 이치를 이해하는 데 남녀의 정을 살펴보는 것보다 더 요긴한 것이 없다고 했으니, 천지만물의 근원을 태극이라든가 음양과 같은 추상적인 것으로 설명하려던 정통 중세인과 그들은 이미 다른 부류였다. 그렇다면 이옥과 김려가 남녀관계를 통해 깨달은 천지만물의 모습은 어떠했는가?

밤에 느티나무 아래 우물물 긷다가	夜汲槐下井
문득 스스로 섧고도 고달픈 생각나네.	輒自念悲苦
헤어져 혼자 살면 내 한 몸 편하지만	一身雖可樂
당상에 아직 시부모님 계신다네.	堂上有公姥

한 난봉꾼의 아내가 겪은 온갖 설움을 짤막짤막하게 그려나가던 「이언, 비조」의 마지막 작품이다. 산더미처럼 쌓인 집안일을 마치고 내일을 준비하기 위해 우물가로 물을 길러 가야 하는 고달픈 아낙의 신세. 달밤에 물을 길러 간 걸 보면, 온종일 바깥일과 집안일에 시달렸음이 분명하다. 그게 어제오늘의 일이 아니건만, 울컥 밀려드는 서러움. 차라리 도망쳐 혼자 살아볼까 하는 위험한 유혹에 빠져들기도 하지만, 자기만을 까맣게 기다리고 있는 늙은 시부모. 그리하여 흔들리는 심사를 다잡고 내려왔을 힘겨운 귀가! 겨우 스무 자로 고달픈 한 아낙의 일상과 심경을 이토록 섬세하게 그려내기란 쉽지 않다. 거기에다 부녀자의 도리다 뭐다 하는 근엄한 남성적 훈계의 그림자는 눈 씻고 봐도 찾아볼 수 없다.

그때, 여느 사대부 남성들은 미천한 여성의 절행과 효행이 하늘에서 부여받은 천성 때문인가 아니면 성인에 의한 교화 때문인가를 두고 부질없는 논쟁을 벌이고 있었음을 상기하자. 그런데도 이런 깨달음에 도달할 수 있던 것은, 여성의 삶에 밀착하여 그들이 보여준 인간적 · 생활적 정리(情

理)를 깊이 이해했기에 가능했으리라.

그런 맥락에서 양반집안 아들과 백정집안 딸의 혼인으로부터 시작하는 김려의 「장원경 처 심씨를 위해 지은 시」는 더욱 주목할 만하다. 양반의 자손 장파총(張把摠)이 천한 백정의 딸 심방주(沈蚌珠)의 사람 됨됨이에 탄복하여 그녀를 며느리로 맞아들이고자 하는데, 그 과정에서 신분의 장벽을 뛰어넘는 그의 의식이 놀랍도록 선진적으로 그려져 있기 때문이다. 천한 신분인지라 한자리에 앉기를 주저하는 백정에게 건넨 장파총의 말은 이러했다.

장파총 껄껄 웃으며 말하기를,	把摠嘻嘻道
"공손도 지나치면 예가 아니지요.	過恭殊非禮
뜻 맞으면 모두 친구이고,	義孚皆朋舊
정 깊으면 곧 형제이지요.	情深卽兄弟
어찌 하늘의 뜻이	誰謂天公意
사람 사이에 계급을 나누는 것이겠소."	以玆限級階

참으로 놀랍다. 하늘의 뜻이 사람 사이에 차별을 두는 것이 아닐 것이니, 뜻이 맞으면 모두가 친구이고 정이 깊어지면 모두가 형제라니! 이런 발언은 엄격한 신분질서로 구획된 중세사회의 수직적 인간관에 정면으로 맞선다. 하긴, 장파총은 백정을 처음 만났을 때부터 '세상 사람들은 모두 동포[四海皆同胞]'라는 말로 자신의 생각을 표명하기도 했다. 하지만 이런 파격적인 발언을 말로만 내뱉고 마는 것이 아니라 더 깊은 감동으로 빠져들게 하는데, 그건 작가 김려의 굳은 믿음이자 작품이 획득한 문학적 성취로 가능했으리라.

장파총 이 말을 듣고	把摠聞此言
도리어 껄껄 웃으며,	呀呀還大歌
"귀한 사람 조상의 음덕 이어받고	貴者承祖蔭
천한 사람 박한 복을 받았다지만,	賤者稟薄祿
천지가 만물을 생성하는 이치란	絪縕化醇理
고르고 가지런하여 본래 치우침이 없는 것이거늘,	均齊元不黷
어찌하여 이 흠 많은 세계는	爭奈缺陷界
아비지옥 같이 되어버렸나?"	較似阿鼻獄

하늘이 만물을 만들어낼 때 차별을 두지 않았다는 대목에서 천부인권을 떠올리는 것은 오히려 상투적이다. 물론 그런 발언의 언저리에 근대적 의미의 평등의식이 어른거리고 있음은 분명하다. 하지만 인간에 대한 이런 진전된 이해가, 19세기 초반에 인간 현실에 대해 깊이 이해한 한 시인에 의해 선취되고 있음에 더 주목해야 한다.

장파총은 비록 명문귀족의 자손이었지만, 일찍 부모를 잃고 고아로 전전해야 했다. 나무꾼이라든가 어부라는 가장 밑바닥 삶을 살아야만 했으니, 이런 천대받던 인생역정이 그를 완전히 새로운 사람으로 탈바꿈시켰고 백정조차 자기와 동등한 인간으로 바라보도록 만들었으리라. 그런 인식의 전환과정은 10여 년에 이르도록 고통의 삶을 살아야 했던 노론 가문 김려에게도 여전히 유효하다. 그러기에 "연희는 바라네, 다음 세상 태어나면 / 부귀공명이야 필요 없지만 / 다만 남자 되어 밭 갈고 고기 잡아 / 부모님 모시고 평생을 살아가길"(「연희의 효심」)이라 한 김려의 발언에는 여성에게 가해지는 남성의 성적 억압이 참으로 비인간적인 것이라는 확신이 뒷받침되어 있었으리라 믿을 수 있다.

그뿐만 아니라 천대받는 여성과 천한 민중의 삶에 대한 인간적 · 생활적 이해가 한 작가의 인간과 세계에 대한 이해의 폭과 깊이를 얼마만큼 두텁게 만들어낼 수 있었는지도 실감하게 된다. 천지만물을 관찰하는 데 인간만 한 것이 없고, 인간을 관찰하는 데 정만 한 것이 없고, 정을 관찰하는 데 여성의 정만 한 것이 없다던 그들의 믿음은 헛된 장담이 아니었다.

그때와 지금, 그들과 우리들

과거는 늘 현재를 비춰보는 거울이 되곤 한다. 이옥과 김려는 성리학적 이데올로기가 국가의 운영이든 사상 · 문화적 활동이든 모든 국면에서 절대적 영향력을 발휘하던 시대를 살았다. 이것의 통제력이 약화되거나 균열될 조짐을 보일라치면, 이들에 대한 국가권력의 견제가 때론 은밀한 모략의 형태로, 때론 폭압의 얼굴로 작동되곤 했다. 18세기 후반의 문체반정이 노회한 군주 정조가 지식인의 불온한 흐름에 대해 가한 은밀한 통제의 일환이었거니와, 19세기부터 본격화된 권력 독점적 세도정치는 들끓어 오르는 민중의 분노에 위기의식을 느낀 지배층이 가한 파쇼적 강압의 산물이었다 하겠다.

우리는 그런 경험을 지난 독재시절에 지긋지긋하게 체험한 바 있다. 조금이라도 마음에 들지 않는 구석이 있으면 미풍양속을 들먹이며 금서의 딱지를 붙여 읽는 것조차 통제하는가 하면, 독재 타도를 향한 민중의 열망을 한 줌도 안 되는 이들이 똘똘 뭉쳐 탱크로 무지막지하게 밀어버리던 그 시절!

이옥과 김려는 바로 이런 모순들이 중첩된 시대를 살았다. 하지만 그들은 이런 문제에 대해 정면으로 또는 직접적으로 발언하지 않는다. 신랄한 풍자나 비분강개한 목소리를 담아낸 연암 박지원이나 다산 정약용과 구별되는 지점이다. 대신 감각적이면서도 개성적인 글쓰기로 맞서고자 했다. 그런 글들은 창백한 지식인이 빠지기 쉬운 나약함으로 읽힐 법했고, 실제 그런 작품들도 있다.

하지만 미천한 인간이라든가 변변찮은 미물, 나아가 고통받는 여성에 대한 이해가 얼마나 깊고 따뜻했는지를 가볍게 보아 넘겨서는 안 된다. 더욱이 그들은 천지만물 가운데 인간만의 독점적인 지위를 인정하지 않았고, 떵떵거리는 남성만의 독점적 지위는 더더욱 인정하지 않았다. 인간과 사물, 귀한 것과 천한 것, 남성과 여성을 모두 동등한 개체로 존중해야 한다는 평등안(平等眼)이 그들을 인간과 세계에 대한 이런 진전된 이해로 이끈 것이다. 그러고 보면, 그때 그들의 문제의식은 지금 우리에게도 여전히 유효한 화두이다. 인간이 자연을 지배하려 들고, 가진 자가 없는 자를 업신여기며, 남성이 여성을 억압하는 불평등이 여전히 지속되는 세계에 살고 있는 한에서는.

| 정출헌 |

연행예술의 극점을 추구한 두 예술가
신재효VS 안민영

새로운 경지의 예술로 끌어올리다

인간의 쾌락 가운데, 마시다 취하고 그리워하던 임을 만나는 일만큼 매력적인 것이 또 있을까? 우리 모두가 꿈꾸는 세상도 여기에서 그리 멀지 않을지 모른다. 그러나 범상한 우리네는 그걸 대놓고 말하지 못한다. 고상한 명분을 내걸고, 그 뒤에서 얼핏얼핏 훔쳐볼 뿐. 그런데도 그런 들키고 싶지 않은 욕망을 자랑스레 노래한 이들이 있었다. 어차피 한번 살다 가는 인생인데 마음껏 놀고 가자는 신재효(申在孝; 1812~1884)가 그렇고, 그리워하는 임과 만나고 헤어지는 것이야말로 평생의 즐거움이라는 안민영(安玟英; 1816~1885?)도 그렇다. 그들은 이렇게 노래했다.

> 춘초연년(春草年年) 푸르러도 왕손은 귀불귀(歸不歸)라.
> 이 설움을 생각하면 부유(浮游) 같은 우리 인생.

주야장천(晝夜長川) 논다 한들 다 놀고 돌아갈까.

놀고 놀고 놀아보세, 얼씨고 좋을씨고.

—신재효, 「단잡가(短雜歌)」 일부

그려 병 드는 재미 병 들다가 만나는 재미,

만나 즐기는 재미 즐기다가 떠나는 재미,

평생에 이 재미 없으면 무슨 재미.

—안민영, 『가곡원류』 504번

천하에 둘도 없는 속물 커플인 듯하다, 그들은. 하지만 그들 노래에 담긴 인생에 대한 통찰 가운데 범상치 않은 구석이 있다. 모두, 인간의 삶을 무한한(또는 의미 있는) 그 무엇으로서가 아니라 유한한(또는 덧없는) 것으로 인식하고 있는 태도가 그러하다. 그들은 왜 그토록 찰나적인 순간에 몰입하고자 한 것일까?

거기에는 여러 가지 이유가 있을 법하다. 인간과 세계를 근엄한 시선으로 바라보던 중세적 규범의 이면에 이런 인생관이 또 한 켜를 이루고 있었다는 엄연한 현실도 인정해야 하겠거니와, 많은 사람을 쾌락적 삶으로 몰고 간 19세기 유흥문화의 성황도 한몫을 했겠다. 게다가 그런 시대적 흐름을 타고 등장한 연행예술 집단의 역할도 깊이 유념해야 한다. 신재효는 자신의 속내를 이렇게 노래한 바 있다.

사나이로 조선에 생겨 정승댁에 못 생기고,

활 잘 쏘아 평통할까, 글 잘한다 과거할까.

조선 후기 연행예술을 주도한 두 갈래, 곧 판소리사와 시조사에서 자신의 존재를 가장 뚜렷하게 보여준 신재효와 안민영은 모두 중간계층이었다. 신재효가 단언했듯, 자신의 능력이 뛰어난데도 사회적 입신이 원천적으로 차단되었다고 생각하는 '사나이'이라면 빠져드는 길이 어찌 보면 뻔한 일이다. 혁명이 아니면 퇴폐이겠는데, 전자는 아무나 할 수 없는 법이다. 그리하여 대부분 술과 여자, 그리고 질탕한 유흥으로 삶의 에너지를 소비하는 길을 걸어갔다.

그런 멋들어진 삶은 "에헤 에헤, 나하 에야. 한량 중 멋 알기는 고창(高敞) 신호장(申戶長)이 날개라"(「날개타령」 1절) 하고 당대인의 부러움을 한껏 샀는가 하면, 자기 스스로 "빛난 의복, 멋진 음식, 좋은 벗님, 고운 색과 술 · 노래 · 거문고를 싫도록 지냈"(『금옥총부』 166번)노라 자부할 정도였다. 당시 흥청대던 연행예술에 자신의 평생을 흠뻑 담근 것인데, 문제는 그들이 그곳에 휩쓸려버리지 않고 자신의 능력과 시대적 흐름을 절묘하게 결합시켜 새로운 경지의 예술로 끌어올렸다는 점이다.

전래하던 판소리 열두 마당 가운데 여섯 마당의 사설을 새롭게 개작하고 정리한 것이 신재효의 업적이라면, 자신들이 불러오던 시조를 다듬고 정련하여 집대성한 『가곡원류(歌曲源流)』는 안민영의 업적이다.

19세기 연행예술의 동향과 풍류가객의 행보

판소리와 시조의 아슬아슬한 만남

조선 후기 연행예술사에서, 19세기는 18세기와 뚜렷이 구별되는 시기로 평가된다. 전문적이고 고급한 예술과 대중적이고 통속적인 예술로 분화된 것이 그것이다. 판소리의 경우 명창(또는 국창)과 또랑광대(또는 아니리광대)가 명확하게 구분되기 시작했고, 시조의 경우 가곡창 가객과 시조창 가객으로 명확하게 구별되기 시작했다. 그때, 신재효와 안민영은 이런 분화 현상을 주도적으로 이끈 인물이다. 그들이 부여받은 당면 과제의 요점을 직접 들어보기로 하자.

① 세속에서 불리고 있는 판소리 두루 들어보니 줄거리 중 이치에 닿지 않는 것이 많고 사설 또한 가림이 없었다. …… 이런 폐단을 없애자면, 먼저 가사에서 속되고 이치에 어긋난 것을 제거하고 문자로 윤색하여 한 편의 줄거리가 잘 이어지고 언어가 고상하고 바르게 되도록 해야 한다. 그런 뒤 창부(唱夫) 중 용모가 단정하고 목소리가 크고 맑은 자를 골라, 글을 많이 가르쳐 평성 · 상성과 청음 · 탁음을 분명하게 깨닫게 한 뒤에 가사를 가르쳐 자기의 말처럼 외우게 한다. 그 다음에 성조를 가르쳐 글자의 음을 분명히 하고 이야기 줄거리를 조리 있게 하여 듣는 자로 하여금 이해하지 못하는 것이 없게 해야 한다. 또한 노래 부를 때 몸을 단정히 하여 한 번 앉고 한 번 일어서며 한 번 부채를 들고 한 번 소매를 흔드는 것이 절도에 맞은 뒤에야 비로소 명창이라 할 것이다. 동리(桐里) 신재효에게 이 글을 부치니 이 방법을 시험해보길.

— 정현석, 「증동리신군서(贈桐里申君序)」

② 노래는 비록 하나의 기예이나 태평성세 기상의 원류가 된다. 옛날에는 위로 재상으로부터 아래로 백성에 이르기까지 뜻이 높고 속되지 않은 사람이 노래를 짓고 불러서 그 뜻을 나타내고 마음을 펴곤 했다. …… 최근 세속에서 이익을 도모하는 보잘것없는 부류들이 서로 잇달아 등장해서 비루한 노래들을 만연시키고, 혹은 한가로움을 틈타 희롱하는 자들이 잡스런 노래들과 농지거리의 행동들을 일삼는데, 귀한 자도 천한

자도 다투어 구경값을 주어 이러한 습속을 북돋운다. 이것이 어찌 옛날 현인군자가 남긴 정음(正音)의 여파(餘派)라 할 수 있겠는가? 나는 정음이 사라져가는 것을 개탄해 마지않아 노래들을 간략히 초(抄)하여 한 권의 악보로 만들고, 구절마다 고저 · 장단 점수를 표하여 후일 여기에 뜻이 있는 자의 귀감으로 삼고자 한다.

—박효관, 「가곡원류 발」

①은 정현석(鄭顯奭)이 1873년에 신재효에게 부친 편지이다. 여기에 촉발된 까닭인지, 신재효는 판소리 열두 마당 가운데 여섯 마당을 선정해 이들의 사설을 일일이 개작했는가 하면, 판소리 명창으로서 지켜야 할 법도를 「광대가」라는 단가에 정리해 직접 가르치기도 했다. 판소리가 민중 연행예술의 차원에서 벗어나 고급 연행예술로 발돋움하기 위해 자기 갱신의 노력을 어떻게 해야 할지 명확하게 깨닫고 있던 것이다. 그런 맥락에서라면 당대 최고의 가객인 박효관(朴孝寬)의 문제의식(②)과 그런 스승을 모시고 있던 안민영이 취했을 태도를 짐작하기란 어렵지 않다. 통속적인 예술과 구분되는 전문적인 예술로 시조를 발전시키고자 했을 것이 분명하기 때문이다. 가집의 이름부터 '가곡'의 '원류'를 추구한다고 하지 않았는가? 사실 이들의 이런 실천적 행위를 좀더 명확하게 이해하기 위해서는, 이들 이전의 상황을 짚고 넘어갈 필요가 있다.

① 지금 창우(倡優)의 놀이는 함부로 노래하고 어지럽게 춤추어 더럽고 거칠지 않은 것은 아니나, 진실로 그 운치를 얻으면 운사(韻士) 또한 취할 바가 있다. 이를 테면 박자에 어깨를 들먹이며 노래하고 술에 취해 거만스럽게 웅얼거리는 것은 달사(達士)의 운치요, 시내에서 질탕하게 시시덕거리는 것은 탕자(蕩子)의 운치요, 허리띠를 부여잡고 헤어짐을 안쓰

러워하며 울먹이는 것은 원녀(怨女)의 운치요……. 손 하나의 움직임과 말 한마디에 천하 인물의 정상(情狀)을 모두 그려내고, 자연의 운치를 모두 얻어 부람(腐濫)하고 섬색(纖嗇)한 더러움이 없으니, 운치란 대해탈(大解脫)의 장인 것이다.

— 송만재, 「관우희(觀優戲) 발」

② 공자가 『시경』을 정리하고 고치면서 음란한 노래인 정풍(鄭風) · 위풍(衛風)을 버리지 않은 것은 선악을 갖추고 권계(勸戒)를 보존하기 위함이었다. 시가 어찌 반드시 주남(周南) · 관저(關雎)라야 하며, 노래가 어찌 반드시 순임금 때의 갱재(賡載)라야 하겠는가? 다만 성정을 떠나지 않으면 되는 것이다. 시는 풍아(風雅) 이래로 나날이 옛 것과 멀어졌다. …… 우리나라에 이르러 그 폐단이 더욱 심해졌다. 오직 가요(歌謠) 한 방면에 옛노래 부르던 사람의 남긴 뜻이 거의 가까워져서, 정으로부터 발한 것을 우리말로 읊조리는 사이 듣는 사람을 감동시킨다. 거리에서 노래하는 음악은 곡조가 비록 우아하지 못하지만, 무릇 유일(愉佚) · 원탄(怨歎) · 창광(猖狂) · 조망(粗莽)의 정경과 모습은 각기 자연의 진실됨에서 나온 것이다.

— 마악노초(磨嶽老樵), 「청구영언(靑丘永言) 후발(後跋)」

①은 19세기 전반에 송만재(宋晩載)라는 사대부가 광대의 연희를 관람하고, 그 전말을 시로 거둔 뒤에 덧붙인 총평이다. 판소리를 비롯한 창우들의 연희가 얼핏 보기에 외설스럽고 황잡한 것처럼 보여도, 그것이 모든 사람을 하나로 묶어주는 대해탈의 장으로서 펼쳐짐을 흔쾌히 인정하고 있다. 우리가 판소리를 조선 후기 민중 연행예술의 정화라 이름 붙일 수 있는 것도 그런 까닭이다. 중세사회의 멸시를 온몸으로 견뎌내던 천한 광

대와 보잘것없는 민중이 일구어낸 문예물이라는 점, 그들이 이를 통해 현실생활에 든든하게 뿌리박은 민중적 문예미학을 훌륭히 구현하고 있다는 점, 그들이 위로는 왕이나 사대부로부터 아래로는 서리배 · 상인 · 평민부호층에 이르기까지 각계각층의 부류를 자신들의 세계관적 지향으로 결집시키고 있다는 점 등등이 그러하다. ②에서 밝히고 있듯, 시조가 지닌 시가사적 성취도 뒤떨어지지 않는다. 틀에 박힌 격식에 맞추느라 작가의 진정과 멀어진 한시에 비해, 우리말 노래인 시조는 비록 거칠고 소박한 예술형식이면서도 너무나도 자연스럽게 인정물태를 그려내고 있다는 것이다.

그런데도 신재효와 안민영은 판소리와 시조가 일궈온 이런 성취를 부정하고, 아니 마땅히 버려야 할 구태로 치부하고 있다. 모든 사람이 함께 즐겨온 대중예술의 미덕을 저급한 것으로 취급하고, 대신 전문화되고 세련된 고급예술을 추구해야 한다는 이들의 완벽한 전복! 그것이 19세기 중 · 후반 연행예술계의 큰 흐름인 것이다. 그런 점에서, 안민영이 증언하고 있는 다음 기록은 흥미롭다.

> 경진년(庚辰年) 추구월(秋九月)에 운애(雲崖) 박경화(朴景華) 선생과 황자안(黃子安) 선생께서 일대의 명금(名琴) · 명가(名歌) · 명희(名姬) · 현령(賢伶) · 유일풍소인(遺逸風騷人) 등을 산정(山亭)에 초청하여 단풍과 국화를 완상하고 옛 자취를 따랐다. 벽강(碧江) 김윤석(金允錫) 군중(君仲)은 일대의 빼어난 명금이요, 취죽(翠竹) 신응선(申應善) 경현(景賢)은 당세의 명가며, 신수창(申壽昌)은 양금(洋琴)에 독보적 존재이다. 해주(海州)의 임백문(任百文) 경아(敬雅)는 당세의 명피리며, 장치은(張稚殷) · 이제영(李濟榮) 공즙(公楫)은 당세의 풍소인이다. …… 전주(全州) 농월(弄月)은 열여섯의 나이에 탐스런 용모에 가무가 뛰어나 일대의 명희라 할 것이다. 천흥손(千興孫) · 정약대(鄭若大) · 박용근(朴用根) · 윤희성(尹喜

> 成)은 뛰어난 현령들이다. 박유전(朴有田) · 손만길(孫萬吉) · 전상국(全尙國)은 당세 제일의 창부들로서, 모흥갑(牟興甲) · 송흥록(宋興祿)과 표리를 이루어 국내를 떠들썩하게 하는 자들이다.
>
> —안민영, 『금옥총부』 178번 주기(註記)

박효관의 81세 생일을 기념하는 축하연에 당대의 명금 · 명가 · 명희 · 현령 · 유일풍소인객이 모여들어 질탕한 놀이를 벌이고 있다. 당대 서울의 유흥계를 주름잡던 부류의 잔치였을 터, 그 호사스러움이 눈에 선하고 귀에 쟁쟁하다. 그런데 유의할 것은 맨 뒷자리에 소개된 박유전 · 손만길 · 전상국 같은 판소리 광대들이다. 줄타기 · 땅재주와 같이 창우의 난잡한 놀이판에서 불리던 판소리가 조선 후기 유흥문화의 상층에 속하는 가객과 자리를 함께할 수 있었다는 것은, 판소리사의 맥락에서 볼 때 획기적인 사건이 아닐 수 없다.

사실 예전 같으면 정악인 시조와 민속악인 판소리의 예술사적 · 사회사적 위상은 감히 한자리에서 논하기 어려울 정도였다. 게다가 시조의 전문화 · 고급화를 추구하던 당대 최고 가객들의 잔치판에 참여한 것은 더욱 놀랄 일이다. 그건, 판소리 광대가 천한 존재임에 틀림없으나 그들의 예술적 기량만큼은 어느 정도 인정받게 되었다는 하나의 증거이겠다. 하지만 그들의 만남에는 아슬아슬한 긴장의 시각이 여전히 작동하고 있었다. 안민영의 다음 발언을 비교해서 읽어보자.

> ① 임인년(1842) 가을에 우진원과 더불어 호남의 순창을 내려가서 주덕기를 데리고 운봉 고을의 송흥록을 방문했다. 이때 신만엽 · 김계철 · 송계학 등 일대 명창들이 마침 그 집에 있어 나를 흔연히 맞이했다. 수십 일을 머물며 서로 질탕하게 놀았다.

—안민영, 『금옥총부』 141번 주기

② 내가 전주에 갔을 때 부기(府妓) 설중선(雪中仙)이 남방제일이라는 말을 들었다. 가서 본즉 과연 듣던 바와 같았다. 나이는 18세쯤이며 눈 같은 피부에 꽃 같은 용모가 지극히 사랑할 만했다. 그러나 가무에 전혀 어둡고 잡기에만 능한데다, 본성이 억세고 독하여 오로지 용모만 믿고 사람을 대하는 예의가 없어, 서로 따르는 자가 창부(唱夫)들뿐이었다.

—안민영, 『금옥총부』 124번 주기

뒤에서 살피겠지만, 안민영은 전국 방방곡곡을 떠돌아다니며 그곳 풍류객 · 부호라든가 이름난 기녀 들과 후회 없이 즐긴 인물이다. 위의 두 인용문도 호남을 유람할 때의 기록인데, 여기서 보듯 판소리 광대란 질탕하게 노닐 수 있는 '예술적 벗'인 동시에 지독히 모멸스런 '폄하의 이름'이기도 했다. 물론 안민영이 지니고 있던 구분의 잣대는, 판소리와 시조 장르가 지니고 있는 예술사적 무게 그 자체라기보다 예술가로서의 기량에 좀더 무게가 실려 있던 것으로 보인다. 급속하게 고급예술과 저급예술로 분화가 이루어지던 19세기 중 · 후반, 저급한 음악 판소리와 고급한 음악 시조가 한자리에서 만날 수 있었던 것은 바로 판소리 광대들이 추구한 예술가적 혼불과 그를 통해 쌓은 예술가로서의 공력에 의해서였다. 그렇다면 판소리계의 거장 신재효와 시조계의 거장 안민영이 서로 모를 리 없었겠는데, 그들은 서로에 대해 한마디의 언급조차 없었다.

실천적 이론가 또는 연예계의 기획 매니저

예술가로 성공한 이들에겐 으레 그런 명성을 얻기까지 기울인 남다른 노력의 일화가 덧붙게 마련이다. 하지만 19세기 판소리 명창과 관련된 일화만큼 풍성하고도 초인적인 노력을 보여주는 예를 찾기란 쉽지 않다. 자신의 천한 신분을 예술적 성공으로 보상받기 위한 혼신의 노력이었을 터, 거기에서 우리는 신분적 차별이 인간을 얼마만큼 극한적 지경으로 내몰 수 있는지를 실감할 수도 있다. 판소리와 시조의 아슬아슬한 만남에서 예감할 수 있듯, 중세 신분제 사회에서 모든 연행예술가가 동등한 지위를 누릴 수는 없었다. 앞서 소개한, 박효관의 81회 생일 잔치에 참석한 면면을 좀더 깊이 따져보기로 하자.

최고 좌상객　雲崖 朴景華 先生, 黃子安 先生

좌상객

거문고　碧江 金允錫 字君仲 是一代透妙名琴也

가객　翠竹 申應善 字景賢 是當世名歌也

양금　申壽昌 是獨步洋琴也

퉁소　海州 任百文 字敬雅 當世名簫也

풍소인　張○○ 字稚殷 李濟榮 字公楫 是當世風騷人也

예인 집단

기녀　海州 玉簫仙 歌琴雙全 眞國內之甲姬也, 全州 弄月 歌舞出類 可謂一代名姬

세악수　千興孫 鄭若大 朴用根 尹喜成 是賢伶也

광 대　朴有田 孫萬吉 全尙國 是當世第一唱夫

안민영의 기록을 순서에 따라 정리한 것인데, 연행예술가 사이에서도 얼마나 엄격한 구분이 적용되고 있었는지 한눈에 알 수 있다. 최고 좌상객을 정점으로 일반 좌상객, 그리고 그 아래의 각종 예인들이 수직적 위계질서 속에 배치되어 있었다. 더욱이 이들에 대한 소개도 철저하게 거기에 따르고 있다. 좌상객의 경우 '호, 이름, 자, 전공악기'를 세세하게 밝혀주는 데 반해, 하층 예인의 경우에는 단지 이름과 분야만을 간략하게 제시할 따름이다. 이런 수직적·차별적 질서 속에 예속된 예인에겐 피나는 공력만이 자신의 생존과 존재를 지켜내는 수단일 수밖에 없었다.

다른 예인들도 마찬가지였겠지만, 위의 잔치에 이름 석 자를 올리고 있는 세악수(細樂手) 정약대의 일화는 경이롭다 못해 눈물겹기 그지없다. 십 년을 하루같이 인왕산에 올라가 도들이 장단을 연습했는데, 한 곡조가 끝날 때마다 나막신에 모래 한 알을 넣어 모래알이 가득 차야 집으로 돌아오곤 했다. 그런데 어느 날, 나막신에 쌓인 모래에서 풀잎이 돋아났다는 것이다. 예술가들의 이런 피나는 연습이야 멀리 고대에까지 거슬러 올라가는 것이겠지만, 19세기 중·후반의 경우에는 더욱 각별한 예술사적 의미가 있다. 신재효가 세세하게 규정한, 판소리 명창이 갖추어야 할 격식의 대략을 들어보면 이러하다.

> 그러하나 광대 행세 어렵고 또 어렵도다.
> 광대라 하는 것이 제일은 인물치레, 둘째는 사설치레,
> 그 다음 득음(得音)이요, 그 다음 너름새라.
> 너름새라 하는 것이 귀성 끼고 맵시 있고
> 경각의 천태만상(千態萬象) 위선위귀(爲仙爲鬼) 천변만화(千變萬化).
> 좌상에 풍류호걸 구경하는 노소남녀
> 울게 하고 웃게 하는 이 귀성 이 맵시가 어찌 아니 어려우며…….
>
> —신재효, 「광대가」 일부

신재효는 판소리 광대로서 갖추어야 할 조건으로 외모가 어떠해야 하

며, 대사 전달이 어떠해야 하며, 소리가 어떠해야 하며, 몸동작이 어떠해야 하는가를 조목조목 제시하고 있다. 그러고 나서 각 방면의 특장을 지닌 역대 명창들, 곧 송흥록 · 모흥갑 · 권사인 · 신만엽 · 황해청 · 고수관 · 김계철 · 송광록 · 주덕기의 이름을 들어 전범으로 제시하고 있으니, 과연 명창이 되는 길은 멀고도 험할 수밖에 없었다.

그 점은 안민영의 경우, 더하면 더했지 결코 덜하지 않았다. 그가 편찬한 『가곡원류』는 예전의 가집처럼 오랜 세월 전승되어온 사설을 선별하여 악곡별로 분류하는 차원에 그치지 않았다. 그것의 핵심은 가곡 성악보(聲樂譜)라 할 수 있는 연음표(連音標)를 만든 데 있다. 가곡이란 고정선율과 가변선율의 결합으로 이루어지는데, 연음표란 바로 가변부분에 적절한 변형선율을 지정해주는 작업이다. 총 800여 수의 사설마다 연음표를 그려넣는 일이란 순간순간이 고심에 찬 음악적 판단을 요구하는 작업이고, 그런 까닭에 거기엔 자신이 수없이 실험하고 추구해온 음악적 세계가 깊이 아로새겨질 수밖에 없었다.

신재효와 안민영은 이런 이론적 작업을 거쳐 완성한 예술세계를 연행하는 현장에서 실천적으로 구현하고자 했다. 다채로운 예술세계를 구가하던 수많은 예인들에게 자신들이 세운 하나의 법도를 제시하고, 그것을 통해 19세기 후반 예술사가 요구하던 판소리와 시조의 전문화 · 고급화를 관철시키고자 한 것이다. 그 결과 그들 문하에서 수많은 예능인이 배출되었으니, 신재효의 가르침을 받은 판소리 광대 이경태(李慶泰)는 이런 증언을 남기고 있다.

> 고창 신처사(申處士)는 집안이 넉넉하나 스스로 검박하여 야로(野老)와 같은 고태가 있었다. 일찍이 여러 광대들에게 모두 내게 오라 한 뒤, 문자를 가르쳐 음과 뜻을 바로 하게 하고 심히 비속한 것을 고쳐 익히게 했다. 이

에 원근에서 배우려고 찾아온 자가 집안에 가득 찼으니, 이들 모두를 집에 머물게 하고 양성하였다.

신재효는 판소리 광대를 물색하여 감상하거나 수요자에게 소개하는 데 그치지 않고, 좌상객의 취향에 맞도록 판소리 광대를 지도하고 그에 걸맞은 판소리를 부를 수 있게 하는 역할까지 담당한 것이다. 실제로 정현석이 이경태가 부르는 소리의 자음(字音)이 분명하고 말에 조리가 있는 것만 보고 신재효의 문하임을 단박에 알았을 정도로, 그의 판소리 교육과 성취는 별나고도 뚜렷한 것이었다. 이로 인해 많은 광대들이 신재효의 문하에서 판소리를 배우기 위해 모여들었는데, 당시의 사정을 알려주는 자료가 몇몇 남아 있다. 신재효 자신이 지은 「방아타령」 앞소리에 "아호(雅號)는 동리(桐里)오니 너도 공부하려거든 가끔가끔 찾아오소"라는 구절도 그 중 하나이다. 하지만 그런 정황을 좀더 생생하게 추정할 수 있는 자료로 계향(桂香)이 보낸 편지를 들 수 있다.

선생님 보옵소서. 지나가는 인편에 그곳 소식은 종종 듣자오나 수 년 뵙지 못하오니 궁금답답하옵니다. 그러나 선생님 기체 일향만강 하옵신지 다시 알고 싶어 구구하오며, 이곳 저는 겨우 지내오며, 영광 읍내에서 삼십 리 되는 외촌으로 삼월 초승에 우거하여 와 있사오니 그대 아오며, 다름 아니오라 외촌의 나은 듯한 논마지기나 장만하자고 왔사오며, 그곳 두기로 그만한 것을 어디 간다고 찾으려 보내는 것 아니오나, 그것을 보내오면 많지 않은 것이라도 밑천 삼고 논마지기나 장만할 터이오니, 그 돈 백 냥 이 사람에게 보내오면 생광 있으실 터이오니, 이 사람에게 착실히 보내주옵소서……. 무인년(1878) 3월 19일 계향 생서.

신재효가 많은 판소리 광대를 거두어 육성했다는 실상은 이경태의 증언이나 「방아타령」을 통해서도 확인되는 바다. 그러나 계향이 보낸 편지는 좀더 흥미로운 단서를 담고 있다. 논마지기를 장만하려고 하니, 맡겨둔 돈 100냥을 인편에 보내달라는 말이 그것이다. 우리는 계향이 무슨 연유로 돈 100냥을 맡겨둔 것인지 소상히 알지 못한다. 하지만 이런 추정은 가능하리라. 신재효 문하에서 숙식을 함께하며 소리를 익히던 판소리 광대들이 분명 관아나 대갓집으로 공연을 다녔을 것인데, 그렇다면 거기서 얻은 대가를 신재효가 보관하고 관리한 것이 아닐까 하고. 요즘으로 치자면, 인기연예인의 활동을 지도하고 스케줄을 조정하고 개런티를 관리하는 연예기획사 매니저 역할까지 한 것이 혹 아니었을까?

신재효의 이런 역할은 안민영에게도 유사하게, 하지만 좀더 뚜렷한 방식으로 발견된다. 안민영의 활동영역을 그 자신이 남긴 가집 『금옥총부(金玉叢部)』를 통해 더듬어보면, 그의 행로는 전국 경향 각지에 걸쳐 있다. 하지만 평양 · 진주 · 밀양 · 동래 · 전주와 같은 큰 도시에 집중되어 있음을 발견하게 된다. 그리고 그곳에서 어김없이 지역의 유지 및 기녀들과 관계를 맺는데, 그가 실명을 거론해가며 자신과 긴밀한 관계가 있다고 밝힌 기녀만 해도 43명에 이른다. "경향간에 이름난 명기를 두루 보고 겪어본 것이 헤아릴 수 없"(『금옥총부』 21번 주기)었다는 그의 장담은 결코 과장이 아니었다. 그렇다면 그는 기녀의 품안에서 허둥대던 풍류객이나 오입쟁이에 지나지 않는 위인이었는가? 그렇지 않다. 동래부에서 관계를 맺은 청옥(青玉)이라는 기녀를 기리던 시조와 주기는 그 점에서 곱씹어볼 필요가 있다.

> 추파(秋波)에 서 있는 연꽃, 석양을 띠었는데,
> 미풍이 건듯하면 향기 놓는 네로구나.

내 어찌 너를 보고야 아니 꺾고 어찌하리.

〔주기〕 내가 온정(溫井)에서 돌아와 동래부(東萊府)에 이르렀는데, 기녀 청옥의 집에 주로 머물렀다. 청옥은 동래부의 이름난 기녀였다. 자색이 곱고, 가무가 정밀하고 원숙했다. 비록 서울의 명희(名姬)와 상대해도 진실로 양보하지 않을 것이다.

— 안민영, 『금옥총부』 43번

은은한 매력을 풍기는 기녀 청옥, 그래서 기어이 꺾을 수밖에 없다는 데서 안민영의 남성적 욕망이 숨김없이 드러난다. 하지만 유의할 만한 대목이 있다. 그런 청옥을 품은 안민영이 그녀를 서울의 기녀와 견주고 있는 점이다. 무슨 까닭이었을까? 그건, 그가 관계를 맺었노라 밝히고 있는 기녀들 대부분이 서울 관아에 소속된 경기(京妓)로 활동하면서 고종 때 벌인 각종 진연의식(進宴儀式)에 정재기(呈才妓)로 출연하고 있었다는 사실과 분리하여 생각하기 어렵다. 그런 까닭에 안민영이 지방을 전전하며 이름난 기녀를 찾아다닌 것을 '남성적 욕망'을 충족시키기 위한 것만으로 설명하기에는 충분하지 않다. '업무적 출장'이라는 성격도 고려해야만 하는 것이다. 실제로 지방에서 관계를 맺고 호평을 받은 기녀들은 어김없이 서울로 불려 올라와 진연에 참여할 수 있었다.

특히 고종이 즉위한 이후 20여 년 동안 진연의식이 네 차례 있었는데, 이들 행사를 경기만으로 치른 것은 주목을 요한다. 본래 궁중 진연의식에는 정재기 50여 명이 필요한데, 지방의 향기(鄕妓)를 일시 선상(選上)하여 그 인원으로 보충하여 쓰고 돌려보내도록 되어 있었다.

그런데도 고종 때만 향기를 선상하는 일 없이 경기만으로 성대한 궁중의식을 치른 것은, 안민영을 중심으로 수많은 기녀와 세악수 들이 항시 준비된 상태로 연예활동을 벌이고 있었기에 가능했으리라. 관으로서도 지방의 향기를 선상해 쓸 경우, 두세 달의 준비기간과 그간 소요되는 엄청난 경비를 감당해야 했다. 그렇다면 손쉽고 비용도 상당히 절약할 수 있는 방식, 이른바 관아와 안민영 사이에 맺어져 있는 '선린(善隣)의 커넥션'을 활용했으리라는 점은 믿어도 좋다. 그런 점에서 안민영은 신재효가 그런 것처럼, 아니 그보다 더욱 능동적·전문적으로 시조 연행의 법도를 제시하고 지도한 실천적 이론가였을 뿐만 아니라, 전국을 누비고 다니며 적합한 인물을 발굴하고 육성한 연예계의 기획 매니저였다.

예술과 권력의 은밀한 접속

신재효와 안민영은 판소리계와 시조계를 주름잡던 유력한 인물이었다. 하지만 호남이 비록 판소리의 고향이라는 점을 감안한다 해도, 전라도 변방에서 평생을 향리로 지낸 신재효가 판소리계를 장악하여 전국적인 명성을 획득할 수 있었던 데는, 또 다른 곡절이 있지 않았을까?

우리는 그 단서를 그의 고향인 고창 모양성(牟陽城)에서 찾을 수 있다. 성문을 들어서면 오른쪽에 조그만 비석이 하나 서 있는데, 그것은 고창현감 이동석(李東奭)이 1872년에 세운 척화비이다. "서양 오랑캐가 침범하는데도 싸우지 않는 것은 화해하자는 것이다. 화해를 주장하는 것은 나라를 팔아먹는 것이니, 우리 자손 대대로 경계하라. 병인년에 지어 신미년에 세우다[洋夷侵犯 非戰則和 主和賣國 戒我萬年子孫 丙寅作 辛未立]"라고 적혀 있는 비석을 보고 있노라면, 자연스럽게 신재효의 다음 노래가 떠오른다.

괘씸하다 서양 되놈 무부무군(無父無君) 천주학을
네 나라나 할 것이지

단군기자 동방국의 충효윤리 밝았는데
어찌 감히 여어보자 홍병가해(興兵加海) 나왔다가
방수성(防水城) 불에 타고 정족산성(鼎足山城) 총에 죽고
남은 목숨 도생(圖生)하자 바삐바삐 도망한다.

—신재효, 「괘씸한 서양 되놈」

흔히 「괘씸한 서양 되놈」이라 일컬어지는 작품으로, 신재효의 강렬한 민족의식과 관련되어 고평(高評)되곤 한다. 하지만 그보다 일차적으로 신재효가 척화비를 세운 대원군과 깊숙이 관련되어 있었음을 시사하는 자료로 받아들여야 한다. 무엇 때문인가? 돌이켜보면, 신재효는 대원군 정권과 돈독한 관계를 맺으면서 판소리계에서 막강한 영향력을 행사하게 된 인물이다. 그 실마리를 흔히 경복궁 낙성연에 보낸 자신의 제자 진채선(陳彩仙)이 대원군에게 총애를 받게 되면서부터라는 전언(傳言)에서 찾기도 하는데, 명확한 근거를 갖고 있는 것은 아니다. 그러나 개연성만큼은 충분하다.

사실 대원군이 집정하면서 시작한 경복궁 중건사업은 정치·경제사적으로만이 아니라, 19세기 후반 연행예술사에 돌풍을 일으킨 사건이었다. 그때의 정황은 안민영이 대원군의 후원으로 19세기 후반 시조가단의 강자로 군림하게 된 내력을 통해 좀더 분명하게 확인된다. 따지고 보면 신재효와 안민영은 유사한 점이 많았는데, 안민영의 다음 시조도 그러하다.

서박(西舶)의 연진(煙塵)으로 천하가 어두워도
동방의 일월이란 만년이나 밝히리라.
만일에 국태공 아니시면 뉘라 능히 밝히리오.

—안민영, 『금옥총부』 10번

이는 대원군이 지은 시, 곧 "西船煙塵天下晦, 東方日月萬年明"이라는 구절을 시조로 그대로 옮겨 부른 것이다. 즉 병인양요(丙寅洋擾, 1866)를 승리로 이끈 대원군의 척사위정(斥邪衛正)을 경하하는 작품으로, 신재효가 노래한 「괘씸한 서양 되놈」과 맥을 같이한다. 그러면 어떻게 해서 안민영이 최고 권력자를 칭송하는 내용의 시조를 지어 부른 것일까? 안민영의 시조 한 수를 더 읽어보자.

> 내 일찍 꿈을 얻어 문무(文武) 주공(周公)을 뵈온 후에
> 전신(前身)이 황혜(况兮) 길인(吉人)이런가 심독희이자부(心獨喜而自負)러니,
> 과연적(果然的) 아소당상(我笑堂上) 봄바람에 당세영걸(當世英傑)을 뫼셨것다.
>
> —안민영, 『금옥총부』 168번

안민영은 시조 아래에 다음과 같이 득의에 찬 고백을 남겨놓았다.

> 나는 신축년(辛丑年, 1841) 겨울 꿈에 내 집에서 문무공 배알하는 꿈을 꾸고는 마음속으로 은밀히 기뻐하였다. 정묘년(丁卯年, 1867) 이후로 석파대로(石坡大老, 대원군)를 길이 모시게 되었으니, 어찌 길한 꿈의 영험이 아니겠는가?

여기서 대원군을 길이 모시게 되었다는 정묘년은 바로 경복궁의 근정전과 경회루가 준공되던 해인 1867년이다. 시조계에 상당한 영향력을 행사하던 안민영은 바로 경복궁 중건을 축하하는 잔치에서 비로소 절대 권력을 쥐고 있던 대원군을 만났고, 그리하여 분에 넘치는 총애를 받기 시

작한 것이다. 이후 안민영은 대원군은 물론이고 대원군의 장남 우석공(又石公) 이재면을 모시고 각종 연회에 참가하여, 그들의 은혜에 감격하고 그들의 만수무강을 축원하는 노래를 숱하게 짓는 궁중 연예인으로 성장하게 된다. 그런 작품이 『금옥총부』에 실려 있는 시조 180수 가운데 50수 가까이 되는데, 대원군의 환갑, 대원군 부인의 환갑, 세자의 생일, 대왕대비의 칠순, 고종의 등극 등 왕실행사 곳곳에서 지어 부른 축하시다. 대원군의 쇄국 정책을 찬양하는 위의 시조도 이런 맥락에서 산출된 것임은 물론이다.

현재 남아 있는 자료나 증언을 통해 보건대, 신재효도 안민영의 경우처럼 경복궁 중건 축하연을 계기로 대원군과 각별한 관계를 맺을 수 있었다. "경복궁 주혈명당 천천세지 기업이요"라는 송축을 담은 「명당축원(明堂祝願)」이나 "요순 같은 우리 임금 경복궁에 계옵시니"로 시작되는 「방아타령」 등이 모두 신재효가 그날 그를 위해 지은 노래인 것이다. 신재효와 대원군 정권의 밀착관계는 이런 창작가요뿐 아니라 그가 개작한 판소리 사설에서도 어렵지 않게 확인된다. 「토별가」 중 "동방 군자국의 갑자(甲子) 원년(元年) 성인 임금 등극해 계시니 운운" 하는 대목에서, 갑자년(甲子年, 1864)에 등극한 임금이란 바로 고종이다. 또한 「남창 춘향가」 중 "경복궁 새 대궐에 요순 같은 우리 임금" 역시 고종을 가리킨다.

고창의 향리(鄕吏)로 지내던 신재효가 대원군으로 대변되는 중앙정치 권력의 정점과 돈독한 관계를 맺은 것은, 일차적으로 판소리의 예술적 영향력이 확대되었기 때문일 것이다. 하지만 대원군이 자기 휘하의 겸인(傔人)이나 중인, 그리고 지방서리를 사조직으로 활용하여 강력한 중앙집권적 통치체제를 구축하고자 한 노회한 정치적 책략도 예인들이 가까이할 수 있는 계기로 작용했다.

특히 안민영은 그런 대원군의 정치적 움직임에 기민하게 반응했다. 개인 시조집 『금옥총부』를 보면, 그가 얼마나 권력의 향배에 발 빠르게 대응했는가를 짐작할 수 있다. 시조집의 첫 작품은 '고종의 즉위'에 대한 칭송시로 시작한다. 그러고 난 뒤, '세자 탄생', '대원군에 대한 칭송', 대원군의 아들 '이재면에 대한 칭송'의 작품을 차례대로 배치한다. 하지만 작품의 양이라든가 진정이 결국은 대원군과 그의 아들 이재면에게 두어지고 있음은 말할 필요도 없다. 게다가 내용은 낯 뜨거울 정도인데, 참고삼아 하나만 맛보기로 하자.

> 즐거워 웃음이요, 감격하여 눈물이라.
>
> 흥으로 노래거늘, 기운으로 춤이로다.
>
> 오늘날 가여무(歌與舞) 소여루(笑與淚)는 우석상서(又石尙書) 주신 바라.
>
> —안민영, 『금옥총부』 18번

1876년에 안민영이 자신의 회갑잔치를 열어준 대원군과 그의 아들 이재면에게 감격하여 지어 바친 작품이다. 노래와 춤, 웃음과 눈물이 모두 대원군이 준 것임을 숨김없이 드러내고 있다. 한낱 가객에 지나지 않는 처지에 어찌 감읍하지 않을 수 있었겠는가만, 이미 그 정도가 한계를 넘어서고 있다. 그러하니 그때 신재효와 안민영이 대원군과 주고받았을 반대급부를 따지는 것도 결코 무리가 아니다. 하지만 이들과 대원군의 만남을 정치적 이해관계로만 해석하는 것은 일면적이다. 당대 유행하던 예술을 매개로 서로의 예술적 공감대를 형성한 것이라는 또 다른 계기를 간과하기 때문이다. 안민영의 다음 증언을 보면, 그들의 관계가 단지 예술과 권력의 추잡한 접속에만 머물고 있지 않았다는 사실을 짐작할 수 있다.

> 우산(牛山)에 지는 해를 제 경공(齊景公)이 울었더니

공덕리(孔德里) 가을 달을 국태공이 느끼셨다.

아마도 고금 영걸(英傑)의 강개심회(慷慨心懷)는 한가지인가 하노라.

〔주기〕 석파대로께서 임신년(1872, 고종 9) 봄에 공덕리에서 쉬고 계실 때, 하루는 저녁에 문인 및 기녀와 악공을 거느리고, 우소처(尤笑處)에 올라 크게 풍악을 연주하게 하고 서로 즐기는 사이에, 해가 지고 달이 올랐다. 이에 한숨을 쉬시며 탄식하며, "내 나이가 지금 50여 세인데, 남은 생이 얼마나 될꼬. 우리가 다음 생에 한곳에서 만나 금세의 미진한 인연을 잇는 것이 또한 어찌 가하지 않겠는가" 하고 말씀하셨다. 무리가 모두 얼굴을 가리고 눈물을 머금었다.

—안민영, 『금옥총부』 103번

여기에 얼마간의 과장이나 위선이 담겨 있을지 모른다. 하지만 군신의 관계를 벗어나 예술가로서 느끼는 동지적 연대감이 없었다면, 그들의 관계가 그토록 긴밀하면서도 오래 지속되기 어려웠으리라는 점도 인정해야 옳다. 그들의 만남이 절대권력을 추구하던 대원군의 정치적 책략에 기여했다든가 연행예술계의 절대강자로 군림하려던 안민영의 개인적 욕망을 충족시켰다는 현실적 맥락을 인정한다 해도.

예술세계에 갈무리한 그들의 지향

판소리 사설에 담은 향촌인의 당대적 현실성

경판본 「흥부전」 가운데 이런 대목이 있다. 굶주림에 지친 흥부 부부가 박속이라도 긁여 먹자며 박을 탄다. 뜻밖에도 박통에서 한 동자가 나와 죽은 사람을 살려내는 환혼주(還魂酒), 눈먼 사람 눈뜨게 하는 개안주(開眼酒), 벙어리 말하게 하는 개언초(開言草), 그리고 불로초와 불사약을 내어준다. 그러고는 이렇게 말한다. "이것을 값으로 의논하면 억만 냥이 넘사오니 매매하여 쓰옵소서"라고. 몸에 좋다면 가짜가 태반이어도 녹용·웅담·해구신의 값이 하늘 높은 줄 모르고 치솟는 요즘 현실을 염두에 둔다면, 동자가 말한 약값 억만 냥이 결코 거짓은 아니겠다. 하지만 흥미로운 점은, 동자가 선약(仙藥)의 가치를 돈으로 환산하고 있다는 사실이다.

그렇다. 「흥부전」은 모든 가치가 돈으로 환산되던 조선 후기의 새로운 세태를 배경에 깔고 있는 작품인 것이다. 놀부가 흥부를 내쫓은 이유도 우애심이 부족해서가 아니라 흥부 식솔이 없으면 더 많은 재물을 축적할 수 있다는 계산 때문이 아니었던가? 그러나 동자의 말을 듣고도 흥부 아내는 "효험 빠르기는 밥만 못하다"며, 다음 박통에 혹 밥이 들어 있나 타보자 한다. 굶어 죽기 직전인 흥부 아내에게는 선약보다 밥이 우선이었을 것이다. 그렇다고 해도 그녀는 눈앞의 배고픔에 급급했을 뿐, 잠시의 유통과정만 거치면 눈덩이처럼 불어날 그 놀라운 화폐의 마력을 깊이 깨닫지 못했음을 인정해야 한다. 「흥부전」은 이처럼 상품화폐경제가 저 전라도 촌구석까지 확산되어간 즈음을 배면에 깔고 있는 문학텍스트인 것이다.

그러나 우리가 살필 신재효는 화폐의 중요성과 위력을 너무도 잘 알고 있었다. 신재효는 「흥부가」를 「박타령」으로 개작하면서, 첫 번째 박통에 선약만이 아니라 궤 두 개가 더 들어 있는 것으로 바꾸어놓는다. 부어내도 부어내도 다시 가득 차는 쌀궤와 돈궤가 그것이다. 신재효는 돈궤를 더 추가함으로써, 화폐에 대한 당대인의 들끓는 열망에 적극적으로 부응하고자 했다. 그리하여 흥부는 쌀궤에서 나온 쌀로 밥을 하고, 돈궤에서 나온 돈으로 쇠고기를 사서 배불리 먹을 수 있었다.

끊임없이 돈이 나오는 돈궤의 설정, 그래서 다음과 같은 대목도 만들어질 수 있었다. 기존의 「홍부가」에는 부자가 된 흥부를 찾아온 놀부가 처음 보는 화초장을 빼앗아 낑낑거리며 지고 가는 유명한 장면이 있다. 하지만 신재효는 놀부에게 이런 미련한 짓을 시키지 않는다. 대신 흥부의 부자 밑천인 돈궤를 빼앗아 옆구리에 끼고 유유히 돌아가도록 바꾸어놓는다. 신재효는 돈만 있다면 그런 화초장쯤 얼마든지 살 수 있다는 사실을 너무도 잘 알고 있었다. 이런 짤막한 대목에서조차 우리는 신재효가 자본주의의 총아인 돈의 가치에 대해 확고한 신념을 갖고 있던 인물임을 눈치챌 수 있다. 그가 치부(致富)의 방도를 얼마나 구체적으로 사고하고 있었는가는, 누구나 더럽게 여기는 '똥과 오줌' 그리고 누구나 고귀하게 받드는 '밥'을 하나로 아우르는 다음의 구절을 통해서도 확인된다.

> 세간 밑천 생각하니 농사밖에 또 있는가
> 메마르고 높은 논도 거름하면 곡식 되데.
> 오줌, 똥이 밥이 되고 밥이 도로 똥이 되니
> 그리할 줄 모르고서 이내 몸에 있는 거름
> 오줌, 똥을 한 데 보면 옷과 밥이 어서 날꼬.
>
> —신재효, 「치산가(治産歌)」

대소변조차 아무데나 보아서는 안 된다던 신재효였다. 똥오줌은 농토를 비옥하게 만드는 거름이 되니 잘 모아야 한다고 당부한 그일진대 다른 것이야 말해 무엇하겠는가? 그러면, 이런 삶의 자세는 어디에서 비롯된 것일까? 이를 이해하기 위해서 우리는 다시 고창 모양성을 찾을 필요가 있다. 모양성 안에는 그곳을 거쳐간 수령의 선정비(善政碑)가 무리 지어 세워져 있는데, 그것들 가운데 신재효의 유애비(遺愛碑)가 부친 신광흡(申光洽)의 유애비와 나란히 서 있다. 그것은 신재효를 기리기 위해 고창 사람들이 1890년에 세운 것으로, 전면에 "通政大夫申公在孝遺愛碑"라 적혀 있다. 한낱 향리에 지나지 않던 그를 왜 문관 정3품 품계인 통정대부라 칭하며, 비석을 세워 그가 베푼 사랑을 기려야 했던 것일까?

사연인즉 이러하다. 신재효의 부친 신광흡은 서울에서 경주인(京主人)으로 있다가 고창으로 이사했고, 고창에 내려온 그는 관약방(官藥房)을 경영하면서 상당한 재물을 축적했다고 전해진다. 부친의 이런 이력과 재정적 후원에 힘입어 신재효 역시 이방·형방·호장 같은 향리직을 지낼 수 있었다. 그 뒤 신재효는 천 석을 추수하고 오십 가구가 넘는 식솔을 거느린 부호로 성장한다. 그런데 이처럼 많은 재물을 지닌 신재효는 자기 고을의 크고 작은 재정적 부담을 종종 떠맡아야만 했다. 고창의 관아를 증축한다거나 경복궁을 중건하는 공사 같은 일이 생기면 상당한 재물을 헌납해야 했던 것이다.

그뿐만 아니라 흉년과 같은 재해가 들면 구휼미를 내놓기도 했다. 신재효가 통정대부의 품계를 받게 된 까닭은, 병자년(1876) 대흉년 때 원납전(願納錢) 500냥을 출연한 대가였다. 또한 당시 고창 사람들은 그를 '살아 있는 부처〔活佛〕'라 불렀다고 한다. 궁핍한 사람이 전곡을 빌리러 가면, 누구에게나 선뜻선뜻 내주었기 때문이다. 고창 사람들이 유애비를 세워 신재효를 기린 것은 이런 까닭이었다. 유애비에 쓰여 있는 "근검한 삶의 태도, 궁핍한 자에게 널리 베푼 어짊, 그런 군자로서의 덕택은 영원히 잊혀지지 않을 것〔勤儉之操 博施之仁 君子之德 永世不泯〕"이라는 구절이 그 사실을 뒷받침한다.

여기서 우리는 신재효가 한낱 향리로서가 아니라 유력한 부호로서 살았음을 확인할 수 있다. 그리하여 '살아 있는 부처'라는 칭송을 듣기도 했지만, 그런 행위를 항상 마음 내켜 하지만은 않았을 터다. 역대 정권이 재벌에게 헌금 명목으로 거둔 수백 억을 정치자금으로 챙긴 것처럼, 그때도 그런 일이 적지 않았다. 조선 후기 수령들은 이런저런 구실을 들어 고을의 부호에게 막대한 재물을 뜯어냈다. 신재효라고 해서 예외일 수 없었다. 고창현감 유돈수(柳敦秀)가 신재효의 병자년 원납에 대해 감사하는 뜻을 직접 전한 글이 있었는데, 그것이 지금도 전한다.

늙은 아전, 관직에서 물러나 편히 쉬고 있는데	掾老休家以退官
상에 가득한 책을 읽으며 지내는 몸 일신이 편안하네.	滿床書卷一身安
모든 일에 환하여 아랫사람들에게 두루 통하고	材能解事通群下
남는 재물로 굶주린 사람 도울 것 생각하네.	摩有餘資恤餒零

— 유돈수, 「기증신노리재효(寄贈申老吏在孝)」

말이 좋아 '자원해서 바친 것〔願納〕'이지, 실은 굶주린 백성을 도와준다는 명목 때문에 '원통스럽게 빼앗긴 것〔怨納〕'이나 다름없다. 고창현감 유돈수가 빈민을 구제한다는 구실로 거둬들인 재물을 착복하여 유용해 버린 것이다. 흉년의 후유증을 수습하기 위해 이듬해인 1877년에 전라도 암행어사로 파견된 어윤중(魚允中)이 "고창지방의 부자들에게 구휼한다는 명목으로 힘으로 빌리고서는 이를 유용했다"는 죄목으로 유돈수를 탄핵하고 있음을 보아 의심할 바 없다. 많은 경우, 신재효가 떠맡은 경제적 출혈은 기실 조선 후기 수령에 의해 빈번하게 자행되던 재물 탈취〔勒奪〕의 일환이었다. 이런 이유로 신재효는 기존의 판소리 사설 여섯 마당을 개작하면서, 향촌사회에서 시달리던 자신의 불평스런 심경을 중세권력에 시달리던 부민(富民)의 모습에 투사하곤 했다. 많은 사례 가운데 「춘향가」의 한 대목을 들어보자.

수도안(囚徒案)을 펴놓고 각기 죄목 따라가며 차차 사실(査實)하여 가니,

> 본관(本官)이 돈 꾸래서 아니 드린 부민이며, 임출(任出)을 뺏으려다 아니 들은 아전이며, 출패(出牌) 대접 잘못하여 사혐(私嫌) 있는 상백성(常百姓)들 다 원통한 죄인이라.

신재효는 억울하게 옥에 갇혀 있던 남원 부민(府民)을 부호 · 아전 · 백성 세 부류로 유형화하고 있는데, 그 첫째로 꼽은 부류가 돈 많은 부호이다. 이 외에 변 사또가 "넉넉한 백성에게 돈을 꾸려 하다가 말을 듣지 않으면 엄한 형벌을 가해 뺏었다"거나 "만일 부자였으면 문안을 핑계로 찾아와 청하여서 돈 꾸어 갔다"라는 대목도 보이는 것으로 미루어, 요호부민(饒戶富民)을 수탈 피해자 제1호로 꼽고 있었던 것이 분명하다. 신재효가 그들이 겪는 경제적 수탈에 민감하게 반응한 것은 아무래도 자신이 감당해야 했던 재정적 수탈과 그로 인한 불만과 관련이 있을 것이다. 그러나 요호부민의 경제적 침탈에 보인 깊은 관심과 우려의 진정한 이유는, 다음과 같은 19세기 향촌사회의 상황과 관련지어 설명해야 온전하게 밝혀질 수 있다.

> 과거 열 사람의 부세(賦稅)를 지금은 한 사람이 담당하고, 과거 열 집의 환상(還上)을 지금은 한 집에서 내야 한다. 처음에는 넉넉하지 못한 집〔殘戶〕이 망하고, 다음에는 중간 정도의 집〔中戶〕이 파멸하고, 끝내는 잘사는 집〔饒戶〕마저도 쓰러지고 만다. …… 한 마을이 이와 같으니 한 도(道)의 사정을 알 수 있고, 한 도가 이와 같으니 한 나라의 사정을 알 수 있다.
>
> —『헌종실록』 권4, 3년 11월 갑신조(甲申條)

세금과 빚에 시달리던 많은 농민들이 견디다 못해 고향을 떠나버려 모든 부담을 남아 있는 사람들이 떠맡아야만 하는 사정, 그러다가 결국 남아 있던 사람들마저 파멸에 이르고 만 향촌사회의 연대적 과정을 간명하게 보여준다. 사실 조선 후기 향촌사회에 불어 닥친 대대적인 유망(遊亡) 현상은 그럭저럭 생계를 이어가던 소농과 중농은 물론 넉넉한 부농들까지 파멸시켰다. 왜 그러한가? 향촌민의 이탈은 국가나 지주층에 대한 소극적이면서도 매우 강력한 저항이라는 성격을 갖는다. 국가에서 보면 재정적 기반이 상실되는 것을 의미하며, 지주에게는 소작농을 안정적으로 확보하는 데 결정적 타격을 주는 것이기 때문이다. 특히 경제적으로 성장하고 있던, 그리하여 부르주아로 전환할 가능성을 얼마간 담고 있던 요호부민에게 향촌민의 이탈현상은 심각한 문제였다. 소작농과 빈농이 안집(安集)되어야 자신들이 부세 편중으로부터 벗어날 수 있을 뿐만 아니라, 값싼 노동력을 확보함으로써 부를 재생산할 수 있기 때문이다. 이런 이해관계로 말미암아 조선 후기 빈농과 요호부민 사이에 일종의 대동의식(大同意識)이 싹트기도 했는데, 이들이 19세기 농민항쟁의 대열에 함께 나선 것은 그런 연대감이 반영된 사례일 터다.

그렇기 때문에 정약용 같은 중세적 지성도 유랑민의 안집이 인정(仁政)의 급선무라 역설한 것이고, 이 점은 안정적인 촌락공동체가 절실한 요호부민에게도 마찬가지였다. 향리이자 요호부민이던 신재효에게 향촌민이 동요하거나 이탈하지 않도록 향촌사회를 안정적으로 유지하는 것은 수령이 자신들을 불법적으로 수탈하는 일을 막는 것 못지않게 근본적인 과제였다. 이런 사정을 염두에 둘 때, 신재효가 「토별가」의 결말을 다음과 같이 끝맺고 있는 것도 예사롭지 않게 읽힌다.

> 반갑도다, 반갑도다, 우리 고향 반갑도다. …… 오소리 형님 잘 있던가, 벼슬 생각 부디 말고, 이사 생각 부디 마소. 벼슬하면 몸 위태롭고 타관 가면 천대받네. 몸 익은 청산풍월, 낯익은 우리 동무, 주야상종(晝夜相從) 즐겨

노세.

신재효는 토끼의 곡절 많은 여정을 '이향(離鄕)과 귀향(歸鄕)'으로 재해석하고 있다. 이런 독특한 시각은 토끼가 자라에게 "수궁이 좋다 하되 이향즉천(離鄕則賤)이라니, 갈 수 없지, 갈 수 없지"라고 한다든가, 수궁 군졸이 토끼에게 "죽기가 무엇 좋아 고향을 내버리고 예까지 따라왔소"라고 하는 부분에서도 확인할 수 있다. 이런 맥락에 유의한다면, 토끼가 용궁에 갔다가 살아 돌아오는 이야기를 향촌민의 이향과 귀향에 견주어 해석한 것은 향촌사회의 안정을 희구하던 신재효 자신의 관심이 투영된 결과로 이해된다. 토끼처럼 살기 힘들다고 고향을 떠나봐야 죽을 고생만 하게 된다는 사실을 우화로 보여준 것이다. 그건, 고향을 떠나지 말라는 강한 경고이기도 했다.

신재효는 이처럼 향촌사회에서 요호부민이 겪던 수탈을 자주 그리는가 하면, 향촌민의 유망현상에도 깊은 관심을 보였다. 자신이 요호부민으로서 살았던 데서 촉발된 현상임에 분명하다. 한낱 오락거리에 지나지 않는다고 생각하던 민중 연행예술인 판소리의 사설 속에, 당대 향촌사회에서 겪고 있던 사회적 문제를 은밀하게 갈무리하고 있는 신재효는 참으로 현실적인 또는 정치적인 예술가였음에 분명하다.

가곡창에 담은 시정인의 심미적 낭만성

19세기 후반에 시조 가악계의 절대강자로 군림한 안민영은, 자신이 지은 노래 수백 곡을 스승 박효관의 질정을 거친 뒤 함께 묶어『금옥총부』라 이름 붙였다. 그리고 모두 180수의 시조 노랫말과 작품마다 창작배경과 동기를 달아놓았다. 이들 노랫말은 총 23개의 곡조별로 분류되어 있는

데, 이를 내용에 따라 다시 나눠보면 기생과의 애정 관련 작품, 대원군을 비롯한 왕실에 대한 송축 관련 작품, 당대 일급 예인과의 풍류 관련 작품이 거의 대부분을 차지한다. 그뿐만 아니라 자신이 창작한 작품을 자신이 제정한 음률에 따라 부르게 하여 즐겼으니, 그런 광경을 이렇게 밝혀놓고 있다.

> 위로는 국태공 석파대로가 계시어 몸소 모든 것을 돌보시니, 교화가 사방을 움직여 예악법도가 찬란하게 다시 펴졌다. 음악과 율려(律呂)의 일에 이르면 정통하지 않은 것이 없고, 이어서 우석상서 또한 더욱 밝으시다. 어찌 천 년에 한 번 오는 때가 아니겠는가? 나는 벽강 김윤석과 함께 상의하여 새로운 노래 수십 결을 지어 성덕을 노래함으로써 하늘을 본뜨고 해를 그리는 정성을 담았다. 또한 전후(前後) 만영(漫詠) 수백 결을 모아 한 권의 책으로 만들고, 삼가 선생께 나아가 두고 버릴 것과 윤색의 질정을 구한 연후에 완벽을 이룰 수 있었다. 이에 이름난 기생과 악공이 관현에 올려 다투어 노래하고 번갈아 화답하니 또한 한 시대의 멋진 일이다. 이에 곡보의 끝에 기록하여, 뒤에 올 동지들로 하여금 우리들이 이 세상에 살았고 이런 즐거움을 누렸음을 모두 알게 하고자 한다.
>
> —안민영, 「금옥총부 서」

이때가 1880년이었으니, 그의 나이 65세 무렵이다. 자신의 화려한 삶을 정리한 작품을 통해, 우리는 그가 장담한 것처럼 '그들이 그 세상에 살았고, 그런 즐거움을 누렸음'을 너무도 선연하게 알 수 있다. 실제로 각 작품 뒤에 붙여놓은 주기를 보면, 서문에서 밝힌 대로 당대 예인들과 질탕한 자리를 마련하여 술 마시고 노래하며 즐기던 정경을 곳곳에서 확인할 수 있다. 그렇다면 그런 삶 속에서 추구한 예술세계는 도대체 어떤 모습이었을까? 대표작으로 일컬어지는 「매화사(梅花詞)」를 말머리로 삼아 보기로 하자. 이는 모두 여덟 편으로 이루어진 연시조인데, 창작배경은 이렇다.

> 내가 경오년(1870, 고종 7) 겨울에 운애 박경화 선생과 오기여 선생, 그리고 평양기녀 순희(順姬)와 전주기녀 향춘(香春)과 함께 산방에서 노래와 거문고로 즐겼다. 선생께서는 매화를 매우 좋아하셔서 손수 새 순을 심어 여러 상 위에 놓아두셨다. 마침 그때에 여러 개의 봉오리가 반쯤 피었으니 그윽한 향기가 은은히 진동하였다. 이로 인하여 「매화사」 우조 한 바탕의 여덟 편을 지었다.

「매화사」 여덟 수는 매화를 유난히도 좋아하던, 스승 박효관에게 바친 일종의 헌사였다. 매화란 조선시대 사대부들이 즐겨 다룬 소재 가운데 하나인데, 봄을 가장 빨리 알리는 전령사라는 성격도 중시되었지만, 흰 눈을 뚫고 피어나는 모습에서 초월적인 존재라든가 고고한 은자 또는 절개 있는 선비를 떠올리는 관념 투사물로 자주 등장하였다. 그러기에 조선시대에 이황을 비롯한 이름난 선비들이 매화를 소재로 하여 많은 한시를 남긴 것이다. 사대부의 그런 애호물인 매화를 끔찍이도 아끼던 가객 박효관의 자세도 예사롭지 않거니와, 그런 스승을 기린 안민영의 태도도 궁금하기란 마찬가지다.

> 빙자옥질(氷姿玉質)이여, 눈 속에 네로구나.
>
> 가만히 향기 놓아 황혼월(黃昏月)을 기약하니,
>
> 아마도 아치고절(雅致高節)은 너뿐인가 하노라.
>
> —안민영, 『금옥총부』 41번(「매화사」 제3수)

매영(梅影)이 부딪친 창에 옥인(玉人) 금채(金釵) 비겨신저,

이삼(二三) 백발옹(白髮翁)은 거문고와 노래로다.

이윽고 잔 들어 권하려 할 제 달이 또한 오르더라.

—안민영, 『금옥총부』 6번(「매화사」 제1수)

첫째 수는 눈 속에 피어난 매화를 통해 빙자옥질이라든가 아치고절을 읽어내고 있으니, 자연물에 유교적 관념을 투영시켜 시화(詩化)하던 전통적 사대부들의 태도와 크게 다르지 않다 하겠다. 그러나 은은한 매화 향기와 어스름한 달빛이 어우러지면서 자아내는 분위기는, 비록 박효관과 안민영이 사대부 예술의 고아한 격조와 분위기를 따르려 했지만 전통적인 매화시와 미묘한 갈라짐을 예고하고 있다는 점에서 주목을 요한다. 아닌 게 아니라 둘째 시에서 갈라짐이 선명하게 드러난다. 창에 어른거리는 매화 그림자에 자리를 함께한 평양기생 순희와 전주기생 향춘의 금비녀가 오버랩되며 만들어내는 우아하면서도 에로틱한 분위기가 전면에 부각되고 있는 것이다. 여기서의 매화는 더 이상 사대부들이 숭상해 마지않던 곧은 절개라든가 지조를 담아내던, 그런 전통적 맥락에서의 은유물이 아니다. 오히려 달빛과 어우러져 취흥이 도도한 풍류판을 격조 있는 분위기로 만들어주는 조흥물(助興物)일 따름이다.

이처럼 안민영의 작품세계는 얼핏 사대부 문학의 소재나 흥취에 기울고 있는 듯 보이지만, 그 내면의 예술적 지향은 전혀 다른 방향으로 미끄러져 내려가고 있었다. 예술과 정치를 유기적인 관계로 설정하는 전통적인 예악사상과 무관한 태도를 취하던, 곧 예술의 교화론적 효용에 도통 관심을 두지 않던 안민영의 태도도 또한 그러하다. 대신 그는 예술 자체의 아름다움을 추구했다. 그의 이런 예술세계는 중세의 효용론적 관점에서 벗어나 예술의 독자적 가치를 인정하려 했다는 점에서 분명 근대적이다.

사실 안민영이 중세문학적 관습 및 미학과의 결별 또는 전복을 추구하는 『금옥총부』 곳곳에서 확인된다. 다시 매화를 소재로 한 시를 보자.

> 건곤이 눈이거늘 네 홀로 피었구나.
> 빙자옥질이여, 합리(閤裏)에 숨어 있어
> 황혼에 암향(暗香) 동(動)하니 달이 좇아오더라.
>
> —안민영, 『금옥총부』 21번

위의 작품은 앞서 살핀 「매화사」 첫 수와 흡사하다. 눈 속에 피어난 매화의 곧은 절개와 달빛 아래에서 향기를 흩어내는 분위기가 절묘하게 뒤섞이며 안민영 특유의 에로틱한 예술세계를 자아내고 있는 것이다. 하지만 작품 뒤에 달아놓은 주기를 보면 그런 미감이 싹 가시고 만다. 작품의 탄생배경은 이러하다.

> 동래부에서 온정까지 거리는 5리쯤 된다. 내가 마산포의 최치학, 김해의 문달주와 함께 부(府) 안의 기녀 청옥의 집에 가서 서로 술을 주고받으며 마실 때, 한 미인이 밖에서 들어와 우리가 앉아 있는 것을 보고는 몸을 돌려 다시 나갔다. 얼핏 보기에도 빙자옥질의 자태가 눈 속에 핀 매화 같아 한 점 티도 찾을 수 없었다. 온 자리가 눈이 휘둥그레지고 입을 다물지 못할 지경이었다. 청옥이 급히 일어나 밖으로 나가 그 아이의 손을 잡고 들어와 말했다. "너는 무슨 맘을 먹고 들어와서는 어떤 마음으로 그냥 나가느냐?" 이에 그 아이가 마루에 올라앉으니, 이이가 제일 명기 옥절(玉節)이었다. 내가 경향간에 이름난 명기를 두루 보고 겪어본 것이 헤아릴 수 없으나, 이렇게 궁벽진 곳에 어찌 옥절이 있을 줄 헤아렸으랴. 찬이 하나 없을 수 없다.

아리따운 여인을 매화의 빙자옥질에 견준 사례가 없는 것은 아니지만, 이토록 노골적이고 직접적으로 작품 전면에 드러낸 경우란 찾기 힘들다. 이쯤 이르면, 매화의 관습적인 이미지가 엉뚱한 곳으로 미끄러져 내리는 정도가 아니라, 그것과의 완전한 결별 또는 전복에 이르고 있다 해야 옳겠다. 자연물을 통해 인간이 지켜야 할 불변의 도리를 깨닫고자 하던 사대부의 전통적 매화 수사법이 한낱 기생의 아리따움을 묘사하는 표현도구로 유용되고 전락하고 말았으니, 어찌 그렇지 않을 수 있겠는가?

어찌 보면 안민영은 자신이 배워 습득한 사대부 사회의 문학적 소양은 물론 전래의 시가사가 구축해놓은 유구한 시적 관습을, 지극히 개인적이고 주관적인 차원의 감흥을 감각적이고 효과적으로 표현하고 전달하는 도구로 활용하는 데 골몰한 듯하다. 그러고는 그런 자신의 작시 방법을 대수롭지 않게 생각했다. 아니, 당혹해하는 독자를 보며 낄낄거리고 즐겼음 직하기도 하다. 그런 사례를 보여주는 몇몇 작품과 그 작품이 탄생하게 된 배경을 함께 읽어보기로 하자.

> 오늘 밤 풍우를 그 정녕 알았던들 대사립짝을 곱걸어 단단 매었을 것을
> 비바람에 불리어 왜각지걱하는 소리에 행여나 오는 양하여 창 밀고 나서 보니
> 월침침(月沈沈) 우사사(雨絲絲) 한데 풍습습(風習習) 인적적(人寂寂) 하더라.
> 〔주기〕 내가 주덕기를 데리고 이천에 머무를 때, 여염집의 젊은 아낙네와 밀회 약속이 있어서, 내처 밤을 새우며 고대했다.
>
> —『금옥총부』 179번

가마귀 속 흰 줄 모르고 겉이 검다 미워하며

갈매기 겉 희다 사랑하고 속 검은 줄 몰랐더니
이제야 표리 흑백을 깨우쳤다 하노라.

〔주기〕 내가 고향집에 있을 때 이천의 오위장 이기풍에게 퉁소로 신방곡을 연주하게 했는데, 명창 김식령은 노래하는 한 여자를 보냈다. 이름을 물은즉 금향선(錦香仙)이라 하였다. 외모가 추악하여 상대하고 싶지 않았다. 그러나 당시의 풍류랑으로서 푸대접하여 보낼 수가 없었다. 몇몇 친구들과 함께 산사에 갔더니 그 기녀를 보고서는 얼굴을 가리고 웃었다. 그러나 이미 벌여놓은 춤이라 그만두게 할 수 없었다. 시조를 청하자 그 여자는 용모를 단정히 하고 단아하게 앉아서 「창오산붕상수절지구(蒼梧山崩湘水絶之句)」를 불렀다. 소리가 구슬프고 처절하여 모르는 사이에 구름을 멈추게 하고 먼지를 날리게 할 만하니, 좌중에 눈물을 흘리지 않는 이가 없었다. 시조 3장을 부른 후 우계면 한 편을 이어 부르고 잡가를 불렀다. 모흥갑과 송흥록 등 판소리 명창의 격조로서 신묘스럽지 않음이 없었다. 참으로 뛰어난 명인이라 이를 수 있었다. 친구들이 눈을 닦고 다시 보니 그 기녀의 추악한 모습이 금세 꽃다운 얼굴로 되매, 오희(吳姬)와 월녀(越女)라도 이보다 낫지 못할 것이다. 젊은이들이 모두 주목하여 정을 주었는데, 나 역시 춘정을 금할 수 없어 선수를 썼다. 대개 사람과 사귐에 외모로 취하지 말라는 것을 여기서 처음으로 깨달았다고 말할 수 있겠다.

—『금옥총부』 157번

바람은 안아 닥친 듯이 불고 궂은비는 담아 붓듯이 오는 날 밤에
임 찾아 나선 양을 웃을 이도 있거니와
비바람 아니라 천지 번복하여도 이 길이야 아니하고 어찌하리오.

〔주기〕 남원 기녀 명옥은 음률에 밝고 자못 자색(姿色)이 있다. 내가 남원에 있을 때, 날마다 서로 만났다. 그런데 하루는 밤이 되어 비바람이 크게

> 몰아쳐서 밖으로 나가기가 어려웠다. 그러나 이미 약속이 되었기 때문에 꼭 가야 했다.
>
> —『금옥총부』 98번

안민영의 작품세계를 가장 잘 보여주는 애정 시편이다. 대원군을 비롯한 왕실을 송축하는 작품들과 함께 가장 많은 분량을 차지하는, 또한 작품의 질적 수준을 가장 잘 보여주는 것이 이런 유형이기도 하다. 그런데 흥미로운 것은 해당 작품과 거기에 자신이 붙여놓은 주기를 함께 읽을 때 독자나 청자가 느끼는 노랫말의 맛이 매우 색다르게 다가온다는 점이다. 좀더 정확히 말하면, 맛이 반감하기 때문에 맛이 배가되는 것이다. 특히 이들 구절을 자세히 들여다보면, 우리에게 아주 익숙한 한시의 관습적 표현이라든가 시조 및 사설시조의 오랜 시적 관습이 절묘하게 활용되고 있음을 발견하게 된다.

물론 그것을 진부하게 답습하는 것이 아니라 자신이 현재 직면하고 있는 순간의 정감을 위해 참으로 과감하게 변용하는 것으로, 거기에서 그 맛이 색다르게 다가오는 것이다. 숱한 실험을 거쳐 단련된 패러디의 미학이라 할 수 있겠는데, 다음과 같은 명편도 그런 과정을 거쳐 만들어질 수 있었다.

> 이리 알뜰이 살뜰이 그리고 그려 병 되다가 만일에 어느 때가 되든지 만나 보면 그 어떠할꼬.
>
> 응당(應當)이 두 손길 부여잡고 어안 벙벙 아무 말도 못하다가 두 눈에 물결이 어리어 방울방울 떨어져 아로롱지리라, 이 옷 앞자락에.
>
> 기껏 만났다가 정녕 이럴 줄 알 양이면 차라리 그려 병 되느니만 못하여라.
>
> —안민영, 『금옥총부』 180번

자신과 사랑을 나누던 숱한 기생들 가운데 진정으로 사랑한 여인이었다고 스스로 고백한 강릉 기생 홍연(紅蓮)을 기억하며 지은 작품이다. 그러나 작품의 시적 감동은 이런 개인적 연모의 정을 훌쩍 넘어서 있다. 사랑하지만 맺어질 수 없는 연인과의 짧은, 그러나 애틋한 만남의 순간을 담아내고 있는 이 작품은 무한한 공감을 불러일으킨다. 특히 '어안 벙벙', '방울방울', '아로롱지리라' 등과 같은 시어들은 시적 화자의 섬세한 정서를 절묘하게 담아내고 있을 뿐만 아니라, 'ㄹ'과 'ㅇ' 음을 반복적으로 연결함으로써 율독의 묘미까지도 살려내고 있다. 무진 그리다가 임을 만나 느끼는 가슴 벅찬 기쁨, 그러나 어쩔 수 없이 헤어져야 하는 비련의 아픔을 이토록 예리하면서도 감각적으로 포착하여 시화한 예를 우리 고전시가사에서 다시 찾기란 어렵다. 진정으로 가슴 저려오는 사랑을 해본 사람만이, 진정으로 언어를 자유자재로 구사할 수 있는 숙련된 시인만이 도달할 수 있는 경지를 안민영은 단 석 줄로 보여준 것이다.

공과에 대한 끝없는 시비

신재효와 안민영이 활동한 19세기는 중세가 무너져내리고 근대의 문턱에 바짝 다가선 시기였다. 그때, 시조는 사대부의 이상을 우아하게 노래하던 데로부터 시정의 들뜬 유흥공간을 휘어잡는 방향으로 나아가고 있었고, 판소리는 떠들썩한 민간의 놀이판에서부터 사대부의 새로운 감성을 매료시키는 방향으로 나아가고 있었다. 확산과 상승의 엇갈린 코스를 그리고 있던 것이다. 그런 국면을 맞이해 신재효와 안민영은 판소리와 시조가 나아갈 방향이 어디인가를 나름대로 명확하게 인식한, 그리하여 그런 방향으로 나아갈 것을 실천적이고도 열정적으로 지도한 탁월한 예술가이자 유력한 연행예술의 기획자였다. 신재효가 난잡스런 소리판에서 벗어나 고급스런 가창예술로 판소리를 발전시켜야 한다고 믿었다면, 안민영은 잡스러운 노래들과 뒤섞여서는 안 되는 고급스런 가창예술로 시조를 전문화시켜야 한다고 믿은 것이다.

판소리와 가곡창이 전통가곡이라는 이름으로 떠받들어지게 된 요즘, 거기에 이르기까지 이들이 쏟아 부은 각고의 노력을 우리는 결코 잊을 수 없다. 세련된 가창예술로 인정받기 위해 기울인 음악적 노력은 논외로 하더라도, 신재효가 판소리 사설을 개작하면서 부여한 '유가적 합리성'이라든가 안민영이 중세적 미의식과 결별하면서 도달한 '심미적 낭만성'도 그러하다.

하지만 그 대가도 만만치 않았다. 판소리가 애초에 간직하고 가꿔온 '민중적 현실성'과 사설시조가 사대부 시가로부터 분립하여 발전시켜나간 '현실적 리얼리티'라는 우량한 미덕이 참혹할 정도로 훼손당해야만 했던 것이다. 고급성과 전문성을 담보로 대중성과 통속성을 추방시켜버린 그들의 예술적 선택은 과연 정당한가? 그로부터 그들의 공과에 대한 시비는 끝없이 엇갈린다. 분명한 것은 그들의 움직일 수 없는 작업의 실체인데, 흔들리는 것은 그것을 판단하는 우리의 시대, 우리의 잣대다. 하지만 더 분명한 사실이 있다. 21세기의 판소리와 시조는 결국 예술적 생명력과 시대적 긴장감을 거의 잃어버렸다. 그를 독점적으로 향유했던 '행복한 소수'의 몰락과 함께!

| 정출헌 |

고전 문학사의 라이벌

초판 1쇄 발행 2006년 2월 17일
초판 11쇄 발행 2021년 9월 6일

지은이 정출헌 고미숙 조현설 김풍기
펴낸이 이상훈
편집인 김수영
본부장 정진항
인문사회팀 권순범 김경훈
마케팅 김한성 조재성 박신영 조은별 김효진
경영지원 정혜진 이송이

펴낸곳 (주)한겨레엔 www.hanibook.co.kr
등록 2006년 1월 4일 제313-2006-00003호
주소 서울시 마포구 창전로 70 (신수동) 화수목빌딩 5층
전화 02)6383-1602~3 **팩스** 02)6383-1610
대표메일 book@hanien.co.kr

ISBN 978-89-8431-180-0 03810

* 책값은 뒤표지에 있습니다.
* 파본은 구입하신 서점에서 바꾸어 드립니다.